SUPER ALQUIMISTA

Editora Appris Ltda.
1.ª Edição - Copyright© 2022 do autor.
Direitos de Edição Reservados à Editora Appris Ltda.

Nenhuma parte desta obra poderá ser utilizada indevidamente, sem estar de acordo com a Lei nº 9.610/98. Se incorreções forem encontradas, serão de exclusiva responsabilidade de seus organizadores. Foi realizado o Depósito Legal na Fundação Biblioteca Nacional, de acordo com as Leis nos 10.994, de 14/12/2004, e 12.192, de 14/01/2010.

Catalogação na Fonte
Elaborado por: Josefina A. S. Guedes
Bibliotecária CRB 9/870

A447s 2022	Almeida, W. Super alquimista / Wagner de Almeida da Silva. - 1. ed. - Curitiba : Appris, 2022. 208 p. ; 23 cm. ISBN 978-65-250-3465-2 1. Ficção brasileira. 2. Eclipse solar. I. Título.
	CDD – 869.3

Essa é uma obra de ficção.
Todos os personagens, lugares e acontecimentos neste livro são fictícios, exceto as informações em referências e qualquercorrespondência ou identidade com pessoas reais, vivas ou não, é mera coincidência e efeito da casualidade.
Todos os direitos reservados. Nenhuma parte desta obra pode ser reproduzida, ou transmitida por qualquer forma ou meio eletrônico ou mecânico, inclusive fotocópia, gravação ou sistema de armazenagem e recuperação de informação, sem a permissão escrita do autor.
A reprodução sem a devida autorização constitui crime contra o Direito Autoral.

Appris editora

Editora e Livraria Appris Ltda.
Av. Manoel Ribas, 2265 – Mercês
Curitiba/PR – CEP: 80810-002
Tel. (41) 3156 - 4731
www.editoraappris.com.br

Printed in Brazil
Impresso no Brasil

W. ALMEIDA

SUPER ALQUIMISTA

Appris editora

FICHA TÉCNICA

EDITORIAL
Augusto V. de A. Coelho
Marli Caetano
Sara C. de Andrade Coelho

COMITÊ EDITORIAL
Andréa Barbosa Gouveia (UFPR)
Jacques de Lima Ferreira (UP)
Marilda Aparecida Behrens (PUCPR)
Ana El Achkar (UNIVERSO/RJ)
Conrado Moreira Mendes (PUC-MG)
Eliete Correia dos Santos (UEPB)
Fabiano Santos (UERJ/IESP)
Francinete Fernandes de Sousa (UEPB)
Francisco Carlos Duarte (PUCPR)
Francisco de Assis (Fiam-Faam, SP, Brasil)
Juliana Reichert Assunção Tonelli (UEL)
Maria Aparecida Barbosa (USP)
Maria Helena Zamora (PUC-Rio)
Maria Margarida de Andrade (Umack)
Roque Ismael da Costa Güllich (UFFS)
Toni Reis (UFPR)
Valdomiro de Oliveira (UFPR)
Valério Brusamolin (IFPR)

SUPERVISOR DE PRODUÇÃO
Renata Cristina Lopes Miccelli

ASSESSORIA EDITORIAL
Renata C. L. Miccelli

REVISÃO
Bianca Silva Semeguini

PRODUÇÃO EDITORIAL
William Rodrigues

DIAGRAMAÇÃO
W. Almeida

REVISÃO DE PROVA
Isabela Bastos

CAPA
W. Almeida

COMUNICAÇÃO
Carlos Eduardo Pereira
Karla Pipolo Olegário
Kananda Maria Costa Ferreira
Cristiane Santos Gomes

LANÇAMENTOS E EVENTOS
Sara B. Santos Ribeiro Alves

LIVRARIAS
Estevão Misael
Mateus Mariano Bandeira

GERÊNCIA DE FINANÇAS
Selma Maria Fernandes do Valle

FEMINAE

Inesquecível ave dourada, coluna notável do viver,
Outrora, clama pelo amor consagrado,
Diva, faz dos sonhos valor colossal iluminado,
E que pela esperança, faz da alma livre enflorescer.

Ventre divinal, rosa perfumada, mito,
Que quando chora no luto singular, ensina,
Mas quando renasce do seu desalento, dominante, fascina,
E entrega pelo seu doce olhar algo belo, único, incógnito.

As corredeiras dos rios podem levar as rosas para o mar,
E um sentimento puro se partir, blasfemar,
E diante do medo, a mulher, mãe presente, somente amar.

Mulher, presente de Deus, faz-me contente na velhice,
Brado cânticos de agradecimento, súplice,
Pelos teus três nomes sagrados: Amanda, Aline e Alice.

Essa obra é dedicada aos Anjos que percorrem a minha vida, todos os dias.

Muito Obrigado, Deus.

"É preciso que todas as nossas doenças, internas ou externas, sejam examinadas pelos mais diversos meios, já que não há nada invisível em nós que não tenha algum sinal exterior, ainda que em muitos casos não chegue a possuir uma verdadeira forma {effigiatum}."

Paracelso, do livro A Chave da Alquimia

"Não se limite somente ao que vê; busque nas coisas invisíveis argumentos para que possam tornar visível o que ainda não entendemos. Quando você conseguir: essa será a sua Glória, o seu Legado."

Dr. Bradford M.Hekler para o Super alquimista

PRÓLOGO

Alquimia. Uma ciência. Uma base para a Química moderna.

Descobrimento. Luz.

Essas bases do conhecimento me conduziram ao Superalquimista.

Nas imensas Bibliotecas da Universidade de Bradford procurava livros antigos que pudessem me orientar a algo diferente do que havia estudado até então, no curso superior de Química Experimental. Procurava um livro que pudesse despertar em mim a vontade de descobrir algo novo, original, que pudesse transformar o meio, as pessoas, a sociedade, o país, o mundo – sonhava com o melhor para a minha época.

Naquele ano de 1974, o ano da copa da Alemanha, seria também o ano em que me formaria. Mês a mês, eu procurava incansavelmente esse livro. A Sra. Beatrice Stageman, a pequena senhora de olhos amendoados e cabelo loiro parecendo o sol, era a pessoa mais simpática da Universidade de Bradford; era a bibliotecária, que sempre me ajudava na procura de algum livro que revolucionasse o meu conhecimento. Eu era um ávido leitor e considerava as obras o começo da minha experiência de vida. A Biblioteca da Universidade de Bradford sempre recebia doações de livros da sociedade e, conta Beatrice que, numa manhã de quinta-feira de maio, um pacote embrulhado foi entregue diretamente a ela e que ao abrir, viu um livro manuscrito intitulado *Superalquimista*; sem remetente, sem entregador, sem nomes, mas que após o Registro nos Códigos Bibliotecários, já sabia para quem emprestar.

Havia me chamado de repente na aula de Química Orgânica e o bedel, com toda polidez e padrão de conduta, me acompanhara até a sala da Sra. Stageman. Ao entrar em sua sala, pude ver aquele sorriso revelador, que instigava cada vez mais a minha curiosidade.

- Chegou a hora de você apreciar uma obra inédita e o autor, sabe-se lá quem é, fez questão de enviar esse bilhete: "O Bakari continuará essa experiência". Leia esse manuscrito e me fale quem é o Bakari - Stageman sempre estimulada.

Ela olhou diretamente em meus olhos e num movimento suave com as mãos, me entregou um pequeno pacote. Era o pacote que mudaria as minhas atitudes e crenças – era o livro que me faria descobrir uma aventura pelos porões da Alquimia.

CAPÍTULO 1

"O que não provoca minha morte faz com que eu fique mais forte."
Friedrich Nietzsche (1844–1900), filólogo, filósofo, crítico cultural, poeta e compositor alemão

O ECLIPSE NA TRIBO TAJAMALI

1876. Era a minha terceira viagem ao continente do Sol.

Localizado na porção oriental do continente africano, o Quênia estava sendo colonizado gradativamente pelos ingleses e enfrentava um momento de grande tensão. De um lado, a invasão por um país desconhecido, com regras que contradiziam a vida de povos com cultura já definida; do outro lado, um momento especial da natureza: um eclipse solar total.

Esse país africano que na Língua Banto significa algo como "Montanha Brilhante" fornecia inúmeros atributos para o meu conhecimento e para conseguir a amizade com o povo da Tribo Tajamali[1] precisei mostrar as minhas habilidades gradativamente; médico formado na Inglaterra, mas com conhecimentos bem aprofundados em Química, Física, Botânica e Manipulação de Minerais. Meu interesse científico nessa viagem era um mineral que tinha uma propriedade diferente das que conhecia até então: o pó desse mineral elevava a força de um homem em 200% – minha estimativa.

---

[1] Tajamali significa "Favor" na língua Swahili, segundo as minhas pesquisas.

Precisava entender os efeitos do mineral no corpo humano, porém somente a chefe da Tribo poderia me ajudar; segredo até então guardado por inúmeras gerações da Tribo.

Kioni Kipendo era a chefe da Tribo que ficava às margens do Rio Tajamali. Era uma espécie de Chefe-Sacerdotisa que comandava, aproximadamente seiscentas pessoas, seguindo os valores e costumes de sua tradição. Diferente das outras mulheres da Tribo, era mais alta e havia sido treinada para a luta corporal. Sua pele escura de ébano e seu rosto sempre pintado passava uma visão de poder, de segurança. Estava sempre segurando um insólito cetro de um metal reluzente, que mais tarde pude observar ser uma arma bem elaborada. Seu nome era uma mistura das línguas Kikuyu e Swahili do Quênia, que acredito significar algo como "Ela que vê o amor".

Kioni sempre preservou a Cultura Tajamali e se recusou a aprender a minha língua natal: o puro e descontraído inglês britânico. Para entender e tentar me comunicar bem com a Língua Swahili, precisei de dois longos anos, estudados antes da minha primeira viagem. Estudava em média umas seis horas todos os dias na casa de um nativo do Quênia, que morava na Inglaterra e que se tornou um grande amigo. A invasão do Quênia pela Inglaterra foi um grande obstáculo para a confiança dos povos que conheci e nos momentos de dificuldade, meu aliado sempre foi o tempo.

A Tribo ocupava uma imensa área e vivia num vale banhado pelo Rio que a alimentava e mantinha uma fauna queniana bem diversificada. Nas viagens anteriores não havia visto tantos animais quanto dessa vez – era época da famosa migração anual dos animais para a região sul do Quênia, que estava na época das chuvas e das águas de dessedentação, época de renovar a vida. Gnus, zebras, hipopótamos, girafas, emas, macacos, gazelas, leões, elefantes africanos, hienas, guepardos, milhares de outras espécies vindos dos campos do Serengueti, na Tanzânia; milhões de animais num ciclo maravilhoso de beleza, equilíbrio e preservação da vida. A vegetação característica da Savana Africana possuía um solo coberto por grama e as infindáveis árvores com seus galhos retorcidos formavam uma beleza natural única. Eram pequenos agricultores, porém o Rio os alimentava com a pesca diária e criavam algumas cabeças de gado.

A proteção da Rainha era de uma estratégia única, precisa. Eram quatorze super guerreiros; uma suntuosa Guarda Real, que se revezavam entre si e sempre estavam próximos, vigiando durante 24 horas a vida da pessoa mais importante da Tribo.

Uma vez pude observar a descomunal força presente nessa guarda. Diante de uma invasão na Tribo, uns trinta homens de uma Tribo rival foram facilmente dominados por apenas dez da Guarda Real. Todos foram mortos. Apesar de vários homens Tajamali serem treinados em combate, o primeiro ataque era o da Guarda Real. Nessa ocasião, Kioni foi reclusa em um esconderijo, protegida pelos quatro guerreiros restantes, os mais fortes. Ela apareceu novamente umas duas semanas após o ataque. Foi a partir daí que me interessei em descobrir a força daqueles homens, que diante de um inimigo, utilizavam uma força absurdamente eficiente, além da estratégia de guerra.

Um mineral. Após a convivência de dois anos com a Tribo, me revelaram o nome do mineral: Pongwa[2]. Era o verdadeiro segredo da Tribo e nenhum membro revelava como o encontravam, como o obtinham ou como consumiam o mineral. Sempre me afastaram de alguns lugares da Tribo. Até então, sabia que tinha alguma relação com o Rio Tajamali.

Mas qual seria essa relação? Por que tanto segredo? Por que existia uma relação misteriosa entre a Rainha e o mineral?

As dúvidas me traziam coragem.

Na Tribo havia um homem chamado Akbar[3] e era ele quem fazia as previsões do tempo. Era, na verdade, um astrônomo-místico em desenvolvimento. Ora chuva, ora seca, tempo bom para plantar, vento demasiado, tempo bom para a pesca, era um dos ensinamentos para os homens da Tribo e naquele tempo, Akbar estava apreensivo com o que estava por vir: um eclipse solar total. Num diálogo com Akbar pude perceber que não conseguia transmitir esse fenômeno para a Tribo e me pediu ajuda. Era algo novo para ele, apesar de a informação ter sido passada pelos antigos.

Na mística cultura africana Tajamali, as horas que antecedem um eclipse solar pareciam ser de extrema tensão, pois diante da escuridão total do dia, a Tribo poderia ser atacada por outra, ou acreditavam que um mau presságio poderia acontecer... e aconteceu.

---

[2] Pongwa: "Curado". A maioria das palavras são da Língua Swahili-Quênia.

[3] Akbar: "Convicção de Maior". Nas anotações, eu descrevo a língua diferente.

Incrivelmente posicionada, a Tribo possuía uma curiosa construção, a Sayansi[4], que segundo Akbar, mediam as "aparições" do céu. Pude perceber que se tratava de um rudimentar relógio de sol, além de conseguir medir a velocidade do vento, que passava entre pedras rigorosamente construídas em forma de frestas, e um platô que recolhia a umidade do ar.

— Badawi, pouca gente dessa geração pode ver a escuridão do céu no dia. — Badawi era como o povo Tajamali me chamava, algo como "Nômade Pequenino". Apesar dos meus 1.88 m, talvez me considerassem mais fraco do que eles, diante do poder do mineral Pongwa. E estavam certos.

— Do que você tem medo Akbar? — eles nunca falaram inglês comigo e minha comunicação na língua milenar Swahili, típica do Quênia e Tanzânia, já estava quase fluente.

— Tenho medo do que está por vir. E o povo não está tão preparado para um ataque surpresa dos Gwandoya[5], ou para escassez de comida, ou alguma doença que possa matar a Tribo, ou algo ruim que possa acontecer com a Rainha...

— Como tem tanta certeza que algo ruim irá acontecer?

— Engai me apareceu em sonho e me revelou a calamidade.

— Engai? – perguntei muito curioso.

— Engai, na nossa cultura, é o deus supremo do céu. Foi através dele que o povo da Tribo Tajamali foi criado, a partir de uma única árvore.

— E qual foi à revelação? – perguntei um tanto perplexo.

O SONHO

— *A escuridão se aproximou lentamente da Tribo e revelou a sua face. No sonho, Engai me mostrou que junto com a escuridão, um cavaleiro coberto pelo fogo vinha em direção à Tribo montado num cavalo com olhos de diamante; empunhava uma espada que brilhava como o sol e a cada movimento, assim como um farol, cegava a visão da Guarda Real. Em dado momento, a escuridão escondia o cavaleiro de fogo e de repente, a morte. Instantaneamente como um Ndegwa, um tipo de touro na língua Kikuyu, o cavaleiro cortava a cabeça de cada um dos membros da Guarda*

---

[4] Sayansi: era algo próximo de "Ciência".

[5] Gwandoya: "Encontrado com Infelicidade" na língua Luganda. Uganda.

Real. Todos caíam, mortos, em silêncio, sem sangue, sem dor, deixando a Rainha totalmente indefesa e a escuridão pôde levá-la.

Fiquei em silêncio durante alguns minutos e, na tentativa de ajudar Akbar, falei sobre o que conhecia sobre os sonhos. Eu estava errado.

– Akbar, o que já estudei sobre os sonhos é que são necessidades do nosso subconsciente, que se manifestam em forma de imagens; um produto da nossa imaginação; talvez um desejo reprimido...

– Badawi, não pode ser só imaginação. Quando acordei naquela manhã, estava com a minha garganta pegando fogo e sentia o cheiro da escuridão, uma mistura de fumaça de madeira doce com grama queimada.

– Não podemos revelar esse sonho de morte para a Tribo – disse Akbar quase chorando.

O silêncio de Akbar parecia eterno.

– E se você não falasse nada para a Tribo?

Akbar respondeu algo que não consegui entender, talvez repreensão.

– Badawi, minha obrigação é o bem-estar da Tribo. Meu conhecimento, minha crença, meus instrumentos são usados exclusivamente para a sobrevivência da Tribo e tenho medo do que vai acontecer.

Akbar acreditava incondicionalmente no sonho e estava disposto a tudo pela salvação da Tribo, nunca vi tanta dedicação. Era um homem notável.

– Então meu amigo, eu tenho uma ideia: vamos chamar um homem de cada casa, de cada família e vamos desenhar no chão o que na minha terra chama-se "Eclipse Solar Total", mostrar a todos os possíveis perigos. O que acha?

– E se o medo dominar a mente deles?

– Daí deverão ficar mais preparados ainda. O medo não pode existir. O medo deve ser a nossa proteção.

A ideia foi levada por Akbar à Rainha Kioni, que convocou cada chefe de família, formando um grande aglomerado no centro da Tribo.

Dispostos em lugares estratégicos 10 guerreiros da Guarda Real protegiam a reunião.

Akbar pôde então transmitir o conhecimento à Tribo sobre o eclipse solar total e com um grande desenho na areia, pude passo a passo transmitir a ideia desse fenômeno natural.

Para a surpresa de Akbar e da Rainha, os homens da Tribo não demonstraram medo, contudo assumiram a necessidade natural da atenção sobre uma possível invasão.

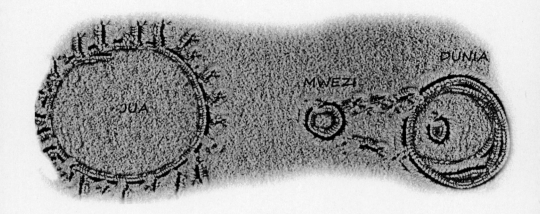

"A ciência sem a religião é manca, a religião sem a ciência é cega."
(Albert Einstein)

Os dias se passaram e o eclipse estava próximo, precisamente no mês de Maio daquele ano, 1876. A Tribo se preparava para uma guerra eminente, estocavam alimentos em casebres pré-escolhidos e já haviam definido a posição de cada criança Tajamali, de cada velho e de cada mulher naquele dia da escuridão. Os homens eram os mais preparados, estavam aparentemente tensos e o silêncio daquele dia foi dominado pelo barulho da noite.

De maneira paradoxal, na véspera do eclipse, a Tribo fez uma grande festa e com danças típicas da cultura Tajamali, com adornos brilhantes e ao som de atabaques, entoavam cânticos e brados cujo sentido era agradar ao deus menor, mais próximo da Tribo, Naiteru-Kop, que para eles era um precursor de inspiração divina. Akbar gostava de chamar esse deus de um nome semelhante, Neiterkob. Acreditavam que a festa dedicada a Neiterkob faria com que a felicidade dele protegesse a Tribo contra o dia em que o sol desapareceu.

Pela manhã, a Tribo se mostrava impaciente e as pessoas, fora de suas cabanas, andavam de um lado para outro, sempre olhando para o céu. Apesar de alertá-los sobre o eclipse solar e explicar que era um evento natural inofensivo, nenhum homem Tajamali naquele dia foi trabalhar, nem foi até o seu barco, nem plantar, nem cuidar do gado.

No dia 3 de Maio daquele ano, o eclipse solar total iniciou a sua tão esperada aparição. O sol no seu ápice de brilho começou a escurecer naquela tarde que mudaria a vida da Tribo. Os homens pararam em seus lugares para ver algo tão magnífico. De olho no céu, viam gradativamente o que não sabiam explicar, a posição da lua encobrindo o tão poderoso astro.

A Rainha saiu de sua simples habitação para observar o fenômeno. A Guarda Real praticamente inofensiva tão pouco prestou atenção ao redor do que estava se aproximando da Tribo.

Gradativamente o céu escurecia. Um silêncio acompanhado do vento fazia com que as árvores tocassem uma nas outras e se podia ouvir apenas o contato dos galhos e folhas. O ataque foi preciso e inevitável. O alvo planejado, a Rainha da Tribo. Ironicamente, a natureza mostrava os seus poderes: ora pacífica e contemplativa, através do espetáculo único do eclipse, ora com características humanas primitivas, egoísta e violenta. Foi nesse momento que pude ver o horror. Guerra. Matança e a escuridão fria da Morte.

A invasão impiedosa de uma Tribo rival promovia o pânico entre as mulheres da Tribo, desesperadamente tentando recolher os filhos da morte.

– ATAQUE!!! – gritou um Guerreiro Tajamali.

– Morte... – sussurrou abafado uma velha senhora da Tribo.

Pânico, sobrevivência, gritos, fogo, flechas, lanças, sangue, apoderaram-se do lugar. Kioni foi protegida imediatamente por seus mais fortes guerreiros. A Guarda Real levou rapidamente a Rainha para o casebre de proteção, feito de um barro escuro do local misturado com pedras e madeira, situado numa posição na tribo de difícil acesso inimigo.

Guerreiros pintados de fogo iam dizimando quem estivesse à frente. Não havia piedade: mulheres, crianças, chefes de família, velhos... todos eram cortados por machados e flechas.

Vendo o desespero do povo na escuridão, junto de Akbar, pegamos uma clava rudimentar e um sentimento de sobrevivência tomou conta do nosso espírito. Precisávamos lutar pela vida. A morte caminhava assustadoramente.

Nangwaya[6] era um guerreiro nato. Muito hábil com a lança, era especialista em combate corpo a corpo, chefe da Guarda Real, muito forte, tomou a frente da batalha e com a imposição e a certeza de um General disse à Tribo:

– MALI, dispersem para Zamoyoni[7]. Protejam seus filhos – gritou desesperadamente.

Pude entender aquele preparo prévio sobre a posição de cada pessoa. Tinham uma estratégia de fuga, principalmente as mães e seus filhos.

– GUERREIROS, protejam com suas vidas aquela que nos deu esperança. Protejam a Rainha. Protejam Malaika – que mais tarde pude entender como "anjo" na língua Swahili.

– GUERREIROS DE MALI, FORMAÇÃO! ARMAS À MÃO!

– COMBATE! COMBATE! - gritava poderoso Nangwaya.

Dessa vez, seis guerreiros protegiam Kioni, três dentro do casebre e três fora, todos armados com um machado longo, que eu não havia visto até então. Nangwaya sempre ao lado da Rainha.

Nesse momento, pude ver a força da Guarda Real. Oito guerreiros, com uma força inimaginável, partiram correndo contra os guerreiros da Tribo inimiga, os que Akbar chamava Gwandoya, os Guerreiros de Fogo.

O invasor caia por terra. Cada Guerreiro Tajamali tinha habilidades de defesa e ataque surpreendentes, que me pareceu uma batalha de dez contra um. Apesar de muitas mortes da Tribo, os homens se uniram à Guarda Real, e na escuridão do dia iam lutando e iam salvando a vida da Tribo, expulsando violentamente o inimigo.

Akbar e eu estávamos próximos do Monólito Sayansi e protegíamos um casebre cuja mãe não conseguia andar por causa de um acidente na mata. Com duas crianças para cuidar, chamou Akbar naquele desespero noturno. Repentinamente três Guerreiros de Fogo vieram contra Akbar.

Como fantasmas de fogo na escuridão, gritavam em uma língua que não entendia. Era morte na certa e via que a Guarda Real estava afastando o inimigo para longe de seu território. Akbar se defendeu com sua clava do primeiro homem que o atacou. Uma força tomou conta das minhas ações.

– AKBAR, CUIDADO COM O ATAQUE! – gritei vigorosamente.

---

[6] Nangwaya: "Não meter-se comigo" na língua Mwera do Quênia.

[7] Zamoyoni: "Do coração".

Os outros dois guerreiros vieram contra mim, com suas longas lanças, que num movimento rápido pude escapar do corte fatal. Meu corpo parecia uma máquina pujante, e alguma substância percorria o meu corpo, me dando força (mais tarde Willian Bates descobriria essa substância: Adrenalina); sentia a substância aumentando a força de meus músculos. Com a clava acertei o primeiro guerreiro bem no meio do rosto que, cambaleando, caiu dentro de uma vala. O outro veio raivosamente contra mim e gritava sem parar tentando me matar. Numa luta corporal, consegui retirar-lhe a lança e minha clava acertou-lhe o ombro e ele caiu. Aquele homem se ergueu rapidamente e voltou a atacar, estava com um punhal rudimentar, parecia um assustador demônio disforme. Era um homem decidido a matar, a destruir. Cultivava o extermínio.

A batalha de Akbar pela vida ainda não terminara e via que o guerreiro inimigo estava vencendo a luta. Akbar sangrava.

Estava analisando o meu inimigo e começamos a girar um em relação ao outro. Olhava direto em seus olhos, olhos de medo, de raiva e quando vi que seu olhar se desviou para baixo, lancei outra clava contra a sua cabeça, que se encontrava próximo ao chão. A clava colidiu com o seu olho esquerdo e eu me joguei contra o seu corpo. Batia sem parar na sua cabeça, dando socos para sobreviver, o guerreiro da Tribo inimiga desfaleceu. Olhei para o lado e vi Akbar sucumbindo.

Akbar estava sendo enforcado pelas mãos do inimigo. Um inimigo cruel e violento. Lancei o meu corpo contra aquela cena. Retirei-o de cima de Akbar, que voltou a respirar. Parecia um homem bem mais forte do que eu, armado com um tipo de espada toda trabalhada com marcas de escrita e que começou a me atacar. Eu me defendia de todas as formas e precisava sobreviver também a esse obstáculo. Um obstáculo humano que queria sangrar o meu corpo com uma espada em punho.

Na luta corpo-a-corpo que demorou uma eternidade, a espada do meu algoz caiu de suas mãos e mesmo assim, ele me levantou do chão e me lançou metros de distância como se fosse papel. Akbar não conseguia se levantar e também não via Nangwaya por perto. O homem indestrutível para mim, vinha a passos lentos em minha direção. Seu corpo pintado de fogo anunciava a própria morte e ele havia pegado novamente a espada que começou a brilhar com os primeiros raios de sol que apareceram. Caído, eu estava indefeso e meio atordoado com a queda no chão. O Guerreiro de

Fogo, à minha frente estava pronto para perfurar minha pele com a espada e, segurando-a com as duas mãos para atacar o meu peito, fez um movimento de ascensão, interrompido pelo impacto de uma flecha em seu pescoço. Era Kioni Kipendo, a inesquecível Rainha que salvou a minha vida.

O corpo do meu inimigo com o impacto da flecha caiu para o lado esquerdo do meu corpo caído e pude ver seu sangue que se espalhava no chão, morto. Levantei e fui ao auxílio de Akbar que continuava no chão meio tonto ainda com a falta do oxigênio.

– Akbar, está conseguindo respirar, meu amigo?

Akbar, com uma voz sonolenta, se recompunha como se nascesse de novo. Ele sendo o cientista da Tribo, não estava acostumado com batalhas tão violentas assim, sabia se defender e lutar, porém algo a mais havia naquele Guerreiro de Fogo.... a força não era normal.

– Badawi!!! Badawi!!! Você me fez nascer de novo. Você me deu à chance de servir a Tribo novamente. Agora quero ser melhor do que eu era para a Tribo – lágrimas caiam de seu rosto. Kioni em silêncio, só observava, que em seguida se dirigiu a uma criança perdida.

A voz sincera de Akbar emocionou todos à sua volta. Era um homem corajoso e sabia da sua limitação como guerreiro. Passados vários minutos de fôlego, Akbar tentou dispersar os seus pensamentos de aniquilação.

– Badawi, preciso treinar mais em combate... – rindo em meio a uma tosse contida – Onde aprendeu a lutar tão bem assim?

– Treino desde os meus oito anos em vários tipos de lutas. Meu pai na verdade era um ex-comandante do exército inglês, venho de uma linhagem de militares que lutaram, na Guerra dos Sete Anos, um conflito internacional envolvendo vários países da Europa, quando do reinado de Luís XV. Estou na verdade reconquistando aquilo que se havia perdido, perdemos muito com a guerra, mas essa é uma outra história. Descanse.

Aqueles momentos infindáveis do eclipse solar estavam acabando e o sol surgia novamente em seu poder e esplendor. Com a aproximação da Rainha, Akbar imediatamente tentou ficar de pé e em reverência disse eufórico:

– Malaika, o teu poder nos salvou!!! Precisamos cuidar dos sobreviventes, resgatar a paz na Tribo e eliminar o medo de cada homem – Akbar estava eufórico e emocionado. Sua fé e crença eram tão transparentes, que naquele momento começou a orar e a agradecer.

Com a abertura total do dia com o fim do eclipse, o inimigo se afastara. Uma nova formação estratégica de Guerreiros Tajamali pôde trazer segurança aos sobreviventes da Tribo e a Guarda Real, novamente em posição, promovia uma aparente segurança para Kioni.

Muito preocupado com os sobreviventes perguntei:

– Kioni, algum ferimento no seu corpo? Quero ajudar a sua Tribo, os feridos... todos que precisem de ajuda.

Nangwaya, armado com uma lança dourada sempre à frente do corpo da Rainha, observava à frente e cuidadosamente caminhava com Kioni pela Tribo atacada. Olhou diretamente para mim e disse:

– Preciso levar Malaika para um lugar mais seguro, ao Norte até a base da Montanha Zamoyoni. São dois dias de viagem.

– Espere, Nangwaya! – disse a chefe – Precisamos atender os feridos. Permanecerei aqui até curarmos todos, precisaremos da ajuda dele.

O olhar de Kioni era determinado. Olhou para mim com a certeza de que a esperança poderia salvar todos os sobreviventes e que os mortos seriam enterrados em uma cerimônia religiosa.

Apesar de Nangwaya não concordar, iniciamos a procura por sobreviventes. A maioria havia se dispersado na fuga pela sobrevivência, porém, muitos não tiveram a mesma sorte.

Kioni não estava com nenhum ferimento aparente, caminhava vendo a destruição da Tribo, com lágrimas nos olhos, abaixou-se diante de um corpo com dificuldade explícita em respirar. Pude entender a sua coragem.

– Não conhecemos todos os homens e a vida, essa Tribo rival tem-nos atacado há muito tempo e nunca quis fazer nenhum acordo de paz, não entendo a troca da paz pela guerra. Quantos mortos nós tivemos hoje? Quantos mortos ainda teremos? Por que querem tanto o nosso santuário?

O corpo moribundo diante da Rainha tomava uma coloração estranha na pele da face e apesar daquele homem respirar com dificuldade, disse ofegante:

– Está ardendo! Me ajudem! Ahh... Está sufocando.. fui envenen... – e com uma convulsão intensa, morreu diante de sua Rainha.

O pequeno grupo que acompanhava a Rainha pode sentir um cheiro bem estranho de carne em decomposição. O cheiro nauseante começou a aparecer no ar, rápido, intenso, quase sufocante. A face daquele homem que acabara de morrer tinha iniciado uma surpreendente ulceração espantosa e a sua pele começou a se desfazer. Imediatamente as órbitas oculares se dissolveram para dentro do crânio e um muco viscoso e sanguinolento escorria de seus orifícios nasais. Diante de nós, um cadáver corroído por alguma substância absurdamente tóxica. Até aquele momento como médico, nunca havia presenciado uma reação corpórea tão vultuosa.

O veneno forte e impiedoso estava revelando o seu efeito.

O sonho de Akbar sobre Kioni estava prestes a acontecer. Apesar de toda a vigília e procura da Guarda Real, ninguém percebeu um Guerreiro de Fogo camuflado em cima de uma árvore com longos troncos tortuosos, sua pintura era diferente daqueles que atacaram a Tribo e se misturava com o brilho do sol, com a vegetação natural do lugar e da cor do céu após um eclipse, uma camuflagem perfeita.

Carregava com ele um dardo envenenado que, com uma precisão de guerra, lançou contra a Rainha da Tribo Tajamali. O dardo seguiu firme a trajetória atingindo as costas de Kioni. Imediatamente, caiu no chão. Nesse momento pude lembrar o incidente que matou o Dr. Hekler.

CAPÍTULO 2

"A minha graça é tudo que você precisa, pois o meu poder é mais forte quando você está fraco."

(2Co, 12, 9–10)

O INCIDENTE QUE MATOU O DR. HEKLER

Dr. Bradford Mainebush Hekler foi a minha inspiração em química, era um cientista fantástico, gostava de aprender sobre praticamente tudo. Um homem notável, assim como Akbar.

Formado pela fundação do Mechanics Institute (que mais tarde se tornaria o Bradford Technical College[8]), se desenvolveu em inúmeras áreas: Mecânica, Física, Química (que falava que era a sua vocação), Astronomia e Botânica (como hobby). Dessa brincadeira com as plantas é que surgiu a ideia do remédio, das pílulas.

O nosso bairro de Bradford, que mais tarde se tornaria a maravilhosa Cidade de Bradford[9], pertencia ao conglomerado de cidades de West Yorkshire, norte da Inglaterra, vivia uma febre pelas pílulas do Dr. Hekler. Toda farmácia do bairro possuía as pílulas. Era um sucesso de vendas.

As pílulas eram fabricadas no pequeno laboratório do Dr. Hekler e nessa época, com dezesseis anos, pude entender o poder da Alquimia. O Dr. Hekler sempre me dizia:

---

[8] O Bradford Institute of Technology, foi formado em 1957 como uma Faculdade de Tecnologia Avançada. Já em 1966, foi criada a Universidade de Bradford, como a conhecemos hoje.
[9] Bradford tornou-se uma cidade oficial da Inglaterra em 1897.

– Pequeno-alquimista, não se limite somente ao que vê; busque nas coisas invisíveis argumentos para que possam tornar visível o que ainda não entendemos. Quando você conseguir, essa será a sua glória, o seu legado.

Esses conceitos de filosofia, fé e vida estavam presentes naquele homem que me adotou como aprendiz e me passava todo conhecimento que havia adquirido durantes esses anos todos de pesquisador, inventor e viúvo. O Dr. Hekler sempre me contava uma história que aprendeu com o grande químico britânico Humphry Davy[10].

Humphry Davy era um líder nato que contribuiu para a evolução da Química, iniciada por Lavoisier. Dr. Hekler, assim como eu, era o seu Pequeno-Alquimista. Segundo o Dr. Hekler, trabalharam juntos na Instituição Pneumática Thomas Beddoes em 1801.

A história que o Dr. Hekler sempre me lembrava, tratava-se do relacionamento entre um povo e sua peste. Ele contava com detalhes emocionantes, que eu nunca consegui lembrar, muito menos reproduzir, mas a memória dele era imbatível.

A PESTE DA CIDADE ESQUECIDA

A peste havia dizimado metade da população de uma cidade ao sul da França e os sobreviventes não tinham ideia de como pará-la, pois não sabiam sua origem, sua transmissão e nem como tratar os mortos. As pessoas não sabiam o que fazer e parece que a esperança havia abandonado aquele lugar de desespero e dor.

Um médico começou a observar uma garotinha que no meio do caos, permanecia saudável, porém, pedia constantemente ajuda para a mãe que estava doente. As pessoas, indiferentes ao seu clamor, ignoravam a garotinha e até mesmo, um pouco rudes, pediam para ela não perturbar e retornar a casa da mãe. O médico foi em direção à garotinha tentando ajudá-la e começou um diálogo, que o Dr. Hekler adorava teatralizar:

– Em que posso ajudá-la corajosa garotinha? – perguntou o médico curioso.

---

[10] Humphry Davy (1778–1829) foi o cientista que descobriu Elementos Químicos como Potássio e Sódio em 1807 e Cálcio e Bário em 1808. Uma menção honrosa à Davy foi que em 1813, outro gênio trabalharia com ele como assistente: Michael Faraday.

– *Preciso ajudar a minha mãe que está doente. A peste chegou até a minha casa.*

O médico comovido pelo pedido daquela frágil garotinha pergunta:

– *E onde é a sua casa?*

– *Do outro lado da cidade – respondeu a menina com um sorriso de esperança para o médico.*

– *Mas é muito longe de onde estamos. Como chegou até aqui?*

– *Diante da imagem da peste em minha mãe, falei a ela que conseguiria ajuda e vim andando até aqui. Levei dois dias.*

– *Mas você é muito corajosa com tão pouca idade – admirado o médico falava com um entusiasmo motivador.*

Essa era a parte que o Dr. Hekler gostava de dar mais ênfase e sempre se emocionava.

– *Não se trata somente de coragem. Trata-se do maior amor do mundo que sinto pela minha mãe, que é tudo para mim.*

O Dr. Hekler sempre terminava essa história dizendo que o médico foi até a casa da garotinha e salvou a mãe da peste. Para ele, tanto o médico quanto a garotinha tinham algo em comum: tinham amor e coragem dentro de si. O médico por não ter medo da doença e compaixão de ajudar aquela garotinha perdida e ela por fazer do amor incondicional uma escolha, ou seja, a sua força diante do medo das pessoas que estavam ao seu redor na cidade. E concluía com uma frase:

– Pequeno-Alquimista: quando o amor e a coragem se juntam, nenhuma peste viverá para contar outra história.

Foram anos maravilhosos com aquele cientista fantástico que me ensinou sobre o amor, a coragem, a Alquimia e a compaixão. As pílulas porém, foram o seu sucesso mas também a sua ruína.

Uma efêmera rivalidade, motivada pelos interesses econômicos se instalou em Bradford. O segredo da fórmula da pílula quem sabia era somente o Dr. Hekler. Eu sabia que a base da pílula era uma planta que o Dr. Hekler chamava de "A Bela dama" e que através de compostos químicos combinados em precisas proporções, elevavam o potencial do remédio que a planta produzia de maneira natural.

Edgar "Tho'Thor" Zorgreen era o principal responsável pela ambição desmedida de conseguir a fórmula secreta do Dr. Hekler. A empresa medicinal Zorgreen Co. estava em Bradford há pouco tempo e prometia inúmeros remédios para a população local. Diferente das pílulas do Dr. Hekler, o valor dos remédios era alto e de qualidade duvidosa, porém, atendia a maioria das vezes os enfermos da cidade.

Uma vez, estava no laboratório produzindo as requisitadas pílulas que atendiam totalmente as necessidades de restabelecimento do estômago das pessoas, se tornando um remédio famoso local, escutei uma conversa extremamente ameaçadora, que me perturbou.

Zorgreen sabia desse sucesso e tentou inúmeras vezes comprar o segredo do Dr. Hekler, ele nunca concordou com os métodos de suborno de Zorgreen. Pude escutar a discussão que se fazia no escritório do laboratório entre o cientista e os capangas de Zorgreen e no que conseguia ver pela janela do escritório eram três sujeitos mal intencionados; um deles, o mais alto tinha uma cicatriz no lado esquerdo da boca, uma cicatriz mal acabada, avermelhada, de cabelo liso e sujo, porém com uma falha no couro cabeludo, que a meu ver era fruto de briga; o outro sujeito era gordo e estava bem trajado, parecia ser o chefe, porém, ao se movimentar, percebi uma falha no seu andar e o mais assustador era conduzir um revólver Colt M1860, muito raro para a época; e o terceiro, o mais cruel, sempre falava alto e ameaçava constantemente o Dr. Hekler, era muito forte e possuía uma tatuagem no braço direito em forma de enguia.

— Velhote, essa é a nossa última oferta! Caso não aceite, o próprio Zorgreen cuidará desse caso pessoalmente e pelo que conheço dele, não será tão condescendente.

— Não tenho que aceitar nada daquele corrupto imprestável — respondeu ele de maneira enérgica — A fórmula será revelada no momento adequado, que não é no tempo de Zorgreen — ouvi Hekler dizer.

Nesse momento, as coisas ficaram mais tensas e desconcertantes e as ameaças aumentaram:

— Zorgreen saberá da sua teimosia, velhote insolente. Não aceitará a sua decisão e quando as coisas fogem do seu controle, histórias ruins normalmente costumam acontecer.

– Não adianta me ameaçar, seu... – nessa altura as vozes estavam rigorosamente raivosas.

Pude ouvir um soco na mesa do escritório que fez um enorme barulho, foi quando entrei:

– Precisando de ajuda Doc? – nessa época já tinha uma boa experiência com luta.

Os capangas de Zorgreen não se intimidaram com a minha presença e perguntaram para Hekler:

– Quem é o fedelho maldito?

– Meu assistente.

– Olhem, já terminei com vocês. Saiam do meu laboratório!! – disse Doc irritado – Saiam!!!

– Vamos te dar mais o tempo de amanhã, velhote. Ah! Toma cuidado com os líquidos ao seu redor. Não sabemos quando um vidro pode quebrar – apontando para aquela infinidade de frascos, vidros e substâncias coloridas que o laboratório possuía. Saíram quebrando um pequeno Becker.

Dr. Hekler morava perto do laboratório, porém, às vezes dormia no próprio laboratório. Tinha um quarto nos fundos do galpão, montado para aqueles dias em que precisava acompanhar os resultados das suas inúmeras experiências.

– Doutor, o que esses caras queriam? – perguntei olhando para aqueles olhos cansados e melancólicos.

– Poder, Pequeno-Alquimista. Querem a fórmula das pílulas para vender num comércio sujo da Companhia de Zorgreen... Zorgreen é um homem cruel, um homem mau.

– E o Sr. pretende fazer o quê? – perguntei um tanto assustado com o olhar que Doc fazia para o nada.

– Não sei, talvez desistir dessas pílulas. São homens que pelo dinheiro e poder podem fazer qualquer besteira. Um coração mau produz uma infinidade de estupidez e causam uma cegueira espiritual.

– Bem, já chega por hoje. Vá para a sua casa e descanse. Amanhã será um dia de decisões e quero estar bem disposto para tomar as melhores que puder. Vá para a casa e amanhã será um dia de novas revoluções. Vá!

Após o silêncio de alguns segundos me despedi de Doc e fui para a casa. Em casa, não conseguia dormir naquela noite preocupado com Doc, sabendo que poderia estar sozinho na sua casa ou no laboratório. Sai em silêncio do meu quarto, passei pela sala principal, onde vi Bob dormindo debaixo da escada. A noite estava fria e apesar da boa caminhada até o laboratório de Doc, foi um sacrifício que valeu à pena. Precisava ver se as coisas estavam bem com ele. Passei primeiramente na Rua Hambilterr, 45 onde ficava sua casa, pude ver no jardim vários jornais espalhados e destruídos pela chuva. Possivelmente Doc dormia mais no laboratório do que na própria casa. Olhei detalhadamente pelas janelas e segui até a porta da frente. Toquei em seu trinco várias vezes, mas o silêncio da noite insistia em permanecer. Fui até o laboratório a quatro quadras dali.

A minha preocupação com Doc aumentava e nunca iria desistir de ajudar aquele homem que fez dos meus dias, dias de um verdadeiro alquimista. Andando rapidamente pelas ruas de Bradford cheguei até o laboratório. Naquele momento, o pior de repente aconteceu.

Na entrada do laboratório o silêncio da noite foi violentamente rompido pelo barulho de uma grande explosão vinda do interior do laboratório. As labaredas de chama ultrapassaram o teto e uma grande quantidade de material sólido misturado caiu em locais bem afastados, com o impacto da explosão. Um diferente coche saiu a uma velocidade de fuga.

Sai correndo para dentro do laboratório a procura de Doc, as chamas eram fortes e o cheiro de gás das misturas químicas aquecidas poluía o ar para respiração. Nesse momento não tive muita escolha a não ser adaptar meu corpo aquela situação crítica. Minhas narinas criaram automaticamente uma camada de filtro natural e meus olhos, uma membrana que os protegia contra a fumaça nociva. Avancei até o escritório e vi Doc caído no chão, do lado do corpo um recipiente de Clorofórmio, possivelmente utilizado pelos bandidos para "apagar" Doc. Na atmosfera aquecida, um aroma doce e agradável percorria o ar: era Benzeno[11].

Sabia que uma nova explosão poderia acontecer a qualquer momento, pois a atmosfera estava um tanto inflamável. Ajoelhei diante do corpo desacordado de Doc e rapidamente segurei-o pelos braços. Comecei a caminharem meio a uma fumaça difusa, porém, uma nova explosão ocorreu, derrubando

---

[11] O Benzeno é um líquido inflamável e incolor. Descoberto em 1825 por Michael Faraday é um hidrocarboneto aromático considerado o mais importante para a Química Orgânica.

eu e Doc no chão. Rapidamente levantei-o novamente pelos braços. As explosões haviam destruído uma parede do escritório e conduzi Doc fora daquele ambiente infernal. Ele permanecia desacordado sob o efeito tóxico do Clorofórmio, não poderia demorar muito, ele poderia ter algum tipo de choque, corria grave risco de vida.

Naquela época, já sabia do que o meu corpo era capaz e que tipo de substância neutralizaria o clorofórmio: mais tarde seria chamada de Atropina[12]. Voltei para o laboratório em chamas.

Na parte botânica do laboratório, o Dr. Hekler cultivava inúmeras espécies de plantas e precisava encontrar a Atropa Belladona. O cheiro do lugar estava insuportável e o risco de explosões era eminente. Andei pelo corredor principal do laboratório e pude ver que praticamente todas as bancadas de montagem, vidros, frascos, substâncias, experiências estavam totalmente destruídas e a parte botânica estava sendo invadida pelo fogo.

A Belladona é uma planta pouco tolerante à exposição direta à radiação solar, por isso sabia exatamente onde encontrá-la. Com o olfato extremamente sensível, pude sentir o aroma da copa roxa, onde das folhas largas e ovaladas, despontavam inúmeros frutos (bagas), com aproximadamente 1 cm de diâmetro, alguns ainda verdes mas na maioria já estavam maduros, que adquiriram uma coloração negra. Peguei o máximo que pude. Precisava agora de alguns compostos químicos para realizar uma Síntese Orgânica[13] com a Belladona.

Não tinha mais tempo e apelei para a minha habilidade novamente: identificar os compostos necessários para a síntese através do meu olfato. Esse órgão possuía as filtragens necessárias para identificar a substância, processar no meu cérebro e indicar aos olhos onde estaria tal substância. Consegui os frascos necessários das substâncias para a síntese e uma seringa de Rynd-Pravaz[14]. Precisava chegar rapidamente até Doc e voltei pelo corredor

---

[12] O primeiro método de síntese de atropina foi descoberto pelo químico alemão Richard Martin Willstätter (1872–1942) em 1901. Encontrada na planta Atropa Belladona (ou erva-moura mortal) tem uma rápida absorção pelo trato gastrointestinal. É usado como antiespasmódico; dilatador dos brônquios no colapso respiratório; edema pulmonar; antídoto do clorofórmio.

[13] Sir William Henry Perkin (1838–1907), foi o pioneiro na Sintetização de corantes obtidos de plantas como Cinchona (Quina). A síntese orgânica consiste na construção de moléculas orgânicas através de processos químicos.

[14] Em 1844, o médico irlandês Francis Rynd (1801–1861) inventou a agulha oca. A Seringa de Metal Prático foi inventada em 1853, pelo francês Charles Pravaz (1791-1853).

central, mas outra explosão ocorreu me jogando no chão. Um dos frascos escapou da minha mão e caiu no chão e, milagrosamente, quebrou somente a borda, mantendo a substância dentro do recipiente.

Ao chegar até Doc, vi que a coloração de seu rosto estava diferente e já não respirava mais. Começava aí uma batalha para recuperar a vida de Doc. Primeiramente, iniciei uma incessante massagem cardíaca que colocava todo o meu peso contra o peito de Doc, soprava todo o meu fôlego para que seus pulmões enchessem de vida, na frequência de quatro massagens para uma insuflação.

Esses momentos, meros minutos, duraram uma eternidade, assim como o eclipse da Tribo africana. Em poucos instantes, muitas emoções. Uma tensão indescritível. Mórbida.

Doc voltou a respirar com dificuldade e seu coração a bater num ritmo lento, o que me fez ter o tempo necessário para produzir a Atropina. Pude perceber que na dificuldade é que fazemos as coisas mais impressionantes. A Atropina tinha que dar certo; acreditava nos meus sentidos.

Recolhi a alquimia momentânea dentro da seringa de Rynd-Pravaz e com cuidado fui perfurando a veia do braço esquerdo de Doc. Injetei toda a substância. Acreditava na Atropina. Esperei, olhando com carinho de filho para aquele homem que iluminou o meu conhecimento. Me deu a chance. Me deu a alquimia. Me fez perceber a compaixão.

A respiração de Doc começou a melhorar e pude ouvir a sua voz muito fraca:

— O que aconteceu filho? Por que o ar está tão quente?

— Doc, não fale. Procure encher os seus pulmões com esse ar quente – brinquei – Respire fundo e lentamente.

— Os capangas de Zorgreen tentaram te matar e incendiaram o laboratório. Destruíram tudo, Doc. Ainda corremos perigo.

— Meu laboratório... as pílulas... minhas plantas... meu trabalho – disse Doc com lágrimas nos olhos.

— Precisamos nos dirigir para um lugar mais seguro. Consegue andar Doc? Segure no meu ombro.

Saímos daquele inferno e uma última explosão destruiu tudo que ainda restava. O Jardim Botânico do Laboratório eram apenas cinzas de destruição.

O trabalho de anos totalmente devastado pela ganância de homens cruéis. Aquele laboratório estaria somente gravado na história da cidade.

Passados alguns dias, Doc deixou a cidade de Bradford.

Estive com ele na estação de trem em Leeds[15] e tivemos um diálogo breve, porém muito inspirador para mim.

– Chegamos ao fim de mais uma jornada, meu pequeno-alquimista – disse com um certo ar de alívio – acredito que pensando sobre os últimos acontecimentos com os capangas de Zorgreen.

– Não acredito em despedidas. Minha crença em algo infinito e duradouro é o que me manteve feliz nesses anos todos sem a minha amada Dolores. Ela foi a minha inspiração, assim como você foi o meu libertador.

– Algo me diz que ainda iremos nos encontrar – disse Doc com entusiasmo.

– E meu pequeno jovem aprendiz guarde dentro do seu coração três coisas importantes: primeiro, NUNCA ABANDONE SUA ESSÊNCIA – disse Doc olhando para o céu – Sua essência é acreditar no impossível, nesses poucos anos em que convivi com você, pude perceber a grandiosidade do homem que ainda pode se tornar. Olhe a sua volta e perceberá que tudo faz sentido: o vento na sua pele, o sol que brilha e ilumina essa estação, esse encontro de amigos, o laboratório destruído, sua mãe superprotetora, Bob, até mesmo aquela senhora com tanta dificuldade em andar pela idade avançada – apontou Doc na direção das árvores da estação – Não sei se me entende, mas a essência em acreditar no impossível fará de você um homem indestrutível; segundo, NUNCA PARE DE APRENDER – dessa vez Doc colocou o dedo indicador em direção ao seu pensamento – Você, meu futuro Superalquimista, deve isso a você mesmo. Aprenda sobre tudo que estiver ao seu alcance: física, matemática, biologia, química, botânica, astronomia, economia, culinária, pois existirá um dia em que precisará cozinhar para você mesmo, aprenda sobre os minerais, aprenda sobre religião, política, negociação e quando achar que está bom, aí entenderá que falta muito ainda a aprender. Isso é maravilhoso. A vida é assim, encantadora, majestosa, vibrante.

O trem para Londres estava chegando e o alvoroço de pessoas na estação fez Doc dar uma pausa na nossa conversa.

---

[15] Leeds é uma grande cidade ao Norte da Inglaterra, distante aproximadamente 16Km de Bradford em linha reta, próxima ao Rio Aire.

– Não precisava ter tentado tantas vezes esconder seu dom, suas habilidades desse velho cientista – Doc me falava com sutileza e sua brandura em me dar um conselho fez daquele momento o marco para uma nova vida; a vida que me esperava de braços abertos.

– Em terceiro filho, INVISTA EM VOCÊ, INVISTA NAS SUAS HABILIDADES, NO SEU DOM. Respeitei suas escolhas e como já disse, você pode se tornar um homem extraordinário. Precisa investir, aprender, acreditar nos seus poderes. Não sei nada sobre eles, porém, sei que pode transformar o seu redor, as pessoas, a vida delas, o mundo. Pense e acredite sempre num mundo melhor.

O trem acabara de chegar e via Doc subindo as escadas do vagão C de passageiros, foi uma despedida emocionante e a única coisa que pude falar aquele homem que me ensinara sobre como eu gostaria de levar a minha vida daquele momento em diante foi:

– Muito obrigado, Doc. Foi uma honra fazer parte da sua vida.

O trem velozmente deixava a estação. Não saberia mais se encontraria aquele homem incrível novamente. Somente o destino poderia decidir.

Os dias se passaram e eu já estava empregado na Empresa do malfeitor "Tho'Thor" Zorgreen, precisava entender o que se passava por lá. Era uma indústria farmacêutica, laboratórios imensos fabricavam vários remédios para a população, mas eram remédios comuns, sem muita expressão financeira. Zorgreen realmente era um homem cruel, precisava saber até onde esse mal poderia alcançar.

Já se passara oito meses da viagem sem volta do Dr. Bradford M. Hekler e todos os dias pensava sobre as 3 coisas importantes que encheram o meu espírito de coragem.

Estava lendo a obra de Alexandre Dumas, "Vinte anos depois" que é a sequência do épico histórico "Os três mosqueteiros" cuja história de aventura, traição e romance me incentivava a ser cada vez melhor em tudo, quando numa voz de surpresa, meu irmão Sam falou para os ventos:

– Mr. BatBattle, tem uma carta do correio para você. O remetente é Doc. Doc... quem escreve Doc no remetente?

– Me entrega a carta impiedoso Targkromm!! – rimos juntos, Sam e eu.

A carta era do meu amigo distante, que guardei secretamente e dizia algo como:

"Feliz em te escrever de tão longe, meu estimado Superalquimista. Como está a sua vida? E os seus poderes? Estão em franca progressão? Nunca se esqueça de aplicá-los para o bem da humanidade. Essa é a sua obrigação, a sua herança.

Nesses meses que estive ausente, estava procurando um novo lugar para novas pesquisas, nas diversas áreas do conhecimento e o encontrei. Estou em algum lugar da África Oriental, a procura de minerais raros, minerais muito interessantes. Quero agradecer por salvar a minha vida e me dar motivos para continuar. Em sinal de agradecimento, segue o descritivo detalhado da fórmula da "Minha Bela Dama", use esse presente para o benefício das pessoas. Saberá usar no momento adequado. Faça riqueza com os remédios. E não se esqueça: O homem deve obter o mérito de seus atos, assim como deve aplicar em sua vida a responsabilidade. Espero vê-lo em breve nesse continente do Sol, cuja paisagem é deslumbrante, assim como os seus Poderes."

Ass.: Doc

32

CAPÍTULO 3

"Quase todos os homens são capazes de suportar adversidades, mas se quiser pôr à prova o caráter de um homem, dê-lhe <u>Poder</u>."
Abraham Lincoln (1809–1865), 16.º presidente dos Estados Unidos

PODERES

Bob apareceu no Natal de 1848. Foi o melhor presente que recebemos na infância, eu e meu irmão Sam. Filhote de um casal de Beagles[16] que pertenciam ao vizinho do lado da casa de meus pais; possuía uma bela mancha escura na parte direita do abdômen e uma curiosa mancha branca, que dividiam os dois olhos simetricamente e se estendia até o centro do crânio, o resto do pelo da cabeça, que se estendia até as orelhas era daquela cor belíssima dourada. Ele era realmente lindo.

Naquela primavera em Bradford, eu e meu irmão Sam costumávamos passear com Bob num pequeno bosque perto de nossa casa. Sam era o irmão caçula, dois anos mais novo do que eu, e sempre saía na frente da corrida com Bob. Sam adorava correr.

---

[16] O Beagle mede, em média, de 35 a 45 cm. Os cães da raça podem pesar entre 15 e 23Kg. Enquanto alguns historiadores acreditam que o Beagle foi levado à Inglaterra no Século XI, há aqueles que apostam em uma chegada mais tardia a esse país no século XV. Independente da época, o que se sabe é que essa raça foi desenvolvida a partir de antigas linhagens de cães sabujos (cães rastreadores destinados à caça, principalmente de coelhos e lebres).

– Aposto que não consegue me alcançar, Bat[17].

– Aposto que posso – e saíamos correndo para a grande e frondosa árvore no centro do bosque, com Bob latindo logo atrás.

Aquela tarde de Maio mudaria a minha vida para sempre.

Bob sempre estava procurando alguma coisa no bosque, algum cheiro peculiar de algum outro cachorro ou até mesmo o cheiro de algum alimento ou de um outro animal. Naquela brincadeira toda de corrida com Sam, havíamos por um instante, perdido Bob de vista.

O CHEIRO DO GATO ENVENENADO – O FUNERAL

– Bob... Bob...venha cá garoto!! – dizia meu irmão Sam como que chamando um amigo da escola.

– Bob! – Gritei mais alto que Sam e assobiei, tentando descobrir onde estava aquele corajoso cão farejador.

Foi aí que pude sentir e utilizar o meu primeiro poder. Na ansiedade de encontrar Bob, meu olfato começou a mudar. A sensação era a de que mais oxigênio entrava pela minha respiração, com uma absurda diferença: a cada ciclo de respiração, conseguia distinguir inúmeros odores e o meu cérebro processava cada um deles, me indicando quantidade e direção. Nesse momento pude olhar ao longe e indicar para Sam, o local exato onde estava Bob.

– Sam, venha comigo. Já sei onde está aquele cachorro teimoso.

O cheiro que me atraía deveria ser o mesmo que atraiu Bob, o corpo de algum animal morto por envenenamento. Incrivelmente, podia sentir o cheiro da substância, que na decomposição do corpo se misturava com o ar.

Andamos por vários metros e em meio à mata do bosque, escondido por entre folhas verdes e galhos retorcidos pudemos encontrar Bob, muito próximo daquele cadáver de animal, um gato em decomposição.

– Bat, o que aconteceu com esse gato? Veja os pelos, caíram todos. A pele está escura e o cheiro... que cheiro horrível. Bob, se afasta! Vai pra lá cachorro! – Sam nunca tinha visto uma cena de morte, era muito pequeno.

---

[17] "Bat" era um apelido carinhoso que Sam começou a me chamar quando tinha 4 anos. Se refere ao herói "BatBatlle" que brincávamos nos invernos rigorosos em Bradford. Eu fazia o herói e ele sempre escolhia o boneco de pano maior, que era conhecido como o vilão: "Targkromm".

— Sam, não toque no gato! Pelo que pude sentir, esse gato foi envenenado. Deve ter ingerido alguma comida envenenada, ou dada por algum vizinho das redondezas ou pode ter ingerido um rato envenenado.

— Bat, para onde o gato vai? — Nessa época Sam não sabia nada sobre a morte. Eu também tinha muitas dúvidas sobre a morte, mas expliquei de uma maneira convincente para ele.

— Sam, deve haver um céu para os gatos bons. Mamãe sempre me falou que as pessoas boas vão para o céu. Eu não conheço nenhum gato mau, portanto esse deve ter ido para o céu também.

— E o que vamos fazer com esse corpo fedorento? Vamos enterrá-lo?

— Bob, sai pra lá cachorro!... — gritei com a insistência de Bob em cheirar o gato moribundo.

— Sam e se a gente cobrir o gato com terra? Ou melhor, vamos abrir uma cova.

— Cova? O que é isso, Bat?

— Um buraco no qual possamos enterrar o gato.

— E quem vai colocar esse gato fedorento na cova, Bat? Ele está muito fedido.

— Vamos fazer o buraco e depois a gente empurra o corpo do gato usando aquele galho — indiquei um galho comprido, que caia de uma árvore velha do Bosque.

— Boa ideia! — afirmou Sam com a ideia do funeral.

E assim, fizemos o funeral do gato envenenado. Meu irmão Sam, na sua inocência de criança cobriu a terra com uma planta já murcha, porém cheirosa que havia encontrado naquele pequeno bosque, disse que era para perfumar o caminho do gato até o céu.

Saímos do pequeno Bosque em direção à nossa casa. Mamãe já aflita perguntou onde estávamos, pois, apesar de estar nos acompanhando sempre com o olhar e sabendo que estávamos no pequeno bosque, perdeu o contato quando a visita de uma vizinha havia lhe distraído por alguns   momentos. Sam contou toda a aventura de enterrar o gato para mamãe, orgulhoso. Para mim, algo diferente aconteceu que apesar de não entender, foi incrível. Não contei nada para a mamãe. Sam nem havia percebido. Era pequeno demais.

MINHA CASA ESTAVA DIFERENTE – SENTIDOS

À medida que os dias passavam, meus sentidos se desenvolviam vertiginosamente e a percepção ao meu redor era outra, minha casa estava diferente. Tinha uma visão espacial nunca experimentada antes e tinha o controle sobre aqueles poderes, sabia quando meu pai entraria por uma porta, vindo de tão longe; sentia o odor de uma fruta madura quando caia no chão da casa do vizinho; minhas pequenas mãos pareciam estar cada vez mais fortes; conseguia distinguir separadamente cada tempero que a minha mãe colocava naquele guisado gostoso que só ela sabia fazer; e o mais saboroso dos sentidos: a visão. A visão captada pelos meus olhos era, para mim, a maior diversão daquela época. Enxergava na escuridão da noite e podia entender como as corujas utilizavam tão precioso poder; dia ou noite não havia diferença para aqueles pequenos olhos azuis de uma criança curiosa, rápida e ao mesmo tempo frágil. Não sabia como revelar esses poderes para ninguém, acho que era muito pequeno ainda para uma responsabilidade do tamanho do mundo. Não entendia para que serviriam aquelas coisas ou como aplicá-las no meu dia-a-dia, tentando ajudar ou mudar alguma coisa ou alguém.

Convivendo muito com Sam e minha mãe, pude perceber em seus corpos alguma enfermidade ou alguma sensibilidade a certa substância: Sam por exemplo, era alérgico ao talco e só nossa mãe sabia; minha mãe tinha uma sensibilidade a algum tipo de veneno, porém não sabia ainda o que era e nem de onde poderia vir e entrar em seu corpo.

Numa noite em que meu pai havia retornado de uma campanha do exército inglês, pude conversar, de modo superficial, sobre o que estava acontecendo comigo e sabiamente ele pode me esclarecer muita coisa:

– Pai, o que faria se tivesse algum tipo de poder?

– Que tipo de poder você se refere?

– Um poder que possa mudar a vida das pessoas para melhor.

– Essa é uma boa pergunta, filho. Vou lhe contar uma história sobre o poder, que talvez possa responder a sua pergunta. Ela se chama:

O DILEMA DE UM GENERAL

— *Em uma Terra bem distante daqui um General vivia um grande dilema de uma guerra que não era dele: o inimigo atacara a sua tropa impiedosamente, encurralando-os entre uma floresta perigosa e os soldados que restaram estavam à mercê da sua decisão; ou voltavam por uma floresta minada pelo inimigo e perderiam a guerra ou enfrentavam à frente a fúria inimiga novamente. Como todos os soldados estavam cansados e famintos, a chance de morrerem e perderem a guerra enfrentando o inimigo era quase a mesma de voltarem pela perigosa floresta, e perderiam a guerra também. O poder do General sobre a vida daqueles corajosos soldados era algo que exigiria muita sabedoria, pois a situação não estava a seu favor. Diante da terrível situação, seu Coronel o abordou, perguntando sobre o destino: "General, com todo o respeito Sr., o que iremos fazer? Os soldados estão exaustos e feridos e temos pouca munição. Os caminhos estão fechados para a vida. Não temos mais esperança. Daqui a alguns dias, seremos atacados novamente pela tropa inimiga, que se recolheu para reforçar a campanha, enterrar seus mortos e vir com toda a munição possível. Não conseguiremos sobreviver. O que faremos Sr.?"... Pequeno Bat, o General não tinha a menor ideia de como sair daquela situação, mas tinha com ele o poder de decidir sobre a vida e a morte daqueles soldados. Os soldados o veneravam, pois era um excelente comandante e um ser humano extraordinário. Essas características fizeram a diferença...* — Pude perceber emoção nas palavras de meu pai — *O General ficou em silêncio diante de seu Coronel... Bat, nas horas de aflição, a melhor coisa que temos são os nossos pensamentos felizes. Uma boa respiração, uma respiração profunda para encher ao máximo os pulmões, seguido de uma saída lenta e gradual do ar pode fazer uma grande diferença entre o sucesso e o fracasso. Essa simples ação pode nos acalmar, nos encher de nova esperança e fazer com que o nosso cérebro possa nos dar as melhores respostas.*

— Venham jantar meninos!! — gritou a minha mãe da nossa sala de jantar — Sam, venha se sentar à mesa — ordenou ela com aquela voz doce de autoridade. Meu pai se distraiu e interrompeu a história.

— Pai, e o que aconteceu com a Tropa do General?

— Bat, conto para você após o nosso jantar filho, estou faminto. Você aguenta esperar?

– Ok. Espero que ele tenha escolhido a melhor saída para a sua tropa, decisões como essa precisam ser corretas – disse superficialmente sem ao menos saber o final da história.

O jantar naquela noite foi perfeito, com tantas dúvidas sobre aqueles misteriosos poderes, pude ver em meu pai o homem que gostaria de ser: íntegro, forte, determinado e, ao mesmo tempo, cheio de amor. Minha mãe o adorava, sempre nos dizia que para chegar até onde meu pai estava, precisávamos, eu e Sam, subir muitos degraus de uma gigantesca montanha coberta de neve; dizia que a neve representa todas as dificuldades normais da vida e que sempre derretia sob a influência do sol.

Um pouco antes de dormir, continuava intrigado com a decisão do General, foi então que voltei a perguntar para aquele Coronel de Guerra, que era um pai maravilhoso:

– Pai, se o General escolher a opção errada, a tropa toda morre?

– Sim. Estavam em desvantagem e não tinham mais o principal: a Esperança.

– Então vamos finalizar essa história juntos...

– *A tropa observava a conversa do General e seu Coronel. O silêncio do General fez com que a tropa acreditasse que ele teria alguma ideia que os salvaria, a tropa acreditava no General, os soldados acreditavam naquele poder... Esse poder Bat, se chama Fé.*

– Pai, se tivermos fé e acreditarmos no nosso poder, mudaremos as coisas?

– Exato, Pequeno Bat. Precisamos acreditar no que está aqui dentro – e meu pai apontou para dentro do meu coração.

– *Mesmo não sabendo a resposta, o General nunca desistiu de sua tropa. Algumas horas se passaram e desde o início do seu silêncio pode pensar; deve ter respirado profundamente numerosas vezes até que chamou o seu Coronel e pode esclarecer as suas ideias. Não sabia se daria certo, mas a sua crença era inabalável, incorruptível.*

– O que aconteceu com os soldados? – estava ansioso com a história que meu pai contava sobre o sábio General.

– *Todos os soldados se salvaram. O Coronel fez exatamente o que o General ordenou. O General conseguiu salvar o que sobrara de sua tropa, 187 pessoas. Ele simplesmente acreditou que daria certo. E deu.*

– Portanto, Pequeno Bat... E respondendo a sua pergunta, o poder é dado para todos. Temos o poder de mudarmos a nossa vida, o nosso redor, as pessoas, a sociedade, o mundo e essa mudança ocorrerá conforme as nossas escolhas. Dependendo das nossas escolhas, estaremos na luz ou nas trevas. O seu poder deve ser tão intenso que deverá iluminar tudo ao seu redor. Utilize o seu poder para brilhar tudo que te envolve. Somente assim a sua vida terá valido à pena. Agora, quero que feche os olhos e sonhe com o caminho iluminado que pode trilhar. Te encontrarei do outro lado.

ARTI MARZIALI

Dois anos se passaram sem nenhum desenvolvimento significativo daquele pseudo poder. Sentia que a intensidade dos poderes crescia lentamente e fazia da minha vida uma aventura extremamente deliciosa, estava sempre buscando superar certos limites daquelas extravagantes habilidades.

Meu pai era um aficionado por artes marciais, pela formação militar, sempre adorou o combate, a competição, a disciplina, o poder. Ele nunca deixava de nos treinar.

– Posicionamento correto, Bat! Braço e punho em posição de ataque. Isso! Força garoto! Novamente... Incline o corpo, como se fosse flutuar! Equilíbrio. Isso! Golpeie! Desvie! Abaixa! Golpeie! Isso, Garoto! – meu pai sempre era um grande incentivador, um motivador nato.

– Melhore o seu Kata[18]! Vamos, repita! Isso... Explore cada vez mais as suas Arti Marziali.

Meu pai adorava usar esse termo. Referenciava todo o treinamento em artes marciais numa palavra só: Arti Marziali. Ações de disciplina, coragem, determinação e fidelidade ao exército inglês, vieram da época em que treinava para ser o melhor, época de paixão em lutar, em ser forte.

Sam e eu fomos direcionados para essas práticas de luta desde pequenos, assim como ele aprendeu naquele país, quando ainda era um jovem soldado. Uma dessas artes era o Liu-Bo[19], uma arte marcial italiana.

---

[18] O Kata significa "forma" ou "modelo". É um conjunto de movimentos de ataque e defesa presentes nas mais diversas artes marciais japonesas e que pretende ser uma luta simulada.

[19] O Liu-Bo italiano é semelhante à arte japonesa do Kendo. A espada no Liu-Bo normalmente era feita de madeira de oliveira, de laranjeira amarga, ou de sorveira. Já no Kendo, a espada é feita normalmente de Bambu.

Nessa época, dizia ele, estava em treinamento pelo exército inglês na Sicília e pode entender que se tratava de uma luta transmitida de pai para filho durante séculos naquele lugar do país. Com esse mesmo intuito, treinava-nos todas as vezes que voltava para casa. Era especializado no combate corpo-a-corpo. Sempre quis ser igual a ele. O admirava como pessoa, como soldado, como o homem que cuidava da minha mãe.

Nos fundos de nossa casa existia um rancho padrão para a época, fabricado de cipreste calvo, grande o suficiente para que meu pai construísse um lugar para treinar as Arti Marziali.

À medida que o tempo passava e nós crescíamos, Sam e eu melhorávamos os movimentos das artes marciais Liu-Bo, Karatê, Boxe Inglês (a Nobre Arte).

Num momento em nossa casa, estávamos sozinhos no rancho treinando Boxe e meu pai estava entusiasmado com o Campeonato que estaria por vir.

— Bat, o que acha de participar no ano que vem do Campeonato de Boxe Inglês na cidade de Leeds? Como o Campeonato é dividido em categorias, você competirá com adversários da sua idade. Vamos? Para treinar. Sem compromisso.

— Pai, mas e se eu for derrotado?

— A culpa não será sua. Será minha por não ter treinado você o suficiente. Além disso, a questão não é ganhar ou perder. Na vida de todos, as chances são de 50%. Todos. Ou você ganha, ou você perde. O que importa é que para cada resultado existe uma oportunidade de aprendizado que ficará guardado com você para sempre. Uma derrota não significa que não atingiu um objetivo. Para tudo que fazemos há um propósito.

— Mas vencer é sempre bom, não é? — disse para meu pai, querendo provocá-lo.

— Vencer é um dos objetivos.

— Como assim?

— Vencer é a glória. Mas não é só isso. Toda vez que vencermos um adversário, um obstáculo, um problema, precisamos refletir nessa oportunidade que a vida nos desafiou a aprender. Vencer nos faz acreditar no nosso potencial, nos nossos limites, na nossa sabedoria. Procure vencer sempre Bat, mas se não der, não tem problema.

– Mas pai, ninguém gosta de perder. Parece ser doloroso, frio, triste.

– Perder Bat, se olhar somente por essa amplitude, que por sinal é bastante restrita e ineficiente, realmente é algo que ninguém gosta. Mas vamos tentar olhar por uma outra perspectiva. Pouco se aprende com a vitória. Na vida da humanidade, em algum momento alguém perde alguma coisa, correto? Um ente querido morre; um cachorro, como o Bob, desaparece; uma batalha de guerra que consome os homens; uma flor que morreu por falta de cuidados; um amor que não foi correspondido... são infinitas possibilidades. Mas olha só a beleza Bat: a perda pode ser a ferramenta que precisávamos para melhorarmos em tudo. Uma derrota significa que precisamos aprender. Se associarmos a perda, a derrota, como uma oportunidade de crescimento pessoal, uma porta para um maior conhecimento, uma forma mais eficiente de adquirirmos maior habilidade ou simplesmente fazer de um momento difícil, um momento de reflexão, já seremos melhores do que éramos antes da derrota. Portanto filho não se preocupe. Se divirta com a vida. Ela foi nos dada para a vivermos... intensamente.

– Pai, Bat?? Mamãe está chamando para o jantar – gritou Sam com Bob a tiracolo.

Com a chegada dos poderes, as forças de meus músculos fizeram com que meu pai comentasse de uma maneira bem entusiasmada sobre o treinamento que participava:

– Bat, se continuar com essa disciplina e habilidade, chegará muito rápido na Faixa-Preta dos Marziali. A potência dos seus golpes melhorou muito de uns tempos pra cá. O que tem tomado?

– Deve ser a comida da mamãe, sempre recheada de novidades – respondi rapidamente.

– O Campeonato de boxe no ano que vem promete. Você experimenta primeiro, depois Sam – disse meu pai, orgulhoso de ver o nosso desenvolvimento nas Arti Marziali.

No dia seguinte, continuávamos os treinamentos, pois em breve meu pai iria para uma missão novamente. De maneira curiosa e inocente, meu pai comentou sobre os meus poderes:

– Agora entendo sobre o diálogo daquela noite sobre poderes. Esse poder da natureza que nos faz crescer e nos tornar mais fortes está acontecendo agora com você. É muito bom ver que meu filho primogênito está crescendo vigorosamente... Agora Bat, faça os mesmos exercícios com o poderoso Targkromm – Sam estava preparado.

– Vamos Sam, lute!

– Vai levar uma surra agora, Bat!

– Não vou não!

Aquele foi um outro dia inesquecível.

"A suprema arte da guerra é derrotar o inimigo sem lutar."
(Sun Tzu)

FLORENCE BRANDYBUCK

À medida que o tempo passava desde aquele encontro com o gato envenenado, pude explorar os limites dos meus sentidos, aguçados, precisos, que, ao mesmo tempo, me fascinava, me mantinha sempre alerta, evitando qualquer deslize pela sua revelação. Era muito disciplinado comigo mesmo. A educação de meu pai militar me ajudou muito nessa ocultação.

Todo domingo pela manhã, minha mãe nos levava para o encontro na Igreja. Meu pai deveria estar em alguma campanha militar. Apesar da ausência dele devido à sua patente no exército e as campanhas de guerra, todo o período que estava com a família eram momentos de extrema alegria e minha mãe sempre falava que ele era maluco pelos meninos. Nossa educação sempre foi meio militar, porém meu pai nos tratava com respeito e carinho. Nessa época tive muita dúvida de contar o meu pseudo poder para alguém. Se tivesse que contar, meu pai seria o primeiro a saber, apesar de já ter tentado inúmeras vezes e recebido inúmeros conselhos. Se contasse para mamãe, talvez não deixasse eu sair mais de casa. Exagerada.

Na saída da igreja, caminhávamos para casa quando um cheiro inédito começou a passar pela minha respiração e pude rapidamente localizá-lo, acima de nós na estrada, parte do bosque onde encontrara o gato envenenado, um enxame de vespas estava em formação.

As substâncias que aqueles insetos produziam na fabricação do enxame eram captadas pela minha respiração e tornou em minha mente um cheiro característico.

— Olhem! Um enxame de vespas em formação.

— Onde? Não estou vendo nada. — perguntou minha mãe preocupada.

— Ali, atrás daquelas folhas daquela árvore alta — e indiquei para que Sam pudesse olhar.

— Não enxergo nada, menino. Não faça medo para o seu irmão. Vamos embora logo para casa. Vespas são perigosas!!

— Mas mãe, está logo ali em cima — insisti indicando para o alto.

Nenhum deles, nem Sam, nem minha mãe conseguiam ver o enxame que para mim estava perto demais. Conseguia inclusive escutar cada vespa que entrava e saia daquele inóspito mundo.

— Mãe, você é muito alérgica à picada de vespa, sabia?

— Como assim, menino?

— A picada da vespa em seu corpo soltará um veneno que pode te matar.

— Ah, é? E quem te contou isso? A fada das vespas? — dando risada da besteira que havia falado.

Fiquei sem dar a resposta que queria, pois havia associado o cheiro do enxame ao cheiro das substâncias que saíam naturalmente de seu corpo. Alguma coisa me dizia que havia alguma coisa errada. Alguma coisa não combinava. E eu não sabia o que era.

Na tarde do dia seguinte minha mãe havia saído para buscar Sam na casa dos Tallwhites. Caminhavam pela rua quando um forte vento arrancou vários galhos das árvores e o barulho das folhas me chamou a atenção. Fui para a janela, curioso com o que estava acontecendo lá fora e via ao longe, em passos rápidos, minha mãe e Sam.

Em meio à poeira e ao movimento das árvores, minha mãe de repente parou e começou a bater os braços no ar, como que querendo afastar algum tipo de fantasma ao seu redor e gritou algo para Sam, que continuou, porém, agora correndo muito num frenético desespero. Olhava de longe pela janela de casa e vi minha mãe cair no chão, assim como Kioni, tão distante dali, em outra época. Sai em disparada da casa para ajudar Sam.

— O que aconteceu?

— Vespas enormes começaram a nos atacar de repente.

— Veja o que aconteceu no meu braço — o braço de Sam estava inchado com enormes marcas vermelhas do veneno. Em algumas picadas, por um orifício pequeno de coloração carmesim em sua pele, escorria veios de sangue. Sam só gritava.

— O que aconteceu com a mamãe? — já estava em um tom de desespero.

— Mamãe pediu para que eu corresse o mais rápido que podia, pois me disse que era um enxame de vespas. Ela parou, Bat, e caiu no chão — Sam estava ofegante.

— Sam, entre em casa que vou ajudá-la.

Imediatamente lembrei-me da sua sensibilidade ao veneno das vespas e perguntava pra mim mesmo o que um menino de doze anos poderia fazer para ajudar numa situação dessas. Não tinha a menor ideia. Só queria salvar a minha mãe. Em segundos estava diante do corpo caído dela, que estava meio tonta e falava com muita dificuldade. Sua respiração estava fraca e precisava de uma ajuda rápida, senão iria morrer ali mesmo.

— Socorro! Socorro! Me ajudem! Minha mãe precisa de ajuda! — gritei bem alto em uma agonia infinita.

As vespas impiedosas ainda percorriam o nosso espaço e acabei levando inúmeras picadas, porém, não senti quase dor alguma e o veneno em meu braço e pescoço não fez efeito algum.

Sabia exatamente o que fazer para salvar a vida da minha mãe e com a costumeira vontade de ajudar, o Sr. Vorgchen veio até o nosso encontro, afastando com um pano as vespas que ainda estavam em nosso redor.

– O que aconteceu filho?

– Minha mãe é sensível ao veneno de vespa. Levou inúmeras picadas e caiu.

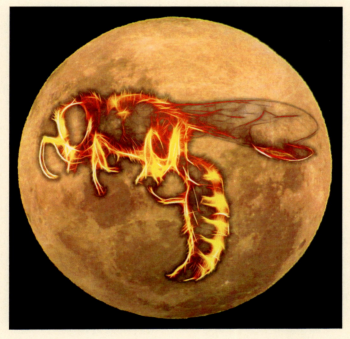

"Devemos buscar a coragem ao nosso próprio desespero..."
(Sêneca)

– Vamos levá-la para dentro da minha casa – disse o Sr. Vorgchen de maneira racional.

Levamos minha mãe desacordada e severamente castigada pelas pungentes picadas daquelas vespas assassinas para dentro da casa dos Vorgchens. O rosto dela já apresentava uma deformação fúnebre devido ao demasiado inchaço.

– Vamos deitá-la nesse sofá, próximo da janela que vou abrir – disse o Sr. Vorgchen.

– Eve, pegue um pano umedecido e um garfo – ordenou o Sr. Vorgchen para a sua mulher, a Sra. Evelyn Vorgchen.

Minha mãe continuava inconsciente e respirava com dificuldade. Aquele rosto deformado pelo inchaço das picadas me fez chorar um pouco. Uma lágrima discreta percorreu o meu rosto e com muito cuidado para não perceberem, enxuguei com a manga da minha camisa rapidamente.

– Sr. Vorgchen, precisamos levantar as pernas dela para dificultar a circulação do veneno no sangue.

– Como sabe disso filho?

– Não sei. Mas isso dificultará a circulação do veneno no corpo dela.

Posicionamos a sua perna apoiada numa pilha de travesseiros de pena de ganso. Repentinamente, começou a tossir e a tentar respirar.

As coisas não iam bem para ela, então tive que tomar uma decisão dramática, decidi ir atrás do meu instinto e expliquei que iria buscar mais ajuda.

– Bat, aonde você vai? – Falou surpreso o Sr. Vorgchen.

Sai correndo da casa numa busca desesperada pelas substâncias que combateriam o veneno. Já sabia que na casa dos Vorgchens não havia nenhuma maneira que pudesse curar a minha mãe.

– Bat, precisa pensar... pensar... pensar – gritei comigo mesmo em meio às lágrimas, em meio à agonia.

Perguntava pra mim mesmo:

– Como posso salvá-la se a substância da cura está dentro dela mesmo, um pouco acima dos rins? – perguntava em desespero, pois sabia que o tempo estava se esgotando.

Não muito distante da casa dos Vorgchens, ainda conseguia ouvir os batimentos, mesmo que fracos, do coração dela. Não sabia como estimular o corpo dela a produzir a substância que poderia salvá-la, só sabia que estava ali, bem pertinho, dentro dela. Não sabia nem ao menos produzí-la artificialmente. Pensava no meu pai. Onde ele estaria? O que ele faria com a minha mãe? Como ele a salvaria?

Pude ouvir o Sr. Vorgchen dizer para a sua mulher:

– Eve, vamos perdê-la! Veja quantos ferrões eu consegui retirar do seu corpo. A quantidade de veneno foi muito grande. O que podemos fazer? Pegue a carroça e os cavalos mais rápidos. Vamos levá-la para o doutor....

Nesse momento, entrei rapidamente na casa dos Vorgchens e me aproximei de seu rosto onde pude ouvir o seu último sussurro, fracamente pude ouví-la dizer:

– Cuide de Sam!!

Não pude fazer mais nada por ela. Ela se foi[20].

Imediatamente o Sr.Vorgchen olhou para ela desfalecida, não acreditando. Era verdade. Rapidamente ele tentou salvá-la, tentando fazer massagem cardíaca (com Doc foi a mesma coisa, só que nesse caso, consegui trazê-lo de volta; minha mãe, não).

– Não consigo mais – disse ele cansado de tanto esforço. Lágrimas caíam de seus olhos.

Naquele instante, um conflito momentâneo: pensei que esses poderes maravilhosos não adiantam de nada frente à força do destino. A força do destino era muito mais poderosa do que eu. Nunca chorei tanto na minha vida e perdido, pude receber o carinho da Sra.Vorgchen.

– Preciso contar para Sam o que aconteceu. Ele está sozinho em casa. Meu pai deve chegar essa semana, havia dito mamãe para a Sra... como era o nome dela mesmo? – já não pensava muito em detalhes, como nomes, apesar da minha excelente memória. Estava desnorteado.

– O que vamos fazer com a minha mãe, Sr.Vorgchen?

– Não se preocupe com isso agora, filho. Vamos procurar Sam e depois vamos tentar contato com o seu pai – nunca havia visto tanta brandura num homem, como vi naquele olhar acolhedor do Sr.Vorgchen.

– Eve, minha querida, leve o Bat para a casa dele.

Nesse momento fomos para casa, atrás de Sam. Não vi mais a minha mãe naquele dia.

---

[20] A substância que salvaria a Sra. Brandybuck foi descoberta em 1886 pelo médico Norte-americano William Horatio Bates (1860–1931) e só foi sintetizada artificialmente em 1904 pelo químico alemão Friedrich Stolz (1860–1936) e foi denominada Epinefrina (popularmente conhecida como Adrenalina). A adrenalina tem efeitos de broncodilatação.

Contar para Sam foi algo emocionante. Triste e emocionante eu diria. Como se fala para um menino de dez anos que a mãe dele morreu, morta por vespas assassinas?

No caminho para casa, comecei um diálogo com a Sra.Vorgchen:

– Sra.Vorgchen, a Sra. acredita que a minha mãe viverá em outro lugar?

A Sra. Vorgchen muito religiosa, pensa e toma muito cuidado com as palavras:

– Meu pequeno Bat, todas as mães vão para o céu. O amor que elas dedicam aos filhos não se pode medir de tão grande. A sua mãe sempre estará dentro de você.

– Para onde irá todo o amor que ainda não lhe dei? E como eu e Sam viveremos sem ela? – ainda em choque, soluçava.

– Bat, tudo na vida tem um motivo de ser. Mesmo na dor, alguma coisa importante pode nos ensinar. A vida foi feita para experimentarmos seu bálsamo. Por isso, independente da ocasião, precisaremos viver o melhor de cada tempo, agora, já. Precisamos viver intensamente o nosso melhor. Lembro-me de uma frase que meu pai dizia para minha irmã Rachel e eu sobre o futuro; me parece que foi o próprio Jesus que disse a um dos seus apóstolos, não me lembro qual, "Não se preocupe com o futuro. Deixe o futuro se preocupar com as suas necessidades".

Entramos na nossa casa a procura de Sam. Ele estava todo ferido com as picadas que deixaram os seus braços com um inchaço severo.

– Sam – chamou com tranquilidade a Sra.Vorgchen. – Precisamos conversar sobre a sua mãezinha.

– Ela está bem? – perguntou com aquela voz de menino peralta.

Explicamos tudo para Sam naquela noite. Dormiu cedo, sozinho no quarto de mamãe. Meu pai chegaria no dia seguinte.

Na ocasião da morte de minha mãe, meus poderes não serviram para nada. Existem forças muito maiores do que o meu próprio ser. Pensando dessa maneira, precisaria tentar me aliar a essa força tão poderosa e fazer da vida da Rainha Kioni a esperança da Tribo novamente. Não poderia falhar dessa vez.

CAPÍTULO 4

*"Cem homens podem formar um acampamento.
Mas é preciso uma mulher para se construir um lar."*
Provérbio Chinês

KIONI

(Post Capitulum 1)

Genética. Kioni Kipendo possuía uma genética diferente das outras mulheres da Tribo. Suas características anatômicas e porte vinham de uma linhagem diferente das que se caracterizavam na Tribo. Era muito maior do que as outras mulheres, se assemelhando à altura dos homens. Nunca pude medi-la oficialmente, mas as minhas estimativas beiravam 1,80m, um pouco abaixo da minha própria altura. Estava sempre adornada com roupas coloridas, uma pintura característica da Tribo que se estendia pelos braços e sua face estava sempre mudando de forma e cor, como que parecendo várias pessoas na mesma pessoa: era talvez uma composição de disfarce, de sintonia, de vida, de ritmo.

A sua beleza era única, ela era linda, encantadora. Sua pele brilhante de ébano era bem lisa e demonstrava sua juventude. Suas sobrancelhas estavam sempre perfeitamente desenhadas pela natureza, eram de uma simetria perfeita. Sua origem africana destacava os lábios carnudos e bem delineados, eram perfeitos. Em suas viagens, Doc havia me enviado inúmeras cartas que revelavam as belezas naturais do continente africano. Kioni era uma delas. Ao mesmo tempo, bela, rainha, guerreira, sacerdotisa e a melhor das qualidades: havia um mistério em sua vida. Até onde me permitiram saber, era uma proibição que levava a morte o simples toque em seu corpo. A cultura Tajamali era absolutamente tradicional.

Diante do certeiro dardo envenenado, um corpo caído, moribundo, inerte. Lembro da expressão lutuosa de cada rosto aterrorizado.

– A Rainha caiu! – gritou uma anciã da Tribo Suhaila Somoe[21].

Nangwaya incrédulo no que via diante de seus olhos, virou seu corpo rapidamente para tentar enxergar de onde a arma letal sorrateiramente percorrera o ar e numa precisão profética, cumpria as visões de Akbar.

O guerreiro inimigo permanecia em silêncio no seu esconderijo, numa camuflagem perfeita.

Como um escudo intransponível, a Guarda Real imediatamente recobriu ao redor o corpo caído de Kioni, criando uma couraça humana, assustada e de armas na mão e se iniciou ali, uma caçada ao impiedoso demônio. Olhávamos para todos os lados e não víamos mais ninguém, como aquele fantasma na escuridão descrito no sonho de Akbar.

– GUERREIROS! – gritava Nangwaya, novamente se posicionando como um General – Vamos à caça do maldito Gwandoya! Não tenham pena. Procurem em todos os lugares. Não pode escapar. Se resistir, cortem a sua cabeça!! Tragam-me esse Gwan vivo ou morto!

Nessa tensão toda, o corpo de Kioni Kipendo foi levado para o casebre coberto do esconderijo inicial da invasão sob os cuidados de Akbar. Na caminhada pude observar a preocupação de uma velha senhora que olhava para o nada: era Suhaila Somoe. Assim como Kioni, a guarda me permitiu algumas poucas vezes de falar com a mulher mais velha da Tribo, que tinha uma função bem definida, era uma conselheira espiritual. Ouvi então Suhaila Somoe dizer com uma voz de sabedoria para Nangwaya:

– Nang, espere! Está vendo aquela árvore com longos troncos tortuosos ao longe? – e apontou para o oeste em direção a um conglomerado de árvores nativas.

– Nang, tome cuidado, pois o inimigo está escondido atrás do galho à esquerda, aquele maior. O inimigo está com uma pintura diferente. O camaleão está armado com dardos.

---

[21] Suhaila Somoe: algo como "Madrinha para a Felicidade".

Utilizei nesse momento a minha supervisão para me aproximar da imagem do guerreiro inimigo e confirmar as palavras de Suhaila, tentando assim fornecer mais informações para Nangwaya.

– Nangwaya ele possui mais três dardos envenenados e um machado curto na cintura. É difícil enxergá-lo, sua pintura é ideal para se misturar com aquele tipo de árvore tortuosa. O rosto está bem camuflado com uma pintura especial. Está assustado e isso o torna perigoso. Irá lutar pela vida.

Imediatamente, como líder nato, o General Nangwaya ordena uma ação precisa para a Guarda-Real:

– Quatro guerreiros comigo! – Como que doutrinados a defender a Tribo, os quatro guerreiros definidos pela bravura e treinamento mais adequados para aquele tipo de batalha imediatamente tomaram à frente e se posicionaram em pares ao lado de Nangwaya.

– Badawi, salve a Rainha! – olhando em meus olhos Nangwaya falava com uma voz de esperança. E partiu com o seleto exército de cinco homens contra um inimigo frio que conseguiu perfurar a alma da Tribo. Assim como eu, tinham uma missão de redenção.

Estava logo atrás de Suhaila em direção ao casebre. Pessoas como essas que passaram pela minha história: Akbar, Doc e Suhaila conseguem ter o poder de mudar o momento, mudar a vida ao redor, mudar o nosso pensamento. Fazem de tudo para o bem maior, sem culpa, sem medo, sem desistência. Acreditam acima de tudo no amor. Possuem fé inexorável.

– Badawi, tenho observado você durante esse tempo que está conosco na Tribo e sinto que tem algo diferente com você – afirmou Suhaila, olhando diretamente nos meus olhos.

– Você tem nos ajudado há tanto tempo... por quê? Pra quê? É um estrangeiro. Não é africano. Não é da Tribo e mesmo assim continua conosco nesse conflito por poder. Por quê?

– Como conseguiu enxergar o Guerreiro de Fogo escondido sob as árvores?

– Acha mesmo que poderá salvar a nossa Rainha?

Tantas perguntas feitas de uma maneira tão natural, num momento de tensão em que a vida e a morte eram o tema principal. Andávamos rápido até o casebre, porém a nossa curta conversa parecia algo fundamental para aquela situação e eu nem sabia disso.

– Suhaila, sei que conversei pouco com você, que é a fonte espiritual desse povo e a respeito muito por isso. Sou cientista. Tento encontrar um amigo do passado que veio para esse continente e já deve estar sabe lá onde, pelo menos foi essa a última mensagem do telegrama que recebi há alguns meses atrás. Ele mudou a minha vida, me ensinou que sempre devemos ajudar alguém, me deu direção e me fez enxergar sobre o que eu quero para o meu destino. Abriu os meus olhos para a Alquimia.

– Alquimia? – perguntou Suhaila.

– Ah, como posso explicar na sua língua? – pensei rapidamente.

– Suhaila, pense nas substâncias como líquidos e remédios fabricados com a pesquisa, os experimentos, as tentativas, os testes, que pudessem ajudar a curar alguém, curar o corpo, simplesmente bebendo o líquido – nesse momento fiz uma mímica para tentar explicar melhor o consumo do remédio e levei a minha mão à boca, simulando a bebida de um remédio – ou utilizar substâncias que pudessem gerar produtos que ajudariam a crescer melhor as plantas, cujos frutos pudessem ser maiores e mais saborosos – era uma das minhas pesquisas na Universidade de Bradford – isso tudo é Alquimia, uma ciência da Idade Média que se transformou modernamente na Química como a conhecemos hoje.

– Química? – perguntou Suhaila numa dúvida persistente sobre ciência moderna, afinal ela era uma pessoa mística, que já praticava a Alquimia, sem saber, assim como Akbar há muito tempo.

– Suhaila, vou te explicar sobre a Química, que é a evolução da Alquimia, mas antes, preciso falar sobre Doc. Esse meu amigo veio anos atrás par...

A nossa breve conversa foi interrompida pela fala comovida de um forte guerreiro da Guarda Real, era o mais alto e talvez o mais forte, porém diante da situação crítica de Kioni, parecia um menino pobre perdido nas ruas de Londres.

– Badawi, Badawi, a Rainha está tremendo. Não sei se ela vai aguentar o poderoso veneno.

Entramos rapidamente no casebre de proteção, era um lugar em que nenhum estrangeiro havia entrado até então, era muito simples, com uma estrutura parecida com uma cama, na qual repousava o corpo moribundo de Kioni. No canto oposto à cama de Kioni, havia um pequeno altar de eucalipto, com uma simples cruz de madeira, pendurada de maneira rudimentar na parede de barro. Tudo muito simples, porém havia algo curioso; um recipiente com um líquido esverdeado. Kioni respirava com dificuldade e de maneira acelerada. Estava muito preocupado de seu coração começar a fibrilar e eu perdê-la para a morte. Lembrava em lampejos do sonho de Akbar. Senti medo. A morte parecia flutuar ao redor do casebre.

"A essência da Felicidade é não ter medo de nada..."
(Friedrich Nietzsche)

Suhaila, disse calmamente:
— O veneno deve ser de cobra. Quando pequena, vi uma mulher ser picada por uma Mamba-negra[22], cujo efeito de morte foi parecido com isso — e indicou a coloração ulcerada da pele de Kioni, a respiração

---

[22] A Mamba-negra pode ser encontrada nas savanas, florestas e pedreiras no leste e sul da África, em países como Angola, Quênia, Tanzânia, Moçambique e Zimbábue. Apenas duas gotas do veneno são o suficiente para matar um ser humano adulto. A peçonha da Mamba-negra está carregada com neurotoxinas que desligam o sistema nervoso, paralisando a vítima por completo. Sem o soro, a probabilidade de óbito é de 100%. O tempo da morte pode variar de menos de meia hora a até quatro horas. No entanto, se o soro não for aplicado nos primeiros 20 minutos, torna-se quase impossível reverter o envenenamento.

ofegante e o cheiro que exalava do seu suor. Já estava em febre muito alta e praticamente imóvel, paralisada. Não tinha muitos recursos fármacos na aldeia, porém, havia trazido da Inglaterra uma série de substâncias das minhas pesquisas sobre venenos, desde o envenenamento da minha mãe por picada de vespa. Durante anos estudei inúmeros efeitos de vários venenos e seus respectivos antídotos, me tornara um especialista na área.

Era numa pequena mala preta, já desgastada pelas inúmeras viagens e utilizações, que transportava as substâncias, que combinadas criavam antídotos miraculosos.

Continuei próximo à respiração de Kioni, tentando descobrir o radical do veneno por meio do poder do meu olfato, para distinguir exatamente o que deveria misturar.

A coloração de sua pele cada vez mais se tornava cadavérica e sabia que não daria tempo de preparar algum antídoto se o radical do veneno fosse impossível de encontrar na aldeia ou próximo às savanas. De repente, Suhaila me orienta a pegar o estranho frasco cujo líquido era espesso e esverdeado.

– Não temos mais tempo. Temos que matá-la! – disse Suhaila, olhando para o guerreiro da Guarda Real. Akbar permanecia em silêncio.

– Não podemos matá-la! – respondi de maneira rude – Suhaila, temos que salvar a Rainha.

Nesse momento o guerreiro mais forte que estava no casebre se pôs diante de mim.

– Badawi, Suhaila irá mostrar o poder da Rainha.

– Como assim? Do que vocês estão falando? Estão delirando? Que poder? Temos que dar a Rainha algum soro, remédio, antídoto, não importa – já estava confuso com tão incompreendida decisão – Akbar faça alguma coisa! – implorei – Estão loucos? – gritei.

Suhaila vendo o meu desespero, calmamente foi até o altar e pegou o recipiente maldito.

– Dê isso a ela. Somente assim você terá tempo de fabricar o antídoto. Caso contrário, morrerá.

– O que esse líquido faz? Que líquido é esse? Como médico não posso matar ninguém.

Suhaila tentou acalmar-me e repetiu novamente as palavras de salvação:

– Badawi se você consegue compreender seus poderes, poderá compreender os poderes da Rainha. A sua linhagem possui um sangue especial. Esse remédio é retirado de um ponto do Rio Tajamali, junto da grande montanha sagrada.

– Zamoyoni! – falei perplexo.

– Exato. Agora esse elixir fará com que o metabolismo dela desacelere e o coração quase pare, parecendo estar morta. Kioni é uma descendente do grande deus africano Masamaha Kipendo[23]. Esse elixir tem garantido a sobrevivência da Tribo. Gerações foram salvas nos "Dias Tenebrosos".

– Está bem. Se esse caminho doloroso irá salvar a Rainha, eu, como médico tenho que tentar, apesar desses métodos serem nada convencionais.

Naquele momento ainda não acreditava no que iria fazer, porém, ver aquela pessoa importante para a Tribo morrendo, me fez olhar ao redor novamente, e pela abertura de uma pequena janela, pude ver um aglomerado de pessoas da Tribo, esperando um milagre, aguardando com esperança, tentando respirar novamente a vida. O silêncio era único, revelador. Akbar saiu por um instante do casebre.

– Vamos pegar na minha maleta a seringa de Rynd-Pravaz.

– O que é isso? – perguntou o Grande Guerreiro.

– Será com ela – e apresentei o instrumento para o guerreiro da Guarda Real – que iremos aplicar o verde elixir de Suhaila.

Suhaila em silêncio observava. Percebi que naquele momento, apesar de todo o conhecimento adquirido ao longo dos anos de cuidados, conselhos e dedicação à Tribo, faltava em Suhaila a profundidade da Ciência. Com estudos na Universidade de Bradford, Suhaila teria se tornado uma médica notável, pensei.

– Preciso de água quente para esterilizar a seringa.

O guerreiro abriu rapidamente a porta e como um enorme estrondo, gritou palavras que não entendi, dando algum tipo de ordem especial.

Kioni estava muito febril e uma pequena convulsão se iniciou.

– Badawi, Badawi, salve a Rainha! – gritou desesperadamente aquele que parecia forte como soldado, mas era uma criança diante de uma mãe quase morta. Lembrei nesse momento da morte de minha mãe pelas vespas

---

[23] Masamaha Kipendo: algo como "O Homem do perdão e do Amor".

assassinas e o semblante de Sam, quando lhe dei a notícia. O ser humano é muito interessante, "quando se parece forte, se mostra fraco; quando se parece fraco, se mostra forte".

Um recipiente que nunca havia visto na Tribo parecia estar pegando fogo. Dentro dele um líquido fervendo. Rapidamente coloquei a seringa para a esterilização. Não demorou quase nada.

Peguei a seringa e a levei próximo ao frasco com o misterioso líquido verde e suguei uma boa quantidade. Não sabia qual seria a quantidade ideal para Kioni. Olhei para Suhaila.

— Essa quantidade está boa?

— Não. Metade disso — afirmou a aflita anciã.

— Segure o braço dela.

— Lentamente introduzi a agulha Rynd em suas veias aparentes de guerreira e pude administrar todo aquele soro temporário.

Incrivelmente, a convulsão de Kioni começou a diminuir, até cessar por completo, sua coloração pálida havia diminuído o aspecto cadavérico.

— E agora Badawi, a sobrevivência da Tribo está sob sua responsabilidade. Precisa descobrir o remédio para curar para sempre a nossa Rainha — Suhaila falava num tom demasiadamente desencorajador. Talvez, ela mesma não acreditava e não sabia o que fazer. A responsabilidade imposta, me fez sentir parte de algo extraordinário, admirável.

Saímos do casebre e o guerreiro mais forte anunciou à Tribo as condições precárias da saúde de Kioni. Olhando aquela gente, pude ver na reação de cada pessoa uma tristeza indescritível, que ao mesmo tempo me assustou, mas que me deu coragem em alimentar aquela pequena chama de esperança. Diferente do ocorrido com minha mãe, agora eu tinha o conhecimento, a minha maleta de poções e meus poderes. Tinha que dar certo. Voltei para o casebre rapidamente, pois precisava descobrir o radical do veneno.

— Suhaila, você me disse que o veneno é de cobra. Qual cobra poderia ser mesmo?

— Mamba-negra.

— Pois bem, tive uma ideia. Se conseguirmos uma Mamba-negra poderei comparar os radicais da cobra e do que está no corpo da Rainha. Onde se encontra uma cobra dessas?

– Podemos encontrá-la no Vale da Sombra da Serpente.

"Animador" pensei em silêncio. Se Doc estivesse aqui, faria a sua Alquimia milagrosa rapidamente e dividiria esse problema comigo – pensei.

– Suhaila, quanto tempo o remédio retardará o veneno do dardo?

– Você tem um dia, a partir de agora.

"Se Doc estivesse aqui..." pensei no que ele faria.

– Vamos imediatamente ao Vale da Serpente e da Sombra. Não... É, vamos ao Vale da Serpente sem Sombra. Quero dizer... – todos olharam para mim e notaram a minha ansiedade.

– Vale da Sombra da Serpente – disse Akbar, entrando repentinamente no casebre.

– Minha vida Badawi não seria importante sem ela, nossa rainha, aquela que é Sacerdotisa. Precisamos salvá-la. Estou pronto, vou com você.

– Mas e seu ferimento da luta contra o Guerreiro de Fogo?

– Preciso pegar algumas ervas curativas para a Tribo e alguns ovos. Muitos estão feridos e preciso ajudar a salvar a Rainha e as pessoas da Tribo. No caminho ao Vale da Sombra da Serpente passaremos em lugares nos quais nunca viu e poderemos ter a sorte de encontrar um Boraafya[24]. O problema é se encontrarmos Jitujeusi[25].

– O que é isso, Akbar?

– Um ovo e um pesadelo, respectivamente.

– Ok. Iremos partir daqui a 5 minutos – disse com a confiança de um Guerreiro Tajamali.

Estávamos do lado de fora do casebre. Kioni dormia aguardando a própria morte. Suhaila Somoe não sairia do lado da Rainha e iniciou um ritual de orações africanas diante do rústico altar.

– Eu vou com vocês – gritou de longe o General.

Nangwaya e seu pequeno exército trazia o assassino de Kioni amarrado em um tronco de cabeça para baixo. O Guerreiro de Fogo estava muito ferido, porém continuava com a sua cabeça grudada ao corpo.

– Badawi, esse maldito Gwandoya nos revelou o veneno – Mamba- Negra.

---

[24] Boraafya: algo como "Saúde Melhor".
[25] Jitujeusi: algo como "Um Gigante Negro".

– Tivemos essa conclusão através do conhecimento de Suhaila. Estamos indo buscar uma dessas cobras no Vale da Sombra da Serpente – falei pausadamente – Para mim, falar essa frase no seu dialeto é muito difícil.

– Irei com vocês.

– Mas precisa proteger a Rainha – disse Akbar.

– Ela já está protegida. Tem junto dela Suhaila Somoe e as orações. Além disso, dentro do casebre manterei três Guerreiros da Guarda Real e quatro ficarão à porta. Levarei três homens comigo e o resto em pontos estratégicos de observação e alerta.

– Vamos rapidamente então. Temos apenas vinte e três horas até acabar o efeito do remédio no sangue de Kioni – disse Akbar ofegante e aflito.

Pegamos alguns suprimentos e água. A Guarda Real sempre armada com lanças e tacapes. Nos deram dois tipos de machados: um com uma lâmina curva e bem afiado e outro com uma lâmina reta e de maior espessura. Nangwaya sempre à frente, com seus guerreiros fiéis, abriam a estrada em direção ao tal Vale.

Íamos buscar um inimigo venenoso, uma serpente mortal. O caminho era acidentado e grandes pedras impediam um movimento mais rápido em uma estrada que não existia. O calor era escaldante, apesar do final daquela tarde fatal do eclipse. Não parava de pensar sobre os eventos acumulados em uma tarde inesquecível para a Tribo. Nunca imaginei que uma civilização sem conhecimento de eventos naturais comuns, como um eclipse, sabia de alguma maneira, talvez por instinto, que a escuridão repentina traria um mau agouro. E tinha Jitujeusi.

Não era especialista em ofídios e nunca tive contato com uma Mamba Negra. Porém, nessa dificultosa caminhada, pude lembrar o que significou a verdadeira serpente sorrateira em minha vida: o dissimulado traidor Zorgreen.

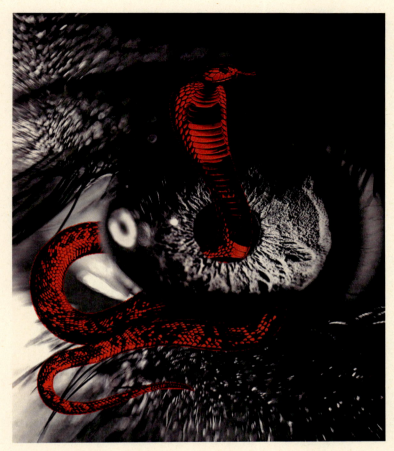

"É preciso audácia para enfrentar nossos inimigos, mas igual audácia para defender nossos amigos."
(J. K. Rowling)

60

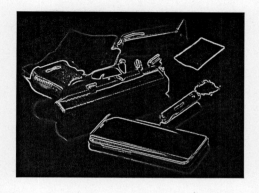

CAPÍTULO 5

"Devemos ter amigos que nos ensinam o bem; e perversos e cruéis inimigos, que nos impeçam de praticar o mal."
Diógenes de Sinope (412 a.C. – 323 a.C.), filósofo da Grécia antiga

A DESTRUIÇÃO DE ZORGREEN

(Post Capitulum 2)
(Parte 1)

Mergulhados numa infindável sujeira estrategicamente camuflada, as Indústrias Zorgreen cresciam em fama, dinheiro, corrupção e mortes.

Pareciam não terem limites na exploração pelo poder. Exploravam tudo naquela região da Inglaterra. Naquele ano, 1854, estava há pouco mais de dois anos na empresa de desenvolvimento agrícola industrial de Zorgreen, situado na futura Rua Bowland. Trabalhava em uma unidade onde permanecia longe dos capangas que quase mataram o Dr. Hekler, mas estava determinado a descobrir toda a sujeira e tentar destruir aquela indústria que envenenava silenciosamente a sociedade de Bradford.

Trabalhava todos os dias da semana no Setor de Química Experimental. Realizávamos em torno de 30 experiências diferentes com misturas, soluções, ratos e até insetos.

A corrupção é um crime sem rosto.
(Joel Birman)

Dentre os insetos, as baratas eram as mais utilizadas. Dotada de certos poderes, esses insetos podem ficar horas sem oxigênio, devido as dezenas aberturas laterais que levam o ar para todo o corpo — futuramente chamadas espiráculos. Além disso, tínhamos uma espécime de barata no laboratório que era incrivelmente resistente: conseguia ficar sem comer durante 90 dias e sem água, uns 40 dias.

Os dias passaram rápido naquele ano e não havia descoberto nada até então, que pudesse incriminar Zorgreen. Como um lobo flutuante, não deixava rastro de sua enorme sujeira.

Em Bradford havia três unidades dessas empresas do caos. Sabia que se apresentavam para a sociedade inglesa daquela época como a salvação da economia da cidade, gerando centenas de empregos, que faziam um bem danado para a humanidade: produziam cura, remédios, elixires. Mentira!

Zorgreen ficava na Unidade Central. Uma unidade de grandes extensões, coberta com uma vasta vegetação. Os jornais propagandeavam sobre a propriedade, notícias pagas pelo braço direito de Zorgreen, dizendo que todo aquele oásis fora trazido de várias partes do mundo. Cercada por muros gigantescos e vigiada por um exército de capangas camuflados bem pagos pelo algoz "Z", produzia um estimulante medicinal, comercialmente batizado em Bradford de "Green Wine".

Zorgreen prometia, com essa bebida, transformar os lares ingleses, protegendo-os contra as doenças mais comuns dessa época na Europa[26]. Mentira. A bebida era uma cópia barata da futura e famosa bebida italiana Vin Mariani[27].

Lembro-me de uma das experiências que Doc fez no antigo laboratório incendiado. Suas palavras eram uma ordem para o meu conhecimento e eu obedecia rigorosamente os seus comandos. Sempre me falando com entusiasmo, iríamos fazer naquela tarde de segunda-feira, uma experiência reveladora:

— Pequeno aprendiz, pegue na prateleira 7, no terceiro nível, uma gaiola contendo um rato branco e gordo — Doc era muito organizado e cuidava de inúmeros animais; suas cobaias brancas.

---

[26] No século XIX, as doenças mais comuns na Europa eram: Malária, Meningite, Tuberculose, Cólera, Gonorréia, Catarata, Amarelão, Disenteria, Esquistossomose e Febre amarela.

[27] Angelo Mariani (1838-1914) foi um químico ítalo-francês, que desenvolveu em 1893 uma bebida tônica, fabricada com vinho de Bordeaux e extrato de folhas de coca.

– Agora, está vendo aquele recipiente de vidro, contendo um líquido verde aromático, coberto com aquelas folhas verdes de textura lisa – e apontou para outra prateleira – Traga-os para aquela bancada.

Apesar das minhas ações rápidas, tinha o maior cuidado com aquele laboratório, via o meu futuro nele. Doc, já na bancada preparava os instrumentos.

– Ok, Doc. Tudo está aqui na bancada. O que vamos fazer?

– Esse novo fármaco extraído das folhas de coca precisa ser testado em seres vivos. Tem muitos cientistas baratos afirmando que descobriram o elixir da longa vida, mas tenho minhas dúvidas e convicções. Hoje descobriremos o poder desse elixir.

Naquele dia, pude entender a visão que Doc tinha sobre o que era remédio e o que era veneno. Com todo cuidado de um médico veterano, Doc pediu para segurar a cobaia branca:

– Segure com cuidado esse rato gordo, pois iremos injetar em sua barriga uma dose dessa mistura de folhas de coca. A injeção subcutânea será aplicada no tecido adiposo logo abaixo da pele e é dessa maneira que a liberação da substância será mais lenta e gradual, afinal, não queremos que a nossa cobaia morra de overdose – dando uma risada para quebrar a tensão da experiência.

– Doc, o que você espera com essa experiência? – perguntei absurdamente intrigado com o gordo rato branco.

– Descobrir o que causa a euforia depois de uma boa dose de folhas de coca, não de um estado de anestesia ou embriaguez, mas de demência para algumas pessoas. Um cientista italiano, amigo de formação acadêmica, me escreveu há algumas semanas e relatou um caso bem intrigante. Um homem com pouco mais de 40 anos, entrou no hospital da cidade onde trabalha, com uma aceleração anormal do coração. Pesquisando a vida do homem, tratava-se de um conhecido atleta veterano da cidade vizinha, que pela prática contínua de esportes, possuía uma vida regrada e cuidava demasiadamente de sua saúde, porém, pelas vitórias sucessivas em esgrima e atletismo, começou a comemorá-las em festas regadas à folha de coca. As pessoas que o trouxeram disseram que ele consumiu uma garrafa de uma bebida com essa base naquela noite e que a partir de então, convulsões, palidez na pele, suor excessivo.

À medida que o tempo passava na mesa de operação, tentou alguns remédios para desacelerar o coração, mas o coração praticamente explodiu no peito e uma grande quantidade de sangue saiu de sua boca. A palidez de sua pele era mórbida, escreveu ele.

Enquanto Doc falava do amigo médico, ia injetando a tal substância na barriga do rato.

– Agora, filho, devolva o rato à gaiola e vamos observá-lo durante as próximas 4 horas.

Durante a espera científica que nos acolhia, Doc me contou outra história bem bacana sobre o poder que está nas pessoas:

STARUMSHAN

Numa cidade próxima à capital da Islândia, Reiquiavique, no início de seu povoamento, por volta do ano 900, uma velha e frágil senhora foi viver no meio daquele povo de origem nórdica, vinda de muito longe. Ela cumprimentava a todos no caminho da sua humilde casa, mas apesar de sua natural simpatia, era, de certa forma, ignorada pela população, pois viam nela algo decadente, doente, sujo.

Era uma época dominada por muitas crenças e lendas pré-cristãs dos povos escandinavos, especialmente durante a Era Viking. Uma dessas crenças é a da invasão da cidade, a cada ano, pelo Gigantesco Cão de Gelo, que na Mitologia Nórdica era chamado Garm. Dotado de quatro olhos e o peito sempre vermelho, decorrente do sangue das pessoas devoradas, no período em que o Cão de Gelo saía de seu lugar de vigia fiel – onde guardava o reino de Hela, a deusa do Reino dos Mortos – era o período de maior terror, medo e desespero daquela região esquecida pelo frio. Conta a lenda que, numa noite muito fria do inverno rigoroso em Reiquiavique, o Cão de Gelo apareceu para iniciar a sua matança, destruindo uma pequena capela. A população sempre com medo, mas que precisava de cada pessoa viva para as caças e colheitas, se reuniu ao lado da principal taberna da cidade para tentar matar o raivoso e gigantesco Cão Monstruoso de Gelo. Seus uivos eram estrondosos e seu aspecto extremamente aterrador. Diz a lenda, que os dentes eram tão afiados, que conseguiam dividir rapidamente os corpos de suas vítimas em partes menores.

Representação artística de Garm

  Iniciaram uma imensa fogueira, acreditando que poderiam matar o Cão de Gelo através do calor. Jogavam estacas incendiárias contra o Monstro, mas o ameaçador cão simplesmente as apagava com jatos de gelo de sua poderosa boca. A raiva do Cão de Gelo somente aumentava, assim como a destruição ininterrupta de partes da cidade. Diante de tamanho tumulto e gritaria, a velha senhora, com seu caminhar curto saiu de seu casebre, chegou até a multidão amedrontada e diante daquela ameaça assustadora, calmamente levantou as mãos para o alto e disse a palavra: STARUMSHAN.

  O Cão de Gelo imediatamente começou a desabar dentro de si e seus próprios dentes cravaram contra o seu coração. Diz a lenda que o barulho do gelo sendo quebrado pode ser ouvido por toda a cidade. O grito de dor do Cão moribundo, foi algo assustador e inesquecível.

  — Meu pequeno aprendiz, a fraqueza aparente também pode esconder algo grandioso. Nunca julgue ninguém pelo que está vendo. Sem conhecer bem, não podemos afirmar nada sobre ninguém. A velha senhora, a mais fraca da cidade, foi a mais forte.

– Mas Doc, a velha senhora solitária não demonstrou medo diante do cão-monstro?

– Ela não precisava vê-lo, afinal a lenda diz que ela era cega. O sentimento que ela percebeu do lugar foi o suficiente para que adquirisse coragem. Além da coragem, ela teve um princípio, ou seja, ela teve ATITUDE. E é só assim que conseguiremos mudar as coisas para melhor.

– E o que aconteceu com a velha após a morte do medo da cidade, segundo a Lenda?

De repente Doc parou de falar e foi observar mais de perto a cobaia. Passaram–se poucas horas após a aplicação do veneno no pobre rato gordo e as primeiras reações começaram a surgir. Primeiramente, ele não parava de urinar na gaiola e o cheiro era algo muito desagradável. Tinha um cheiro anormal diante das que eu já havia presenciado. O rato estava agitado na gaiola e não parava de andar de um lado para outro. De repente, cambaleando o corpo como um dançarino errante, chocou a cabeça contra a lateral da gaiola. O impacto foi o suficiente para cortar profundamente a sua cabeça e um pouco de sangue começou a sair. Uma convulsão severa se iniciou no rato e em poucos minutos estava morto.

– O que aconteceu com esse rato, Doc? – falava impressionado.

– Não sei ainda, precisamos abrir o corpo e verificar o que a droga destruiu.

E assim, entramos noite adentro para entender o que matou aquele pobre rato gordo. Doc estava obstinado pelo resultado e eu já não aguentava o cansaço, naquela noite acabei dormindo no sofá do lado de fora do laboratório.

Na manhã seguinte, Doc me acordou lentamente com uma xícara de café forte.

– Ahnn... que horas são? Nossa! Preciso avisar lá em casa onde estou.

– Meu filhote, não precisa. Já avisei seu pessoal.

– E a experiência, Doc? O que aconteceu com o rato?

– O rato morreu de overdose. A coca o matou.

– Como assim, Doc?

– A pouca mistura do veneno que injetei em seu corpo foi o suficiente para aumentar a pressão sanguínea a ponto de colapsar o coração.

Em termos grosseiros, o coração do rato explodiu, muito parecido com o que ocorreu com o relato do meu amigo.

– Mas que veneno é esse que você injetou?

– A substância principal vem de uma planta originária da Bolívia ou do Peru, a folha de coca; é uma substância de caráter alcalino. O extrato de coca, que foi esse líquido verde que eu extraí das folhas de coca, deve possuir, na minha opinião, diversos compostos orgânicos e inorgânicos. Porém, estou certo de que esse líquido é veneno e não remédio.

Diante dessa doce lembrança de Doc, estava cada vez mais convicto de que Zorgreen era um larápio incorrigível. Ao mesmo tempo em que produzia remédio, produzia veneno. Veneno de coca. Mas como conseguir uma prova que incriminasse o grande algoz da sociedade de Bradford? Poderoso e rico, que estava destruindo vidas humanas. Precisava urgentemente de um plano.

Numa certa manhã de outono daquele ano, Dr. Downfred Ville, chefe de pesquisas biológicas, havia me pedido para buscar as novas remessas de minhocas originárias da Ásia. Caminhava pelo depósito de alcalinos, quando, despretensiosamente, ouvi uma conversa sussurrada, talvez secreta, atrás de uma parede. A parede era os fundos de uma ala restrita da fábrica que acondicionava produtos perigosos, que eu havia secretamente entrado apenas uma vez, numa madrugada chuvosa. Sempre era precavido no meu disfarce, pois precisava encontrar provas concretas dos crimes de Zorgreen, sem que descobrissem meus planos de justiça. A conversa me chamou a atenção, pois escutava um timbre de voz diferente das pessoas que circulavam pela fábrica, já que a habilidade de super audição me fazia ter uma super memória auditiva e guardava cada timbre de voz das pessoas que passassem pela minha vida. Era o mesmo gordo manco que ameaçara Doc anos atrás, Skullwigde.

– Não vou explicar novamente. O carregamento deverá estar pronto amanhã. Embarcaremos a droga pelo Porto de Liverpool. Zorgreen espera faturar muito dinheiro com esse carregamento.

– Chefe, e qual será o destino da droga? – perguntou o responsável pela expedição da fábrica, um tal de Donnalot Roper.

– Esse é o segredo dessa movimentação. Nada sai dessa sala. Estamos isolados da fábrica e mais ninguém deve saber dessa encomenda. E por que quer saber?

– Dependendo do lugar da desova, chefe, tenho contatos de distribuição.

– Não! – gritou irritado Skullwigde. Essa operação é somente de ida e para onde vai, os cuidados com a recepção deverá ser de extrema precaução. Não pode haver erros!

Silenciosos, ouvi passos que denunciavam 4 pessoas: o manco, inconfundível, Donnalot e mais dois, que não pude identificar.

Estava mais decepcionado com as Empresas Zorgreen, além de remédios do engano, estavam envolvidos corruptos funcionários, pessoas da cidade de Bradford, corrompidas pela ganância e pelo fedor dos venenos de Zorgreen. Precisava fazer alguma coisa. Já não saberia dizer quem era honesto ou quem era uma sorrateira raposa silenciosa. A degradação da sociedade estava somente aumentando. Após o término da conversa dos capangas de Zorgreen, estava quase me esquecendo da remessa de minhocas que precisava entregar para o Dr. Ville.

DOWNFRED VILLE

– Brandy, com essa demora toda na busca desses importantes invertebrados, quase perco essa amostra de solução. Se der certo, vamos revolucionar a plantação de trigo.

– Sinto muito. Essa demora foi por uma boa causa.

– Por quê? Encontrou o Boneco de Neve antecipado? – falava com aquele espírito alegre, aventureiro.

Downfred Ville era contemporâneo de Hekler e haviam, por coincidência, trabalhado na Instituição Pneumática Thomas Beddoes há vários anos. Assim como Hekler, o Dr. Ville apostava em várias alternativas da ciência e era um dos poucos em que se podia confiar, naquele meio nocivo que estava se tornando as empresas de Zorgreen. Ele tinha um sonho de construir um mundo abundante e rico de alimentos e estava tentando desenvolver uma fórmula para um super adubo.

– Não, o boneco não, mas encontrei a melhor caixa de minhocas vindas da Ásia, diretamente para a sua descoberta.

– Descoberta? – Indagou inocente aquele velho cientista.

– Sim. Tenho certeza que esse ano será um ano de descobertas.

– Não tenho tanta certeza, pequeno alquimista. – havia me chamado tão carinhosamente que me lembrei dos bons momentos com Hekler – Zorgreen está cada vez investindo menos nas pesquisas com o super adubo e se continuarmos assim, encerrarei as pesquisas no final do inverno. Propôs-me trabalhar no plantio de uma erva milagrosa, segundo ele, essa erva, em certas proporções causa torpor elevado e pode levar à morte. Recusei.

– A oferta foi durante uma reunião de Planejamento Anual. Zorgreen comandava a reunião e, de uma maneira muito rude, ameaçou cortar os investimentos na agricultura de alimentos. Ele é um homem muito perturbado. Pude observar que suas mãos estavam trêmulas e de vez em quando uma palavra saia pela metade.

"– Para projetos que não avançam, vou encerrar a atividade. Isso vale inclusive para você, velho amigo Downfred." – Zorgreen falara com uma voz ameaçadora e o seu olhar era marcado pelo mal.

– Mas por que continua aqui, Dr.? – perguntei curiosamente.

– Após a morte da minha amada Katherine, fiquei sem rumo e precisava de trabalho para me distrair. Caso não fosse esse trabalho, estaria morto uma hora dessas. Quero ajudar a comunidade de Bradford com alimento. Fazer a diferença. Sei que a minha amada Katherine se orgulharia de mim. Além disso, o que mais saberia fazer, senão pesquisar, descobrir, celebrar? – nesse momento, pensei silenciosamente que as empresas de remédio de Zorgreen deveria ter o comando de pessoas como o Dr. Ville.

Naquele dia estava decidido a mudar o rumo daquela empresa. Não podia mais deixar algo tão precioso nas mãos de pessoas corruptas, que se enriqueciam com a desgraça alheia. Estava pensando em uma saída, um plano, uma arma, qualquer coisa que me fizesse prestar a ajuda necessária para aquela cidade. Fui para casa com aquele pensamento fixo por justiça.

Naquela noite, como um sinal de esperança, uma luz iluminando as estradas desertas do inverno rigoroso da Inglaterra, Sam entra no quarto e pergunta:

– E aí meu velho Alquimista, o que tem aprendido naquela fábrica fedorenta?

– Sam, preciso contar algo que pode custar a nossa vida e destruir o nosso lar. Me prometa guardar segredo?

– Nossa! Homem de Deus, o que pode ser de tão grave?

– Zorgreen é uma raposa sorrateira. Um verme escondido no sangue pronto para atacar seu coração.

– Como assim? Você viu nos jornais as boas coisas que tem feito? Você viu o belo discurso dito na praça principal de Bradford?

– Não. Tenho trabalhado muito na pesquisa do super adubo.

– Super adubo? O que é isso?

– Deixa pra lá. Depois te conto em detalhes. Me fale sobre o discurso.

– Foi um grande discurso. Zorgreen e sua comitiva prometeu acabar com qualquer doença em Bradford e prometeu uma grande doação em dinheiro para o St. Luke's Hospital. A população o aplaudiu e fizeram um alto de aclamação, gritavam: "Zorgreen!!! Zorgreen!!! Nosso Salvador!!! Vida longa a ele!!!". A população estava eufórica.

– Maldito mentiroso!! – estava muito irritado com essa situação. Me sentia impotente com tantos poderes.

– Mas o que ele fez de tão grave?

– Sam, por trás de tanta imagem boa existe uma empresa que está envenenando a população de Bradford e de outras cidades da Inglaterra. A verdade que não aparece, é a venda de produtos alucinógenos por um grupo corrupto, que faz riqueza pela desgraça dos outros. O pior de tudo é que não consigo ter uma prova contundente, que desmascare de vez essa empresa da destruição.

– Por que não conta para o papai? – talvez o exército possa ajudar.

– Papai está sempre viajando e não quero envolvê-lo sem nenhuma prova. Qualquer envolvimento nesse assunto pode ser fatal.

– Não consegue usar os seus poderes para descobrir alguma coisa? – Sam estava iluminado naquele dia.

– Já tentei algumas vezes, sem sucesso.

– Utilize a sua super audição para escutar alguma coisa que possa comprometer as empresas de Zorgreen, algo muito grave.

– Hoje eu escutei sobre um carregamento de uma substância.

– Mas que substância é essa?

– Dr. Hekler uma vez me falou de uma planta de grande concentração de substâncias psicoativas. Se me lembro, chamou a planta de coca.

– Mas o que é isso? – Sam era um excelente matemático, mas era medíocre na área da saúde.

– Segundo o Dr. Hekler, a substância age principalmente no sistema nervoso central, onde altera a função cerebral e temporariamente muda a percepção, o humor, o comportamento e a consciência. Se estou certo, Zorgreen deve estar pagando coberturas do venenoso silêncio nos hospitais de Bradford, quando algum usuário da maldita planta se sente mal.

A EXPEDIÇÃO DA DROGA

Naquela noite não parava de pensar no carregamento da droga: a que horas seria o carregamento? De onde ela sairia? Qual o tamanho desse carregamento? Estava determinado a destruir aquela maldita mercadoria e precisava de um plano. A droga sairia da unidade onde trabalhava; daquela maldita expedição, senão Donnalot Roper não seria envolvido. Mas como destruir a carga sem ser reconhecido por Skullwidge? E se a droga é fabricada naquela unidade, na área restrita, debaixo dos meus olhos e do meu olfato? Foram horas de tortura, pensando em um plano infalível. Nada era conclusivo.

– Não dormiu, não? – Perguntou Sam sonolento.

– Sam, não tenho nenhum plano ainda...

– E se você deixasse cair uma caixa do super adubo na cabeça dos bandidos e – Sam sonolento cada vez mais gênio.

– O que você disse?

– Caixa de adubo na cabeç...

– Sam você é um gênio!

Sai de casa naquela madrugada fria de Bradford e fui até a casa do Dr. Ville. Sabia que ele tinha alguns acessos diferentes dos meus, mas nada tão significativo. Até agora. Um plano finalmente estava se formando na minha cabeça e precisava de alguns documentos que estavam com ele.

A casa se localizava numa pequena colina. De estilo vitoriano, a casa do Dr. Ville possuía um pequeno jardim na frente da janela de vista para rua, cercado por grades de ferro na cor dourada. Na entrada, uma pequena escada de quatro degraus. Fabricada de tijolo amarelo, que apesar de pequena, dois andares se erguiam e terminavam em três janelas de cor branca.

– Dr. Ville? Dr. Ville? – chamava-o com uma certa cautela, procurando fazer o menor barulho possível.

Após alguns minutos, escutava o caminhar de escadas dentro da casa e uma pequena luz se acendeu na frente daquela janela onde me encontrava.

– Quem me procura numa hora dessas da noite? Está muito frio. Vá embora!

– Dr., sou eu... Brandy, seu ajudante das minhocas.

– Brandy? O que aconteceu? Em que posso ajudá-lo? – e com um vagaroso movimento de chaves, abriu a porta de sua casa.

– Entre, meu filho, vai congelar nesse frio de outono – "Outro Doc, outra gentileza na minha vida" pensei. Entrei rápido em sua casa. Pequena e bem mobiliada. A organização era impecável e muito limpa, tinha um cheiro agradável de erva-doce.

– Precisamos conversar sobre Edgar Zorgreen!! – falei de maneira muito séria, decisivo.

– O que sabe sobre ele, Dr. Ville?

– Vejamos, bem... não sei muita coisa: herdou a companhia de remédios do pai, o grande médico Kaival Zorgreen que morreu misteriosamente no ano de 1836. Os jornais da época denunciaram envenenamento. Nada conclusivo. Edgar Zorgreen era o filho mais velho de três filhos e, por meio de uma mãe dominadora, assumira a companhia do pai. Os tabloides sempre falavam dessa família, sempre foram histórias pesadas, de acusações criminosas e extorsão. Nada provado também. Edgar Zorgreen sempre teve esse dom empreendedor, honesto ou não, fez esse império de remédios. Agora é um dos homens mais ricos da Inglaterra.

– E trabalhamos para ele.

– Mas o que você quer falar sobre esse homem cruel?

Diante das palavras do Dr. Ville, não sabia se podia contar com ele. Se ele era de confiança, se ele poderia me ajudar no plano da Expedição da Droga. E se ele fosse um dos capangas cruéis de Zorgreen disfarçado de bom cientista? Permaneci em silêncio, apreensivo. Pensava no que fazer diante daquele cientista. Perguntei:

– Dr. Ville, você acredita no bem realizado pelas Indústrias Zorgreen?

A tensão daquela conversa era ferozmente tenebrosa e caracterizada pelo som do vento frio que soava forte do lado de fora da casa, naquela noite gelada de outono.

– Não!! Não!! – falava ele olhando para fora por uma das janelas brancas da sala com uma apreensiva expressão facial.

Não havia escutado direito, pois pensava insistentemente no plano que poderia contribuir com provas incriminadoras das Indústrias Z.

– Não? Me desculpe. O que o Sr., disse? – fiquei um tanto perplexo com aquela resposta.

– Deixei de acreditar em Zorgreen há muito tempo. Já lhe expliquei porquê ainda não deixei a sua companhia. Brandy, uma vez tentei argumentar sobre um cheiro característico de coca que havia percebido na unidade em que trabalhamos. Fui severamente agredido pelos capangas de Zorgreen e fui transferido para a ala do super adubo. Anteriormente trabalhava na ala que recriaria o remédio do Dr. Hekler. Tive medo daquela agressão, fui ameaçado, quase torturado... Gente muito violenta.

– Dr. Hekler? Conheceu o Dr. Hekler?

– Se for o mesmo velho Bradford Hekler, trabalhamos juntos num passado distante. Os tabloides da época disseram que havia morrido num incêndio do seu laboratório, há uns três anos. Lamentei, pois o remédio criado por ele era milagroso. Hekler era um cientista extraordinário.

– Exato. Ele é um homem mau, cruel, que está envenenando a sociedade de Bradford. Zorgreen é uma mentira, uma fraude, um mal instalado nas entranhas da sociedade inglesa, um verme querendo contaminar cada lar, cada família. Zorgreen é um bandido, uma farsa, um ser insano.

– Mas o que você quer comigo, vindo à minha casa essa hora da madrugada? No que você está pensando, meu jovem alquimista?

– Preciso de provas. Escutei sobre um estranho carregamento de drogas. Um carregamento grande que deve sair das Indústrias Zorgreen.

– Drogas? Como assim?

– Coca!

– Coca? Isso é proibido por ser alucinógeno, danifica o Sistema Nervoso Central do ser humano. O efeito dessa droga é devastador. O sujeito que se vicia, morre. A pressão arterial da pessoa, sei lá...

– Mas e sobre aquele cheiro que sentiu na unidade do remédio do Dr. Hekler? Se o cheiro foi na unidade em que trabalhamos, quem sabe...

– Não senti mais aquele cheiro – repetia.

– Eles devem estar cobrindo o cheiro com alguma outra substância.

– Mas o que ouviu falar sobre o carregamento? Você sabe quando deverá ocorrer essa ação nefasta? – Dr. Ville cada vez mais eufórico.

– Foi uma conversa entre Donnalot e Skullwigde. Hoje sairá pela expedição um carregamento que deverá seguir até o Porto de Liverpool, e será distribuído sabe-se lá para onde.

– Tem certeza disso garoto? Não sei como ajudar! – sentia um leve temor naquele velho solitário.

– Precisava encontrar uma maneira de entrar na sala onde escutei a conversa. A sala é restrita cujos fundos se encontram com o depósito de alcalinos, na ala norte.

– É a sala de reagentes perigosos. Pouca gente tem autorização de entrar lá. Sempre vigiada. Somente com autorização expressa.

– Dr. Ville, pense! Deve haver alguma maneira de entrarmos sem chamarmos a atenção dos capangas repulsivos de Zorgreen.

Minutos de silêncio foram adicionados na nossa conversa e não encontrava nada que me animasse em descobrir sobre o carregamento da Droga.

– E se...

– Vamos garoto... me dê um tempo para vestir o meu uniforme. Vamos para a fábrica agora.

O velho cientista subiu para os andares superiores da casa e parecia determinado, decidido a encontrar a verdade, mesmo que ela custasse o seu emprego ou a sua vida. Sozinho, aguardei alguns minutos e pensava no que ele podia me ajudar. Não tinha um plano, porém agora, não estava sozinho, tinha um forte aliado.

– Está pronto? Está com medo? Posso confiar na sua informação? – me dizia calmamente aquele outro Doc afetuoso.

– Sim. Estou pronto... e não estou com medo. Vamos fazer o certo para Bradford, para a Inglaterra, para a Rainha.

– Ok. Vamos pela Rua Quanta Gral bem vazia e silenciosamente passaremos pelo Mercado Principal e aí entraremos pelo beco da Rua Suai Galima e no final entraremos pelo portão menos vigiado da fábrica. Não faça nenhum movimento brusco; mantenha o máximo de silêncio possível e se alguém nos abordar, deixa que eu falo.

– Ok, Doc.

Estava muito frio naquela madrugada, o que nos facilitou a entrar na fábrica sem sermos percebidos, pois a vigilância do local estava nos prédios. Nunca havia entrado na fábrica através daquele beco comprido e o portão de aço, parecia fazer parte de uma fortaleza, pois estava com uma ferrugem natural e era muito pesado.

– Garoto, não faça nenhum barulho. Abra o trinco do portão pelo lado esquerdo com cuidado. Apoie o trinco sem fazer barulho.

O trinco era robusto, formado por uma estrutura desenhada, que supostamente havia sido fundido num molde das forjarias pequenas de Bradford. Era igualmente pesado. Naquele momento mal respirava para que o trinco fosse deslocado sem fazer o mínimo barulho. A cautela era exagerada, única.

– Excelente!! – falava o Dr. de maneira pausada e em quase sussurro.

– Vamos, empurre o portão!!

Nesse momento não quis usar nenhuma força extra para que Doc não desconfiasse de nenhum dos poderes. O portão não se moveu e na sua inércia, parecia imponente como o Colosso de Rhodes. O peso era demasiado para Doc.

– Força garoto!!... Força garoto!! – impulsionei o portão com uma força especial e aquele imenso portão se moveu como que deslizando no gelo.

Entramos na fábrica num horário da madrugada em que praticamente só estava a segurança de Zorgreen.

– Garoto, talvez estaremos entrando numa terrível armadilha do destino. Se descobrirmos a tal droga, precisaremos falar com as autoridades e desmascarar esse mal feitor do Zorgreen. Nesse momento, não poderemos confiar em ninguém. Nem mesmo na polícia, pois nunca vi nenhum envolvimento policial da família Zorgreen, após a morte de Kaival.

– Dr., tenho certeza que há sujeira nesse lugar.

Caminhamos por entre as estruturas de um depósito de semiacabados, experiências em fase de transformação, até chegarmos próximos ao fundo da sala onde havia escutado a infame notícia do carregamento.

– Por aqui Dr. Ville, estamos próximos do local onde escutei a conversa sobre o carregamento. É aqui.

– Nossa!! É aqui??

– Exato. É o fundo da sala. Por que o espanto??

– Filho, esse é o laboratório da fase final do Remédio do Dr.Hekler. Montei esse laboratório há alguns anos atrás até me expulsarem da pesquisa. A entrada é dando a volta pelo corredor esquerdo. Vamos nos aproximar lentamente e você irá se esconder atrás daqueles contêineres azuis. Lá você espera o meu sinal para entrar. Somente entrará naquele laboratório se for totalmente seguro a você.

Dr. Ville foi em direção a um quadro amarelo atrás de uma pilastra, quase imperceptível, onde se encontrava a chave do laboratório. Rapidamente em alguns passos estava na frente da porta do laboratório suspeito. Notava-se que ele estava tenso, suas mãos estavam trêmulas, dificultando o encaixe da chave na porta. Antes de entrar, olhou uma última vez ao redor, principalmente direcionando o olhar para onde eu estava escondido. Entrou.

Minutos se passaram, parecendo uma eternidade, e um sinistro silêncio ocupava o lugar. Dr. Ville dentro do laboratório e eu do lado de fora, com todas essas forças especiais sem poder fazer nada. Era frustrante, porém, qualquer ação poderia prejudicar a operação e as provas que precisávamos ter desapareceriam. Atrás daquele esconderijo improvisado aguardava ansiosamente um contato do audacioso cientista. De repente, ouvi passos e uma conversa num tom quase silencioso começava a ocupar aquele setor da fábrica. O destino parecia brincar com as nossas vidas, pois, repentinamente, Skullwidge aparece no corredor junto de mais duas pessoas que não reconheci. Como sempre estava armado e eu não conseguiria avisar o Dr. Ville. Sabia que entrariam no laboratório, talvez para pegar a mercadoria da morte.

– Essa operação deve ter o maior sigilo. O carregamento deve ser transportado conforme o planejamento estratégico de Zorgreen e somente ele poderá alterá-lo – falava Skullwidge de uma maneira um tanto aflitiva.

– Essa porta está aberta? – irritado, Skullwidge deu um sinal para os capangas. O destino daquela situação estava delineado.

– Você fica aqui. Fique alerta!! Está armado?

– Essa arma está totalmente carregada. Ninguém irá passar por aqui.

Skullwidge e o outro capanga entraram no laboratório e iriam descobrir a invasão do Dr. Ville, olhando para todas as provas. Não podia ficar simplesmente escondido, olhando Doc ser pego pela covardia daqueles bandidos. Saí silenciosamente dos contêineres e parti para cima daquele capanga. O bandido estava armado então não podia errar aquele golpe. Aguardei o momento certo para dar o bote, porém, inesperadamente, ouviu-se um tiro. Outro tiro e outro tiro. Antes que chegasse a atingir aquele capanga de vigia, ele entrou apressadamente para dentro do laboratório. Cuidadosamente, entrei no laboratório e, escondido atrás de uma grande prateleira cheia de remédios embalados, ouvi uma conversa deprimente:

– O que aconteceu, chefe? – o capanga de vigia se encontrou com aqueles dois assassinos.

– Dr. Ville... o bisbilhoteiro. Nunca gostei da posição dele na empresa. Havia comentado inúmeras vezes com o próprio Zorgreen para colocá-lo no olho da sarjeta, mas ele disse que esse velhote era amigo do seu falecido pai, além de ter a habilidade com remédios. Mas... fazer o que, ou ele morria, ou iria meter os dentes sobre a encomenda. Ganhou o que mereceu. Uma morte rápida e bruta. Agora vai servir como super adubo.

Os outros capangas riram da situação e receberam outra ordem de Skullwidge:

– Vamos rapidamente limpar o local, antes que outras testemunhas vejam o presunto.

Temporariamente foram embora, cruéis, frios, sanguinários, deixando o mesmo capanga de vigia do lado de fora.

Estava chocado pela morte daquele amigo. Um choro contido, angustiante dominou a essência dentro da minha alma. Pensava que havia colocado o Dr. Ville naquela situação e que sua morte havia sido minha culpa. Saí cuidadosamente de trás da prateleira e fui até o cadáver daquele homem inocente, morto de maneira covarde, impiedosa. Encontrei-o ainda de olhos abertos e muito sangue havia se espalhado pelo chão. Três tiros fatais no peito foram covardemente disparados contra o seu corpo. Estava chocado, perplexo e um ódio impetuoso começou a me dominar. Fechei os olhos daquele rosto desvanecido. Levantei meu corpo e olhei ao redor, tentando encontrar alguma pista, alguma encomenda, mas o que via era um monte de caixas brancas com uma etiqueta amarela com uma inscrição que não entendia. Mais uma vez olhei com um olhar de despedida para o corpo baleado do Dr. Ville e percebi que um pequeno pedaço de papel estava em uma de suas mãos. Peguei o papel. Escutava ao longe um barulho de movimento que estava se aproximando do Laboratório. Peguei uma daquelas caixas brancas e o papel da mão do Dr. Ville. Precisava passar por aquele capanga. No movimento até a saída do laboratório, encontrei um pedaço do que parecia ser uma haste de alguma estrutura. Cheguei até a porta e com muita raiva, desferi uma pancada que o desacordou imediatamente. A arma caiu bem longe. Acho que usei muita força e podia ter matado aquele capanga. Fugi correndo pelo mesmo caminho que entrara, tentando ser invisível.

Minha preocupação agora era entender aquela pista, que para mim era um enigma. Na etiqueta amarela da caixa e no papel escrito pelo Dr. Ville, duas palavras denunciavam um novo mistério:

- A6177

- Erythroxylum

Esse era o nome de um destino e de um monstro.

CAPÍTULO 6

"Nem todos os monstros fazem coisas monstruosas."
Teen Wolf (Série televisiva estadunidense)

JITUJEUSI – O MEDO EM FORMA DE MONSTRO

(Post Capitulum 4)

A missão de encontrar a Mamba-negra já demorara seis horas mata adentro. Estávamos com sede e cansados e então, Akbar apontou para uma colina esverdeada. Foi nesse momento que o medo chegou até nós.

– Cuidado, Badawi!!! A pedra irá atingir você. CUIDADO!! – gritou desesperadamente Nangwaya.

Abaixei rapidamente diante de uma colossal pedra arremessada vinda destrutiva pelos ares. Somente com catapultas precisamente desenhadas se conseguiria movimentar ou arremessar uma pedra daquele tamanho. Um dos guerreiros do General não teria a mesma sorte.

– De onde veio essa pedra? – olhávamos para todos os lados e um grito grave e estridente soava diante de nós. A colossal pedra atingiu o peito do guerreiro da Guarda Real que estava atrás de mim e, diante da velocidade com que veio a pedra, como o dardo que atingiu Kioni, o Guerreiro Tajamali não pode nem ao menos tentar alguma reação. A pedra veio do ar precisa, silenciosa, mortal. Diante do medo, tentava imaginar a força descomunal que pudesse arremessar tamanha massa de pedra.

– Abaixem todos – ordenou o General.

79

Os gritos de algum animal-monstro não paravam de soar e a cada grito, parecia estar cada vez mais perto de nós. Tentávamos chegar até o corpo esmagado do Guerreiro da Guarda Real, Darweshi[28], porém, novas pedras tocavam no solo e a cada queda, um mini terremoto aparecia diante de nós.

Perguntava como enfrentaríamos tamanho poder, tamanha força, tamanha ira. Agora restávamos eu, Akbar, Nangwaya e os guerreiros, Hakizimana[29] e Madhubuti[30].

– Akbar, o que está acontecendo? – perguntei totalmente perdido.

– Esse é o monstro que protege a floresta, Jitujeusi. Essa é uma região proibida desse território, na qual muitos animais procuram a reprodução de suas famílias. É uma terra sagrada, os homens são proibidos de tocá-la. É uma terra fértil, cheia de vida. *Conta a lenda que um guerreiro de uma Tribo já extinta, diante dos horrores da guerra por território teve sua Tribo inteiramente incendiada e destruída e todas as pessoas mortas. Em sua fuga pela sobrevivência, tropeçou em uma raiz de Obuya[31] e caiu numa vala repleta de ovos de Mamba–negra. A temperatura do corpo do guerreiro fez eclodir os ovos depois de algumas horas desacordado e o instinto animal das cobras fizeram com que sofresse várias picadas e o veneno mortal misturado com uma terra especial da vala, o transformara numa criatura metade homem metade cobra. A lenda conta que o nome desse guerreiro era Jitujeusi, o guerreiro descomunal. O único que conseguiu sobreviver a um massacre. Desde então, passados centenas de anos, ele protege os animais de possíveis massacres da caça predatória do bicho homem.*

– Outra pedra, CUIDADO! – a pedra passou muito próximo de Akbar e a onda de choque contra o chão, fez com que ele caísse em desequilíbrio.

– Nangwaya você já viu esse monstro? – perguntei incrédulo.

– Já o vi uma vez, há uns dois anos. Estávamos procurando raízes medicinais para uma doença que derrubava a Tribo quando de repente os homens começaram a desaparecer. Um a um, sumiam e depois as suas car-

---

[28] O nome Darweshi significa algo como "Santo". Em minha convivência com a Tribo Tajamali, pude entender como os nomes das pessoas tem relação com o Divino. Para eles, o principal sentimento que uma pessoa pode ter é: FÉ.

[29] O nome Hakizimana significa algo como "É Deus que salva".

[30] O nome Madhubuti significa algo como "Firme, fixo".

[31] O nome Obuya significa algo como "Nascido quando o jardim era enorme". Descobri mais tarde que se tratava da raiz de uma árvore de troncos bem largos e que fornecia um pequeno fruto, cujos pássaros do local comiam no outono.

caças eram lançadas bem longe, como as rochas. Estávamos numa expedição de 15 homens... só voltaram 3 para a Tribo com as raízes. Eu era um deles. Pude entender que do seu modo, um tanto grotesco, Jitujeusi queria mostrar o seu poder e a sua benevolência. Tentávamos correr para sobreviver, mas a criatura encurralou-nos num penhasco e poderia matar-nos rápido, como em um pesadelo. Era uma criatura de uns 3 metros de altura. Metade homem metade cobra, como a lenda. Numa pausa estratégica para olhar novamente ao redor, percebi que Nangwaya estava um tanto exaltado com a história que estava contando. Nunca mais me esqueci daquela tarde das raízes. Jitujeusi podia ter nos destruído com suas garras poderosas, mas, de uma maneira repentina, abaixou suas protuberâncias faciais, que pareciam a de um lagarto raivoso. Naquele momento, Nangwaya mostrava com as próprias mãos como eram essa protuberâncias assustadoras. A respiração do monstro diminuía de ritmo e como num milagre anunciado, Jitujeusi lentamente apontou para o guerreiro ao meu lado, Madhubuti. Badawi, ficamos surpresos e demasiadamente curiosos pela singular escolha do monstro. Por algum motivo desconhecido, o monstro havia escolhido aquele guerreiro Tajamali. Talvez pela fraca intensidade do medo de Madhubuti; talvez por ele ser o último filho sobrevivente; talvez pelo cheiro do sangue de Madhubuti. Enfim, naquela tarde das raízes, Jitujeusi nos deixou sobreviver e levar as raízes para a cura da tribo. Esse foi o milagre da sobrevivência, que precisamos novamente Badawi, senão não conseguiremos chegar até a colina, que será a entrada do Vale da Sombra da Serpente.

– Não temos muito mais tempo, Akbar. Se não conseguirmos a Mamba-negra a tempo, a Rainha agonizará até a morte – disse Nangwaya um tanto aflito.

– Não temos outro caminho que não passe pela terra do monstro?

Nangwaya e Hakizimana se afastaram uns 5 metros de nós e conversando numa língua própria de guerreiro, planejaram uma ordem, que pelos gestos de ambos, que não consegui entender, fez com que Hakizimana voltasse pelo caminho que trilhamos até então.

– Onde ele está indo? – perguntei para Akbar ao meu lado.

– Ele está....

– CUIDADO!

Novamente, coisas caiam do ar. Um enorme tronco de árvore passou pelas nossas cabeças e, de repente, uma nova rocha, que se estilhaçou no chão, lançando fragmentos mortais contra todos. Um pedaço da enorme pedra feriu a cabeça de Akbar, derrubando-o no chão desacordado. Outro pedaço bateu velozmente no braço de Nangwaya, cortando profundamente. Muito sangue começou a sair de seu braço.

– Ah! Meu braço foi ferido – gritou o General.

Levantei Akbar pelos braços e coloquei-o sobre as minhas costas. Recuei alguns metros da zona de guerra e posicionei-o debaixo de uma árvore. Retornei para ajudar Nangwaya e, diante do sangue em seu braço, levei-o para junto de Akbar. Apertei o seu braço com um pano para tentar estancar o sangue, que não parava de sair. Precisávamos de um milagre, os gritos do monstro estavam cada vez mais raivosos. Cada grito parecia um insulto para retornarmos de onde viemos. Jitujeusi ficava numa posição que não conseguíamos enxergá-lo. As rochas e troncos vinham do nada. Vinham debaixo da terra. Batiam de volta na terra e produziam um ruído de destruição.

– Nangwaya, não podemos mais ficar aqui. Vamos morrer. Não temos mais tempo. Precisamos encontrar a maldita cobra – falava inconformado com a situação.

Akbar permanecia desacordado, o pulso ainda estava fraco. Temia pela sua vida. Distraído em atender esses dois Guerreiros Tajamali, não havia percebido, mas os gritos do monstro haviam desaparecidos. O que poderia ter acontecido? Ido embora? Desistido de nós?

– Preciso ver como está o seu guerreiro – disse para o General.

Andei de volta à zona de guerra do monstro e pude presenciar um momento inacreditável. Uma criatura colossal, devia ter sim, uns 3 metros de altura, e diante dele um guerreiro, que apesar de ser mais alto do que eu, ficou pequeno diante do fascinante homem-serpente. Assim o apelidei desde então. Madhubuti foi nosso milagre. Parecia haver uma certa conexão entre a criatura e o Guerreiro Tajamali. Madhubuti parecia repetir um mantra, que paulatinamente acalmava a raivosa e assassina criatura. De repente, Madhubuti começou a falar uma língua que eu nunca havia visto e isso fez com que a criatura olhasse para mim. Seu rosto era estranhamente misturado – tinha alguma feição humana e muita feição de cobra. As linhas musculares de seu corpo eram absurdamente fortes, precisamente desenhadas, que destacavam os braços e peito como algo assustadoramente fantástico e a sua altura descomunal era apoiada em uma base que não consigo descrever. Não eram pernas comuns. Três saliências em forma de raízes faziam o corpo deslizar pelo chão, como o rastejar de uma serpente. As pernas pareciam fundidas, mas aparentavam mobilidade. Ao olhar diretamente para mim, soltou um grito estridente que feriu meus tímpanos fazendo com que ajoelhasse no chão e tapasse os ouvidos com as mãos. Permaneci ajoelhado até que Madhubuti viesse até a mim.

— Badawi, pode se levantar. O grande guerreiro Jitujeusi não irá matá-lo. Permitirá que cheguemos até o Vale da Sombra da Serpente até encontrarmos a Mamba-negra. Vamos rápido, pois precisamos salvar a Rainha. Jitujeusi somente nos deixou passar por conhecer o ancestral da Rainha. Irá permanecer em seu esconderijo invisível, como um observador eterno e protetor dos animais e plantas. Ele só aparece no Grande Período de Reprodução da Natureza. Vamos!

Voltei onde estava Akbar e Nangwaya. Akbar ainda sonolento estava sendo ajudado pelo General.

— Como você está meu amigo — perguntei para Akbar oferecendo um pouco de água.

— Beba essa água, lhe trará mais energia.

— Seu braço, Nangwaya, parou de sangrar. O milagre que precisávamos aconteceu. Vamos até o Vale da Sombra da Serpente.

— Madhubuti nos salvou.

Seguimos o caminho. Não pude ver mais o monstro, porém aquela imagem do monstro diante de um Guerreiro Tajamali jamais sairia da minha mente. Doc precisava estar aqui.

Caminhamos por mais uma hora até avistarmos um vale. Madhubuti permaneceu em silêncio até chegarmos num paraíso. Parecia determinado a salvar a Rainha. Akbar caminhava com dificuldade. O ferimento na cabeça estava doendo e temia que sofresse outro desmaio. Nangwaya já esquecera o ferimento no braço e caminhava vigoroso, como um líder.

— INCRÍVEL! Que maravilha! Que visão magnífica! Nunca tinha visto essa paisagem na África — falei encantado para o grupo.

A África definitivamente era extraordinária para mim. Doc soube escolher o lugar certo para as suas pesquisas. O tal Vale da Sombra da Serpente era na verdade um berçário de vida. Não conseguíamos ver o final do Vale de tanta imensidão. O Vale era coberto por um verde muito vivo, brilhante e a quantidade de animais das mais diversas espécies era surpreendente. A vegetação também era algo de destaque pois era de um colorido fascinante, pois abrigavam aves de diversas cores e tamanhos e que misturados ao verde das folhas, forneciam um quadro da natureza viva.

– A Mamba-negra deve ficar um pouco mais à frente, após aquela rocha coberta de musgo – disse Madhubuti, com a precisão de quem já estivera ali.

– Como sabe? – perguntei incrédulo.

– Foi uma das benevolências de Jitujeusi. Diante da urgência de encontrarmos o remédio para a Rainha Kioni, ele indicou onde estariam os ovos.

– E quais foram as outras benevolências? – insisti com Madhubuti.

– Na verdade, teve só mais uma, nos deixou viver.

– Vamos seguir mais rápido a frente – apressou Nangwaya.

Estava ajudando Akbar a andar, ele disse que o ferimento na cabeça estava doendo. Os dois guerreiros sobreviventes ao gigantesco monstro Jitujeusi foram mais a frente.

Caminhamos por mais meia hora até que vi os dois guerreiros se separarem, um para a esquerda e outro seguiu adiante. Vi Madhubuti correndo à esquerda e subindo em uma árvore. Fiquei parado debaixo de uma árvore cheia de flores amarelas, que a cada balançar de vento, exalava um perfume característico, um cheiro de fruta fresca. Deitei Akbar sob a sombra e observei ao longe Nangwaya. Utilizei a minha visão avançada para observar a estratégia que pareciam estar usando, até então não entendia a ação. Nangwaya entrou numa vegetação densa e não consegui ver o seu destino. Passados uns quinze minutos um grito:

– Madhubuti! Madhubuti! – gritou intensamente Nangwaya.

– Solte a armadilha quando estiver passando por você.

Mais uma surpresa daquele lugar. Nangwaya segurava na mão um ovo branco irregular e atrás dele uma enorme cobra, possivelmente uma Mamba-negra, rastejando como um raio. Balancei o corpo de Akbar, imaginando que estava dormindo, e o avisei para tentarmos levantar rapidamente.

84

Segurei Akbar pelos braços e nos movimentamos de volta à entrada do Vale. Nangwaya corria velozmente, porém, a cobra parecia alcançá-lo. Era uma cobra de dimensões assustadoras, bem maior das que já havia visto até então. O barulho que fazia ao rastejar pelo mato rasteiro, misturado com grama seca era algo peculiar, um som que imitava um chocalho com um roncar de um caititu. Nangwaya gritava:

– Madhubuti!! Se prepare...

Estava longe com Akbar, protegendo o cientista nativo contra os imprevisíveis perigos do lugar. Era um lugar muito selvagem. Graças a super audição e a visão de aumento, pude presenciar toda a cena.

– Madhubuti!! Vou passar... não aguento mais correr.

– Rápido meu General, a Mamba gigante está quase alcançando.

Concentrei-me para ouvir os batimentos cardíacos de Nangwaya e podia sentir que estava chegando ao seu limite de exaustão. Mais alguns metros e poderia entrar em colapso, seu sangue estava cheio da substância que poderia ter salvado a minha mãe. Sua sorte é que passou debaixo da árvore onde estava Madhubuti, que fez algo muito interessante. Quando o General passou debaixo da marca combinada, Madhubuti soltou uma braçada de flores e folhas daquela árvore sobre a Mamba-negra gigante. As flores soltavam no ar um acentuado de pólen amarelo e as folhas possuíam um cheiro bem forte de clorofila. A Mamba-negra gigantesca desacelerou o seu rastejar e lentamente começou a girar sob o seu próprio eixo. Se enrolou de uma tal maneira, ficando absolutamente inerte como se estivesse hibernando. Parou. Num movimento preciso e muito rápido, vi Hakizimana sair da mata e formar um círculo com folhas e flores amarelas em torno da cobra temporariamente imobilizada. Nangwaya olhou para trás e desacelerou a sua desesperada corrida de sobrevivência. Lentamente, a gigantesca cobra assassina se enrolou e fez de seu próprio corpo um monte réptil assustador, sua cabeça ficava para fora, inconsciente pelo efeito do pólen das flores e folhas daquela árvore salvadora.

– Precisamos voltar imediatamente, Badawi – me falou, quase sem ar, o intrépido General.

– Não esperava que a mãe de todas as Mambas estivesse por perto. Nunca cheguei tão perto assim desse animal magnífico. Que força! Que ferocidade! – Nangwaya falava meio sorrindo, meio admirado.

– Irá ficar inconsciente até o vento retirar as folhas e flores ao redor. Até lá, estaremos longe.

Pensava comigo que tudo que aqueles homens faziam estavam convergentes com o equilíbrio da natureza.

Akbar estava cansado e tinha dificuldade em andar. O ferimento na cabeça realmente parecia sério e constantemente sentia tontura.

– Vamos voltar pelo mesmo caminho? E o Monstro Jitujeusi? – perguntei para Madhubuti, que tinha descido da árvore com uma destreza absurda. Simplesmente saltou, de uma altura de 4 ou 5 metros, sem ao menos sentir o impacto da queda. Pensei nesse momento no possível efeito de Pongwa sobre o corpo desse guerreiro.

– Sim, porém ele não estará lá. Jitujeusi só aparece no período da reprodução. Ninguém sabe para onde vai ou como desaparece. Nunca ninguém viu seu esconderijo. Nunca ninguém teve coragem de seguí-lo. Como já está escurecendo e a maioria dos animais estão indo para as tocas, esconderijos, frestas, matas, o Monstro também some. Já houve relatos de gente morta à noite. Vamos voltar rapidamente. Kioni nos espera com a cura.

O retorno foi lento e temia pelo possível atraso das 24 horas. Akbar caminhava com muita dificuldade. Passado algum tempo, começamos a revezar e a levar Akbar sobre os ombros, já estava desmaiado pela perda de sangue. Tinha duas preocupações agora: Kioni, a corajosa Rainha de uma Tribo Africana, e o maior cientista dessa Tribo, um amigo inesquecível, que me ensinou sobre coragem e determinação, cujo nome era Akbar.

A noite chegara silenciosa e precisa e a escuridão dificultou a chegada a Tribo. Nangwaya havia feito várias marcações ao longo do caminho e assim, garantia que estávamos na direção certa. Uma expedição viva de alguns mortos. Carregando Akbar nos ombros ficava pensando como o General comunicaria para a esposa aflita o retorno do marido morto? Como contaria sobre o monstro? Como contaria sobre a cobra gigantesca que quase o matara? Tantas incertezas no caminho. Não sabia se a minha experiência como médico e cientista, aliados aos meus poderes, conseguiriam salvar uma Rainha tão importante para tanta gente.

Chegamos à Tribo após 26 horas. Exaustos.

Akbar foi socorrido pelos guerreiros da Guarda Real e levado para uma pequena cabana. Corremos diretamente para o lugar onde se encontrava Kioni. Nangwaya e eu entramos rapidamente no casebre onde estava a Rainha. O outro guerreiro ficou do lado de fora com os outros. Suhaila Somoe estava ao seu lado, triste.

– Não deu tempo. O coração dela parou de bater a alguns minutos atrás. O veneno da cobra venceu – disse com lágrimas a anciã da Tribo.

– Badawi.. Badawi.. Não tem nada que possa fazer?

– Salve Kioni – Nangwaya incrédulo me perguntou em tom de desespero. Um guerreiro forte, desabando diante da morte. Precisava tentar algo. Meus poderes talvez.

– Suhaila, pegue a minha bolsa de remédios.

– O que vou fazer aqui, fica aqui como um segredo de salvação – falei olhando para Nangwaya – Posso contar com vocês?

– Sim, Badawi. Seremos fiéis a esse momento. O que podemos fazer?

– Afastem-se do corpo de Kioni.

Comecei a esfregar as minhas mãos, diante do tórax de Kioni. Ela vestia uma roupa densa e colorida, que iria ajudar na condução da energia. Minhas mãos começaram a brilhar e a energia elétrica formada pela fricção já era aparente. Fiz um movimento com os braços e joguei toda a energia elétrica contra o seu corpo. O corpo de Kioni deu um salto e iniciei uma massagem em seu coração. Lembrei-me de quando salvei Doc da explosão do laboratório. Pedi para que Nangwaya revezasse comigo a massagem cardiorrespiratória. Porém, ainda não conseguia escutar o coração iniciando os batimentos. Não iria perder Kioni para o veneno.

Suhaila nesse momento começou uma insigne oração numa língua que não conhecia. Lembrei-me do elixir que retardou a ação do veneno. Peguei imediatamente o pote com o elixir e ainda restava uma pequena quantidade. Peguei a seringa e injetei o elixir diretamente na veia apontada do braço direito de Kioni. Novamente iniciei uma fricção nas mãos com mais força, para gerar uma quantidade maior de energia elétrica. Apliquei a energia mais próxima do coração e iniciamos novamente a massagem cardiorrespiratória.

– Vamos Kioni, reaja! Não vou te perder hoje!

Minutos de aflição e dor intermináveis surgiam a cada massagem cardíaca. Aquele silêncio de esperança se tornara cada vez mais angustiante. De repente... o milagre. O coração fraco começou a bater novamente. Pude escutar o ar entrando em seus pulmões lentamente. Vida.

– Vitória! – gritei compulsivamente – Vamos conseguir salvar sua Rainha. Me ajude a preparar o antídoto.

Imediatamente Nangwaya pegou cuidadosamente o ovo irregular da Mamba-negra de uma velha sacola que tinha levado.

– Coloque o ovo ali, perto do altar – disse – A morte não fará parte da nossa história hoje.

Correndo contra o tempo, na verdade, não tinha tanta certeza se daria totalmente certo o retorno de Kioni da morte, no entanto, o empenho e dedicação daquelas pessoas era algo transformador e extremamente motivador.

Pedi para Nangwaya quebrar cuidadosamente o ovo de Mamba-negra. Dentro estava um filhote absurdamente violento de serpente negra, que tentava injetar o seu recente veneno no guerreiro General. Indomável.

– Cuidado! Segure a serpente com cuidado, que extrairei o veneno recentemente formado.

Cuidadosamente, conseguimos extrair veneno suficiente para o antídoto da esperança.

Nangwaya levou o filhote de serpente para fora da cabana e ordenou para que um de seus homens o devolvesse à Mãe Natureza e indicou um lugar onde não seria perigoso para as crianças da Tribo.

Voltei-me para o frágil corpo de Kioni, para poder decifrar novamente o código do veneno assassino. Nesse momento estava usando o meu poder de olfação – senti novamente o cheiro do veneno que permanecia na corrente sanguínea fraca de Kioni.

– Decifrei o código do veneno! – falei com entusiasmo para Suhaila, que me abriu um tímido sorriso, diante daquele semblante triste e abafado.

Rapidamente procurei os produtos da minha mala de cientista-médico e me senti um verdadeiro alquimista. Efetuei a mistura do veneno com meus compostos e o coloquei-o num recipiente de vidro que sempre procurava uma utilização.

– Vamos aplicar o antídoto no outro braço. Acredito que o antídoto se misturará com o elixir e eliminará a toxina do veneno.

Lentamente apliquei o antídoto na corrente sanguínea fraca de Kioni. Ao retirar a agulha oca de Rynd ela começou uma convulsão inesperada.

– Segure o outro braço dela – falei para Nangwaya que estava assustado com a reação da Rainha.

– O corpo dela deve estar em guerra contínua contra o veneno. Vai passar daqui a pouco.

Passadas algumas horas, auscultando frequentemente a sua gradativa melhora coronária, Kioni abriu os olhos e segurou a minha mão com força. Após um grito estridente, voltou a desmaiar num sono profundo de alívio. Simples como era Suhaila me perguntou:

– Ela vai viver?

– Vai viver muito ainda e trará muita felicidade para a Tribo – respondi com uma alegria nunca sentida em minha vida até então. Suhaila sorriu novamente.

Suhaila Somoe se voltou ao altar e de joelhos, começou novamente a oração naquela língua indecifrável. Nangwaya, num olhar de agradecimento, se curvou diante de mim e me entregou o seu machado, como se fosse um presente a um amigo. Pensei: "Todo sacrifício voltado para aquilo em que você acredita e sonha é importante vivenciar, mesmo que todas as barreiras o impeçam de prosseguir o caminho, porque se conseguirmos enxergar o que está logo após os transtornos do destino, vai valer a pena encontrar um pedaço da vida que está a tanto tempo procurando".

Naquela noite apesar do cansaço da fascinante aventura, não conseguia dormir, pensando naquela magnífica criatura meio homem, meio serpente. Tantas dúvidas permeavam o meu pensamento e inúmeras perguntas conquistavam o espaço onde estava deitado, num pequeno casebre feito de barro. Falava baixo:

– Como a criatura se formou biologicamente? Onde fica durante o período em que a natureza não está acasalando? De onde vem tamanha força? – Pensei até no mineral Pongwa – Que ligação tem com a Rainha Kioni?

O dia clareou e eu acordei com a batida na porta, era Akbar.

– Akbar! Que bom ver esse seu semblante de cientista aliviado – rimos juntos.

– E esse ferimento na cabeça?

– Ainda está doendo muito, mas a vontade de ver viva novamente a Rainha me deu forças para levantar.

– E você, como está Badawi? Conseguiu descansar?

– Para falar a verdade, não consegui dormir quase nada. Já foi ver a Rainha?

– Sim, conversei com Suhaila. A Rainha ainda não acordou, mas você conseguiu salvá-la. Toda a Tribo está falando de luzes que saíam do quarto onde estava a Rainha. Você conseguiu trazê-la da morte. Nunca vi tamanho poder. Nem com os ancestrais de Kioni. Como conseguiu, admirado Badawi? A Tribo quer homenageá-lo. Agora você é um herói da Mãe África.

– Não precisa nada disso Akbar. Só quero ajudar como médico. É meu dever e obrigação de profissão.

– Entendo, mas nesse convívio com você, com o eclipse, com o ataque, com a salvação da Rainha, tenho percebido algo diferente em você. Uma energia, uma forma de proteção. Veja por exemplo, toda a expedição sofreu com a viagem até o Vale da Sombra da Serpente e todos saíram feridos. Menos um, você. E olhe agora...parece que nada sofreu, nem cansaço, nem dor. Já se recuperou. Parece que nada pode lhe afetar. Parece estar cercado por um escudo invisível.

– Energia? Proteção? Escudo Invisível? – respondi de maneira dissimulada – Tento viver o meu melhor a cada dia, só isso.

– Mas sei que tem um segredo, senão não teria me salvado de três Guerreiros de Fogo sendo que um deles tinha o poder da força do mineral.

– Akbar, esse não é o momento... – fomos interrompidos com a entrada de Suhaila no casebre.

– Badawi, a Rainha acordou. Ainda está fraca, mas precisa falar com você.

Fomos rapidamente para o simples palácio da Rainha da Tribo Tajamali. Nesse trajeto de onde estava no pequeno casebre até o simples palácio da Rainha, pude ver dois meninos, de mais ou menos dez anos, brincando como se fossem lutadores de boxe profissional. Minha memória sempre me ajudou e me trouxe boas lembranças da cidade de Leeds, onde eu pude experimentar a nobre das artes, o Boxe Inglês.

CAPÍTULO 7

"A vista do Homem é imperfeita, e ele sempre luta em meio a uma neblina de semi-escuridão. Luta e peca durante toda a existência. No entanto, caminha instintivamente para a Luz."
Johann Goethe (1749 – 1832), foi um autor e estadista alemão

LEEDS – A CIDADE DO BOXE

Leeds era onde tinha o maior campeonato de Boxe inglês do conglomerado de cidades de West Yorkshire no norte da Inglaterra. Nessa época eu ainda não conhecia Doc.

Estava treinando a mais de um ano e meu pai sempre me levava para os pequenos campeonatos de luta, sem participar. Afirmava que a boa observância seria minha primeira lição. Os poderes cresciam em potência e a força dos músculos era maior que os garotos da minha idade. O Treinamento imposto era severo. Meu pai ensinava um pouco de tudo: artes marciais, agilidade progressiva, esquiva total e parcial e me impunha um ritmo de corrida e levantamento de pesos acelerado.

– E aí Bat, acha que está pronto para a sua primeira luta?

– Pai, se não estiver pronto agora, esquece, não estarei pronto nunca. Vamos lutar!

– Ótimo. Vamos aplicar na prática tudo que treinou e aprendeu. Tente se divertir. Esse é um esporte que deverá crescer muito no mundo e trará multidões para vê-lo.

Duas semanas se passaram sem nenhuma notícia de luta real até a repentina entrada de meu pai no meu quarto, que iria me dizer sobre onde encontrar meu primeiro oponente.

– Bat, conversei com um negociador de lutas. Vamos para Leeds amanhã.

– Leeds? - perplexo e curioso.

– Sim, o Boxe de Leeds está mais acelerado do que o daqui de Bradford.

– E Sam, vai também?

– Vamos os três.

Lembro da minha primeira luta valendo um troféu. Estava com 17 anos e foi a luta mais difícil da minha curta carreira de Pugilista inglês. Com a ajuda de um amigo militar, meu pai nos inscreveu no 2.º Campeonato de Boxe da cidade de Leeds, ele o técnico e eu, o lutador. As regras do Boxe naquela época não eram tão claras e o campeonato era dividido por classe de peso. Nos treinos com meu pai, utilizava uma proteção de pano branco presos a um tipo de atadura nas mãos, pois assim ele poderia verificar o tempo de parar: quando a primeira gota de sangue pelo esfolamento da parte superior dos meus dedos aparecesse ele parava o treino. Ele me dizia ser a maneira que os Samurais treinavam para calejar a mão e aumentar a resistência e a intensidade do soco. No campeonato utilizaríamos uma proteção de luvas que deveriam proteger os dedos e a mão, porém, ao final de cada luta, a luva praticamente se desintegrava, assim como o rosto dos lutadores. Lembro-me de algumas lutas que meu pai me levava na infância em que os lutadores comumente saíam com algum dente quebrado. Na época, em Queensbury, um famoso Marquês viu a necessidade de regulamentar esses tipos de luta e uma das mudanças adotadas para manter os dentes intactos, era uma proteção de borracha para os dentes. Cada assalto duraria três minutos com um intervalo de um minuto para o descanso e recuperação das forças do atleta.

Após horas de viagem, chegamos a Leeds ao meio-dia daquela tarde inesquecível da primavera. As árvores do centro da cidade apresentavam um colorido intenso de azul e amarelo e de maneira intermitente, um cheiro agradável de jasmim rompia o ar.

– Está pronto para enfrentar aquele brutamontes, Bat? – perguntou um tanto aflito Sam, me mostrando com a mão o outro atleta num cartaz barato.

– Estou, mas onde está o meu oponente? – no lugar onde estava não havia visto ainda o meu carrasco.

– Bat, o cara é um monstro. Muito Forte. Deve ser mais alto que você.

– Vamos ver se tudo que o pai me ensinou vai dar certo. Caso contrário, estarei morto.

A luta estava marcada para às 18:00h – num lugar próximo ao que seria num breve futuro o Estádio Elland Road –, tempo suficiente para que os trabalhadores fãs do esporte saíssem do expediente e pudessem ver o massacre de algum lutador desafortunado e a glória do outro.

A luta ocorreria num tipo de ringue improvisado no qual contei oito passos de aproximadamente um metro, cercados através de uma corda espessa, amarrada em estacas robustas de madeira nobre. O piso era de uma grama bem cortada, bem plana. Ao lado do ringue, três cadeiras foram posicionadas em lugares separados, na lateral externa central do ringue, onde os juízes especialistas dariam a vitória final, no caso de empate, por exemplo. Meu pai parecia estar em outro planeta, não parava quieto, se movimentando de um lugar para outro, como se fosse momentos preparatórios para uma guerra. E se pensarmos bem, só dependia de um pequeno ponto de vista para se considerar uma guerra ou não. Talvez fosse a guerra individual de dois homens, onde o destino cruel do perdedor seria marcado com o inchaço acentuado dos olhos, nariz quebrado, talvez sem dentes ou uma mão quebrada, com sorte. Algumas vezes, morte.

O tempo passava rápido naquele dia e o horário da luta estava muito próximo. A multidão se amontoava ao redor do ringue improvisado e um acesso único havia sido criado com mais daquelas cordas espessas para a entrada triunfal dos atletas que estavam prontos para a vitória ou para o dolorido fracasso. Se me lembro bem, o anunciador da luta era um senhor de cabelos grisalhos, com físico de pugilista e com uma voz bastante potente chamado Borni Woodis e que vivia em Leeds, apresentando vários eventos.

– População de Leeds, aqui é Borni Woodis.

"Só é lutador quem sabe lutar consigo mesmo."
(Carlos Drummond de Andrade)

— Bem vindos ao 2.º Campeonato de Boxe de Leeds — Woodis falava com propriedade e nitidez. Era uma voz tão grave e poderosa que lembrava uma voz de trovão precedendo uma tempestade.

— Teremos três lutas de categorias diferentes... preparem-se para emoção! Essa será uma noite que ficará gravada na história do Boxe em Leeds.

— Homens, gladiadores, atletas do ringue. Nada irá escapar aos movimentos dos golpes, na força da conquista, na vibração do momento!

Woodis conseguia inflamar aquela população com a sua fala envolvente. Após o dia de trabalho, aquele povo precisava de diversão, porém às custas dos atletas em busca de fama, dinheiro e glória.

— Na primeira luta, o lutador chinês Xoo Litli contra o inglês Declan Watkins, na categoria até 70 kg. Na segunda luta, o campeão atual de Leeds, o colosso destruidor, Isengreen Tookon, enfrentando o desafiante novato de Bradford, Bat... Battle, na categoria até 80 kg. Na última luta, a tão esperada revanche entre os mamutes da Inglaterra: Nob Underhill enfrentando o perdedor da última luta, o gigante Nikolas Hunter.

Sam parecia desconfortável com aquela situação e, numa tentativa de me acalmar, fez o seguinte comentário:

– Bat, ouvi a conversa de dois homens que comentavam sobre a última luta desse tal de Isengreen. Segundo eles, o outro lutador está enterrado no Cemitério Burmantofts. O cara é um assassino no ringue – Sam não estava confortável com essa luta.

– O papai sabe?

– Não consegui falar com ele. Bat, tome cuidado. É a sua vida, cara! – pude perceber a enorme importância do amor de irmão escudeiro.

Na primeira luta, Xoo Litli era um chinês de um rosto marcante: possuía uma cicatriz enorme e totalmente disforme, que partia da testa e finalizava um pouco abaixo do queixo, marca de faca talvez. A cicatriz deve ter afetado o olho esquerdo, pois tinha uma coloração esbranquiçada bem estranha, que acabava numa espessura bem maior, abaixo do queixo. Essa característica facial revelava uma feição de lutador mau. Havia entrado no ringue e a população de Leeds estava um tanto eufórica, com vaias e aplausos. Logo em seguida, após o anúncio memorável do famoso locutor de Leeds, o queridinho da população, Declan, também conhecido como "Declan, Dead Pig" entrou no ringue e foi direto ao encontro de Xoo. Em frente ao seu opositor, Declan, olhou nos olhos de Xoo e fez com a mão direita o movimento de degola. A população gritava com aquele gesto. Imediatamente, Xoo, se sentindo ofendido, empurrou com muita força Dead Pig, que caiu com força no chão. A população gritava mais ainda. Até aquele momento, nunca havia sentido tamanha emoção, com tantas pessoas ao meu redor. E pensar que logo seria eu, enfrentando o campeão da cidade. Pensava na enrascada que meu pai me pusera. Tarde demais para desistir.

Os dois lutadores no centro do ringue. Um de frente para o outro, com seus devidos protetores, aguardavam o soar de uma pancada de canos. Um menino no canto esquerdo do ringue, ao lado de um dos juízes, utilizava esse tipo de cano sonoro, parecia o badalar de um sino de igreja e anunciava o início da luta. Os juízes eram famosos na cidade de Leeds, pela imparcialidade e precisão na decisão: o juiz principal era um tal de Sr. Montgomery, um sujeito de meia-idade, manco de uma perna por acidente de guerra; o segundo, um senhor alto, de uns quarenta anos, de cabelos bem claros, quase loiro, vestia um terno elegante, se mostrando importante para a cidade;

e o terceiro, um sujeito bem forte, talvez ex-lutador, chamado Max C. Junto dos dois lutadores no ringue, um mediador chamado Thomas Lance, responsável por não deixar a morte dominar a luta e com alguns comandos aos lutadores, ordenava o início do combate, seu fim ou a separação para retomada da luta, quando os lutadores entravam em clinch.

A primeira luta manteve a superação de Declan, que com uma pancada certeira no queixo de Xoo, mandou o chinês comer grama. O chinês corajoso, aguentou bravamente três assaltos, até o golpe final. Declan mal parecia cansado.

— População de Leeds... é hora de gritar! É hora de explodir! Vamos para a segunda luta da noite. Os grandes lutadores para essa festa são: O Colosso! O impiedoso! O defensor de Leeds! O campeão atual... Isengreen Tookon! — os aplausos eram muito sonoros; parecia que toda a cidade de Leeds estava aplaudindo seu campeão.

Senti, nessa hora, uma aflição diante de tamanha pressão, pois era um lutador iniciante, não era conhecido e o pior, tinha uma expectativa gigantesca em agradar Sam e meu pai militar.

Sam estava ao meu lado antes de passar pelo corredor de espectadores, que acabava no ringue improvisado assustador. Meu pai já se encontrava ao lado do garoto que controlava o tempo dos rounds e batia nos canos. Imaginava a ansiedade, confiança e felicidade do meu pai. Não o via assim desde a morte da nossa amada Florence.

— O desafiante... é ninguém mais, ninguém menos que... o... representante de uma cidade importante da Inglaterra, a cidade dos remédios, a nossa vizinha, Bradford... o lutador desafiante, Bat... Battle!

Caminhava junto de Sam e ouvia uma população arredia, que me recebia com vaias e pude escutar ao longe algo como:

— Vai morrer Battle! Vai deixar seu sangue aqui hoje moleque! Fora Battle! Vai cair! Vai beijar a grama hoje Battle! Vai perder!

Sam ficou junto de meu pai e eu entrava para aquele ringue improvisado em Leeds, diante de um adversário experiente e violento. A marca de Isengreen Tookon era nocaute por violentas pancadas no primeiro round. A fama dele era de continuar batendo mesmo depois de o lutador inimigo cair no chão, até ser separado pelo mediador. A população adorava.

Sam tinha razão, Isengreen era um lutador mais alto do que eu, com físico atlético de lutador, uma coleção numerosa de vitórias e nenhuma derrota; de semblante fechado e mal encarado, permanecia quieto no canto oposto da minha entrada no ringue, parecia furioso.

Olhando para meu pai eufórico, comecei meu aquecimento. Tirei o roupão, que representava a minha cidade, e comecei a dar alguns socos no ar para cima, alternava os socos com as duas mãos. Borni Woodis anunciou o início da luta:

– Lutadores ao centro do ringue, vamos começar a emoção. Leeds, essa é a segunda luta da noite. Aproveitem!

O mediador nos chama para o centro do ringue e nos convida a bater as luvas, como sinal de respeito entre os lutadores, porém aquele sujeito marrento não obedeceu e olhou para a minha cara e disse:

– Vai cair morto! Vai apanhar muito hoje moleque! – E também fez com as mãos o símbolo da degola, a população de Leeds estava em êxtase.

Numa simples palavra autoritária do mediador, a luta se inicia:

– FIGHT!

Começamos a girar no centro do ringue em posição de defesa com as luvas, quando violentamente, com uma força descomunal, Green lança um soco cruzado contra o meu corpo. O impacto era severo, atingindo meu braço esquerdo. Rapidamente, outro soco cruzado, com o braço trocado, desferia um impacto contra a parte direita do meu corpo. Mantive o equilíbrio contra aqueles socos poderosos, porém, me afastei um passo, tentando analisar seu tipo de luta. Deduzi que, assim como eu, pelo deslocamento no ringue, Green deveria ter sido treinado nas artes marciais do Oriente. Ele avançava contra o meu corpo e desferia inúmeros golpes sem sucesso, pois eu conseguia me esquivar com a habilidade treinada. Eu não havia atacado ainda. Mais uma tentativa de soco, agora contra minha cabeça, parte da potência daquele soco, acertou-me próximo ao ouvido esquerdo e, talvez pelos poderes, um zunido iniciara e, de maneira milagrosa, desaparecera e o equilíbrio voltara ao normal. Ele tentou um soco de cima para baixo, que nesse tipo de luta era matador; o impacto contra o queixo deve deslocar internamente o cérebro na caixa craniana e fazer o lutador desabar. Esquivei novamente e outro soco de cima para baixo acertou a minha cabeça. Fomos para o clinch, porém, Green segurou meus braços e me lançou para frente, não parando os socos. Era hora de atacar. Afastei-me um pouco para olhar o braço esticado de Green no próximo golpe. Soquei ao mesmo tempo contra ele, o impacto emitiu um barulho característico e Green se desequilibrou, caindo no chão. Nesse momento, o menino terminava o primeiro assalto, batendo forte os canos da sua mão. Cada um foi para o seu canto (corner) e lá estava Sam e meu pai, com um olhar enigmático.

— Bat, você foi bem nesse primeiro assalto, porém, quase não atacou. Se aqueles golpes de Isengreen pegassem na sua cabeça, a luta já era. A sorte é que treinei bem a sua esquiva — falava meu pai com aquela voz dura de militar — Ele é maior que você e agora, pelo seu contra-ataque, está furioso. Olha lá.

Isengreen Tookon não parava de olhar para mim e notava-se um ódio nocivo no seu olhar. Sua respiração era exagerada e, sem a proteção bucal, serrava os dentes, contendo um grito de raiva. Esse segundo assalto seria decisivo. Estava preocupado com os poderes, pois poderiam se manifestar e as consequências poderiam ser desastrosas. Ao soar do segundo assalto, Green veio com uma série de socos cruzados, uppers e se esquivava dos meus golpes. Escutava meu pai ao longe dizendo:

— Saia dos golpes! Saia dos golpes! Abaixa... Cuidado com a cabeça!

Green parecia uma máquina de bater e não se cansava, fomos para o clinch novamente.

— Vai cair menino de Bradford! Você veio aqui para apanhar! Saia daqui — nesse momento, o lutador me segura os braços e me dá uma cabeçada certeira, que me abriu um corte no supercílio do olho esquerdo.

— Ei, mediador! Isso não é Boxe! — gritava meu pai do lado de fora do ringue, me vendo caído no chão com o rosto cheio de sangue. No momento que estava me levantando, o sangue do olho não deixava enxergar direito, foi quando senti uma pancada na frente do meu rosto que me fez cair novamente.

— Mediador! Mediador! Mediador! — gritava incessantemente o militar, inconformado.

O menino que controlava o tempo do assalto finalmente soa o som tão esperado e o bater de canos foi uma música para aquele momento.

— Bat, seu olho está inchado e sangrando — disse, quase chorando, meu irmão Sam.

– Bat, agora que ele te machucou, vai querer continuar batendo nesse olho machucado, não deixe ele chegar perto. Ataque sem piedade. Ganhe essa luta para Bradford, vai se tornar o herói da cidade.

– Pai, e se acabar machucando seriamente esse lutador?

– Ele vai querer acabar com você. Quem sabe matá-lo. Não tem muitas alternativas.

Aquele minuto de descanso mal dava para retomar o fôlego direito e o menino do tempo soa o tilintar para o terceiro e último assalto. A população estava inflamada de emoção e gritava um único hino:

– Isen! Isen! Isen!

Comecei com um cruzado de esquerda contra a sua cabeça e, logo em seguida um cruzado de direita, que foi de encontro ao seu peito. Não parei de bater e Green entrou em clinch. Dessa vez, fui eu quem empurrou ele para frente. Green avançava novamente contra o meu corpo e pude sentir alguma coisa diferente em suas luvas, algo pontiagudo, que atingiu minha costela após um soco. O que poderia ser? Tentava me afastar daquela dor, mas Green veio novamente com aquele soco pesado e pontiagudo. Sentia que alguma coisa estava dentro de sua luva e outro soco, agora pela direita colidiu com o outro lado da costela. Na minha reação natural, pude acertar um cruzado de direita contra o seu rosto e um soco de esquerda contra seus rins. Green se afastou, tentando pegar fôlego. As dores na costela eram intensas e pude ver uma pequena mancha de sangue escorrendo pelo meu corpo, as luvas de Green fizeram um corte lateral na minha pele, um ferimento irregular. Nessa altura, ouvia da multidão agressiva frases de impacto:

– Volta morto pra Bradford! Vamos Green, faça ele sofrer! Queremos sangue! O menino não vai aguentar!

Olhava ao redor e via Sam com cara de pena e meu pai estava todo molhado de suor. Green vinha ao meu encontro novamente e agora, com a pausa de alguns segundos, queria terminar definitivamente a luta:

– Moleque, agora vai cair! – o olhar de Green estava modificado pela raiva e com aquela luva em forma de arma poderia me matar, caso um soco pegasse no meu osso temporal.

Violentamente, ele partiu com socos cruzados repetidos e, a cada movimento, a força aumentava pela sua adrenalina e o som que saía de sua boca, demonstrava seu descontrole e raiva. Estava defendendo os socos e alguns atingiam minhas costelas, aumentando a dor e ferindo mais a pele. Após certo momento, a exaustão diminuía a quantidade de golpes de Green e, numa abertura da guarda, fechei minha mão direita dentro da luva e uma força concentrada foi direcionada num soco que atingiu o pescoço daquele lutador e o lançou alguns metros de onde eu estava. A queda de Green, desacordado, calou a multidão. Segundos se passaram e o mediador iniciou uma contagem, que não havia percebido na luta anterior. Após a contagem, o mediador me levantou o braço, anunciando a minha vitória. A multidão ficou dividida entre o silêncio e os aplausos. Green continuava desacordado. Meu pai emocionado entrou no ringue com Sam. Me levantaram pelas pernas e gritavam juntos:

– Campeão! Campeão! BATTLE! BATTLE!

Pude ver as pessoas que acompanhavam Green, levando aquele corpo desfalecido para uma carroça de grandes rodas de madeira, com uma inscrição na lateral de alguma fazenda local "Palm Leeds Farm" e apressadamente sumiram na multidão. Borni Woodis anuncia minha vitória diante da multidão atônita:

– Na segunda luta da noite, o desconhecido, o bravo guerreiro de Bradford é o vencedor. BAT BATTLE. – Algumas pessoas aplaudiram e uma grande maioria vaiava sobre a minha vitória.

Saindo daquele ringue, uma das luvas de Green estava jogada no canto próximo do menino que controlava o tempo e pude levar comigo aquela lembrança. Não ficamos para a luta seguinte, pois não parava de sair sangue das minhas costelas. Meu pai me levou até a casa de um amigo militar de Leeds e lá ficamos durante dois dias, até a minha recuperação. Lá pude secretamente analisar a ferramenta dissimulada que Green estava utilizando dentro da luva. Para minha surpresa, lá estava um pedaço de Quartzo semi pontiagudo precisamente trabalhado para ferir o oponente de maneira gradual e eficaz, sem uma ponta fatal. Aquele pedaço de Quartzo, devidamente camuflado dentro de uma luva de boxe me parecia um mineral impossível de se encontrar.

CAPÍTULO 8

"O homem é absurdo por aquilo que busca e grandioso por aquilo que encontra."
Paul Valéry (1871 – 1945), filósofo, escritor e poeta francês.

A PROCURA DO MINERAL IMPOSSÍVEL

(Post Capitulum 6)

— Obrigada por salvar a minha vida. Obrigado por ter a nobreza de salvar a alma da Tribo. Obrigada doutor por cuidar de mim. — Kioni falava com dificuldade e mostrava uma ternura em suas palavras.

Nesse momento olhei ao redor e Suhaila estava chorando, tímida. Parecia ter contido durante séculos um sentimento de apreensão e, no momento das palavras da Rainha, desabou em sua própria natureza. A anciã da Tribo parecia uma criança que havia se perdido dos pais no meio de uma multidão e que, após a exasperada aflição, diminuía seu pranto, ao encontrar novamente o restaurador sorriso de sua mãe. O lugar, o casebre, as pessoas, a Rainha empalamada, transbordavam naquele momento um sentimento simples e poderoso: o amor. E foi desse amor que nasceu a esperança da Tribo novamente. Nangwaya chegou depois e nos contou sobre a reposição necessária da Guarda Real, visto as últimas perdas de guerreiros nesses últimos momentos de aflição. Perguntei a ele:

— General, como fará a substituição? Como você escolhe o guerreiro?

– Vamos escolher 5 novos guerreiros para a Guarda Real na Festa de Mukantagara, que se iniciará daqui a dois meses. É o período de festas na Tribo pela colheita.

Aquele povo cultivava a agricultura de subsistência, na qual plantavam e efetuavam a colheita para alimentar a própria Tribo. Era uma agricultura simples, sem nenhum aparato tecnológico, porém tinham a seu favor o Rio Tajamali, que fornecia água suficiente para plantar arroz, mandioca, milho, inhame e batata-doce. Uma boa colheita era sempre comemorada com muita festa. Nessa minha terceira viagem ao continente africano, foi a primeira vez que participei da Festa de Mukantagara[32]. As viagens anteriores foram repletas de muita tensão.

Saímos lentamente do simples palácio de Kioni e fomos ver a Tribo como um todo, tentando ajudar a consertar o grande estrago trazido pelos Guerreiros de Fogo. Passamos no meu casebre temporário e pegamos a minha mala milagrosa, cheia de alquimia e esperança.

Nangwaya foi iniciar a preparação dos jogos militares.

– Você vai participar dos jogos? – perguntou Akbar, curioso.

– Não, não tenho mais idade para competição.

– Mas e se você usar os seus "poderes", poderá chegar à final – afirmou Akbar, com um estranho sorriso no olhar.

– Se eu usar os meus poderes não seria uma competição justa.

– Por quê? São tão poderosos assim? – insistia Akbar, agora com uma postura inquisitora.

Caminhamos lentamente pela pequena estrada que nos levava até o último casebre da Tribo. Akbar e eu visitamos todos da Tribo naquela tarde. Sabia que não conseguiria fugir da curiosidade fugaz do cientista natural e amigo incomparável.

– Akbar, esse é um segredo que poucos conhecem. Começou quando eu tinha 10 anos e os meus cinco sentidos começaram a ficar mais eficientes. Visão aumentada, audição aprimorada, olfato capaz de distinguir inúmeros odores ao mesmo tempo, o paladar consegue distinguir o remé-

---

[32] O nome Mukantagara conforme minhas pesquisas da Língua Swahili, pertence na verdade a uma linguagem de Ruanda, um país sem costa marítima localizado na região dos Grandes Lagos da África Centro-Oriental. Significa algo como "Nascida em tempos de guerra". Conforme Nangwaya, trata da história de um grande Rei e de um grande guerreiro.

dio do veneno e o tato como um todo, braço, antebraço e mão fazem a minha força natural ser maior do que qualquer homem até aquele dia do Eclipse. Apesar de forte, não consegui bloquear totalmente a força daquele Guerreiro de Fogo, que me lançou no chão como se fosse papel. Era bem mais forte do que eu. Você saberia me dizer por quê?

– Pongwa, Badawi, Pongwa. O Guerreiro deveria estar sob o efeito do mineral – respondeu Akbar.

Entramos no casebre de uma pequena família, pai, mãe e três crianças. O filho mais velho, um garoto de mais ou menos 14 anos, nos falou que o pai se machucou na luta contra um Guerreiro de Fogo e que o havia matado, porém, levou um corte profundo no braço direito, de um golpe de machado do inimigo. Fomos até onde o pai estava e o vimos tremendo, quase em convulsão, de tanta febre. O ferimento estava com uma forte infecção.

– Akbar, me ajude a preparar um composto que poderá salvar a vida desse homem.

O cheiro da infecção estava espalhado pelo casebre e por sorte não estava com nenhum odor do veneno de Mamba.

– Badawi, o que devo fazer agora?

– Pegue um pano úmido – falei me dirigindo a mulher.

Separei os compostos de número 27, 56 e 78 e entreguei a Akbar.

– Por favor, misture uma dose de cada substância, usando aquele medidor, ponha naquele frasco. Akbar era muito habilidoso, teria sido um excelente Alquimista. A mulher me entregou o pano úmido, que coloquei na testa do homem febril. A família, ao redor, fazia um pequeno sussurro de oração.

– Akbar, derrame o composto sobre o ferimento e o resto ajude esse homem a beber. Esse remédio ira matar os germ... – A dor foi tão forte que o homem, após um grito estridente, desmaiou. Seu grito foi diminuindo como se a doença estivesse indo embora. Estava agora no sono do justo guerreiro.

– Ele morreu? – disse a mulher em aflição e desespero, falando em uma língua que não entendi, Akbar traduziu.

– Não, o corpo agora descansa para que o remédio faça efeito.

– Não saia de perto dele. Quando ele acordar, me chame.

A mulher em sinal de agradecimento, retirou um colar de seu pescoço e me ofereceu. Akbar olhou diretamente para mim e acenou a cabeça. Instintivamente eu tinha que aceitar aquela oferenda, um presente de agradecimento. A mulher me entregou o colar, juntando suas mãos e se inclinando levemente, como se estivesse num cumprimento nipônico. Foi um pequeno gesto suave de reverência. Com um sorriso no rosto, sai daquele casebre. Continuamos a caminhar pela Tribo e Akbar insistente, explorava a ciência.

– Badawi, de onde vieram seus poderes?

– Não sei. Não deu tempo do Doc me contar.

– Doc?

– Já comentei brevemente com você. Foi a pessoa mais incrível que conheci. Um cientista nato, um filósofo, um alquimista, um médico brilhante. Essa é minha terceira viagem ao continente africano atrás do meu amigo, mas ainda não o encontrei.

– Nosso último contato foi há 5 anos, por uma carta que me pareceu ameaçadora. Talvez Doc esteja em perigo, ou até mesmo morto. Mas as pistas que obtenho, sempre me levam ao lugar errado ou a algum lugar que ele já tenha ido embora.

A maioria da Tribo havia fugido para a Montanha Zamoyoni. Os sobreviventes, precisavam de ajuda rápida. Os mortos eram levados ao centro da Tribo e separados dos corpos do cruel inimigo. Chegamos ao casebre de uma outra anciã da Tribo, ela tinha, talvez, a mesma idade de Suhaila Somoe.

– Adeleke Adedagbo, você está aí dentro? Adeleke? – gritou insistente Akbar.

Passados alguns minutos de silêncio, a porta precária do casebre abriu e uma pequena senhora, tateando a madeira destruída pelo cupim nos recebeu com um sorriso. Cega, Adeleke Adedagbo[33] não pertencia à etnia do Quênia, saiu em fuga quando criança com a mãe da Nigéria.

– Akbar, seja bem-vindo a minha casa e traga seu amigo. Vamos falar sobre a invasão – falava num dialeto que quase não entendia.

---

[33] Curioso foi saber que o nome da anciã significa algo como "A felicidade é uma coroa que alcança a felicidade" e depois Akbar me explicou que não pertencia à língua deles. Pertencia a língua de origem Nigeriana, conhecida na África como Ioruba.

– Badawi, apresento a guerreira mais corajosa que conheci. Foi graças a Adeleke que o nosso General Nangwaya aprendeu todas as táticas de defesa e confronto da Guarda Real. Durante muitos anos, ela ensinou a Tribo a se defender e foi integrante da Guarda Real do pai de Kioni. Desde pequeno, Nangwaya é treinado por ela.

– Muito prazer senhora da felicidade, eu sou Badawi, esse é meu nome na sua Tribo.

– Conheço você desde quando chegou, ouvi seus passos diferentes, adentrando com receio a Tribo. Lembro quem o recebeu, Kioni. Teve a sorte de ter sido recebido pela própria Rainha.

– Muito obrigado, Adeleke. O que aconteceu com os seus olhos? Parecem que foram arrancados? – impressionava muito o rosto de uma velha sem olhos. Apesar de já ter visto muita coisa estranha na medicina e no mundo, a figura de Adeleke era algo difícil de esquecer.

– Eles foram arrancados pelos Guerreiros de Fogo, há muito tempo. Emboscada. Apesar de ter matado 6 Guerreiros de Fogo naquele dia, fui atingida por um machado arremessado por um cruel algoz. Essa é a cicatriz que ficou marcada no meu corpo para sempre. Estavam atrás do mineral, fiquei presa na Tribo inimiga durante umas sessenta luas. O pai de Nangwaya me salvou, porém, não conseguiu sair vivo da Tribo inimiga. Prometi para mim mesma cuidar do menino, treino ele desde então.

– Preciso estabelecer com ele um novo plano de defesa.

– Adeleke, você disse mineral. Está se referindo a Pongwa?

– Esse mineral tem nos trazido muita guerra com outras Tribos desde quando descoberta. O mineral alterou o destino da Tribo.

– Você disse que conseguiu ouvir os meus passos. Como? – perguntei intrigado.

– A falta dos meus olhos fez desenvolver capacidades auditivas extremas. Foi eu quem gritei "morte", durante a invasão. A palavra faz com que a Tribo se espalhe e salve os pequeninos.

– Adeleke, Badawi veio ver como você está, uma de suas habilidades é ser um poderoso curandeiro. Você tem algum ferimento?

– Não. Preciso ver Nangwaya, onde ele está?

– Protegendo a Rainha.

– Algumas vezes não sei se o mineral é uma benção ou uma maldição. Além disso, é um segredo da Tribo. Você é o primeiro Badawi a saber da história depois do Grande Velho Tarishi[34] – disse Adeleke, numa intrigada e pensativa voz.

– Tarishi? – perguntei olhando para o rosto de Akbar.

– Sim, conhecemos um velho senhor inglês alguns anos atrás. Parecia com você, com muito conhecimento sobre o que vocês chamam de ciência.

– Doc? Me fale Akbar, ele falou o nome dele? Estou procurando meu mestre desde que não deu mais notícias. Procuro Doc há 5 anos.

– Quem é Doc? – perguntou Adeleke.

– Doc é como eu chamava o meu grande amigo Dr. Bradford Hekler. O maior cientista que já conheci. Após a destruição do seu laboratório pelo funesto Zorgreen, ele veio para a África tentar novas descobertas, nova razão de viver, nova maneira de ajudar outros povos, enfim, ele veio para tentar melhorar o mundo ao seu redor. Pode ser ele que tenha estado aqui. Mas, me fale, para onde ele foi?

– Nos disse que iria para o norte. Ficou pouco mais de seis meses conosco, depois foi embora. Nos disse que precisava encontrar "Meel-Sa", porém, nunca nos explicou o que é.

– Há quanto tempo ele foi embora?

– Três anos – disse Akbar.

"Não, Doc, não! Onde você está? Para onde você foi? Como faço para te encontrar?" pensei silenciosamente.

– Vamos embora para outra família, Badawi.

– Vamos sim! E quando me falarão sobre o mineral milagroso Pongwa?

– Se vencer o torneio, receberá o prêmio do conhecimento – desafiou Adeleke.

– Mas eu não posso usar meus poder...

– Vamos, Badawi! – Akbar interrompeu rapidamente a minha fala e segurou meu braço, me direcionando para o caminho.

– Akbar, chame Nang. Preciso dar instruções à Guarda Real – ordenou Adeleke, impaciente.

---

[34] Tarishi na Língua Swahili do Quênia é algo como "Mensageiro".

– Até mais então, Adeleke. Chamarei Nang. Temos muito trabalho a fazer – resmungou Akbar.

– Depois me contará como sobreviveu ao assassino dos olhos? – falei de maneira indiscreta.

Adeleke inclinou a cabeça lentamente, triste, concordando em dizer mais detalhes sobre a sua terrível experiência. Continuamos o caminho na Tribo e fomos chamados, de repente, por uma criança, um menino de mais ou menos 10 anos.

– Ak... Ak... meu pai precisa de ajuda – falou ofegante o menino, em total desespero.

– Akbar, as crianças não deveriam estar na Montanha?

– Sim, mas esse aqui... Nos mostre o seu pai, pequeno jovem Jauhar[35]. O pai dele já me salvou dos Guerreiros de Fogo.

Fomos rapidamente ao casebre do jovem Jauhar. A mãe dele foi morta por uma Guerreira de Fogo numa invasão quatro anos atrás e agora viviam ele e o pai, um antigo soldado da Guarda Real. Quando chegamos à casa de Jauhar – praticamente igual às outras casas da Tribo, com paredes de estrutura de madeira, coberta com barro sólido, cujo teto era formado por algumas delgadas toras de madeira; a entrada era livre, apenas isolada com um pano azul mal formado –, diante de nós, um homem agonizante, o pai de Jauhar.

– O que aconteceu, meu valente guerreiro? – disse Akbar de maneira preocupada e triste.

– Os Guerreiros de Fogo, vendo minha situação não me mataram de imediato, porém, fizeram um pequeno risco na minha pele do braço. Fui envenenado, Akbar.

O pai de Jauhar não tinha as pernas, por isso nunca o havia visto na Tribo. Sendo ele um soldado da Guarda-Real, acredito, foi vingado de alguma morte do passado. Não conseguia entender a crueldade feita a um homem indefeso.

– Akbar, quando escutei "Morte!" já sabia que a invasão estava acontecendo. Não sabia se mandava meu filho Jauhar fugir para Zamoyoni ou se mantinha ele aqui, em absoluto silêncio. Jauhar não quis fugir e ficou comigo, tentando me defender. Ficou comigo até a chegada do inimigo.

---

[35] Jauhar na Língua Swahili do Quênia é algo como "Jóia", "Pedra Preciosa".

O pai de Jauhar começou a chorar, emocionado em contar a sua história de medo e destacando a coragem do filho.

— Jauhar foi o meu anjo de proteção. Na invasão da casa, o inimigo me encontrou indefeso e, com um golpe certeiro iria cortar a minha cabeça. Jauhar entrou na frente do meu corpo e colocou as pequenas mãos para cima, tentando parar o movimento do carrasco. Milagrosamente, a morte parou o movimento do machado contra a minha cabeça. O Guerreiro de Fogo impiedoso, afastou o pequeno Jauhar de mim, para ferir meu braço com o veneno. Akbar, estou morrendo.

— Aquele homem cruel ia cortar a cabeça do meu pai — timidamente comentou Jauhar — Eles chegaram silenciosamente em nossa casa, apesar de escutar muitos gritos do lado de fora. Ficamos quietos naquele canto, meu pai, apoiado naquela parede e no chão, e eu bem ao seu lado. Entraram dois homens com corpo pintado de guerra com facões e machados na mão.

— Akbar, precisa cuidar do pequeno Jauhar — falava com dificuldade o pai em desespero, agonizando diante daqueles pequeninos olhos.

— Badawi, leve o pequenino para fora do casebre.

— Não, não vou deixar meu pai sozinho — disse Jauhar decidido a ficar ao lado do pai moribundo.

Não demorou minutos e o pai de Jauhar estava morto. Aquela imagem nunca sairia do meu pensamento: um menino de 10 anos, com a coragem de um homem, querendo salvar o pai prestes a morrer. Não sei porquê, mas lembrei de meu pai me contando a história do Dilema do General na minha infância.

Saímos do casebre, com Jauhar no meu colo. Não parava de chorar. Senti tristeza no olhar de Akbar também. Indescritivelmente, qualquer guerra é um câncer que destrói a humanidade.

Seguiram-se os dias, comigo, Akbar e o pequeno Jauhar, curando as feridas da Tribo. A natureza humana também revela suas melhores faces diante da dor e se torna uma fortaleza fantástica. Após a morte de seu pai, Jauhar não conseguiu ficar em outro lugar na Tribo, a não ser perto de mim e Akbar.

Adotaria facilmente aquele menino.

Aos poucos as pessoas escondidas na Montanha Zamoyoni, retornaram para a Tribo. Por incrível que pareça, senti que a Tribo, como um todo necessitava retornar à sua rotina normal de trabalho, de colheita, de criar os filhos, de fazer o parto das mulheres grávidas, de sentir a esperança tão sabiamente transmitida por Kioni.

Nesse período, Nangwaya deu enorme assistência a todos da Tribo, com a Guarda Real. Periodicamente se reunia com Adeleke Adedagbo, que estabeleceu uma nova ordem na Tribo: produzir guerreiros. Apesar de muitos dos homens da Tribo receberem o treinamento de combate, a maioria dos homens trabalhava na agricultura de subsistência e, segundo Adeleke, fazia com que a Tribo possuísse um núcleo de defesa fraco. Essa mudança tão radical para todos da Tribo teria seu início na Festa de Mukantagara, já muito próxima.

Em uma de nossas conversas, comentei com Akbar:

– O que a Rainha diz sobre a decisão do General e de Adeleke? Qual é a opinião da outra anciã da Tribo, Suhaila Somoe?

– Badawi, durante muito tempo nossa Tribo cultivou a paz e a união com outras Tribos da região mais úmida do Quênia. Durante várias gerações da família de Kioni, o objetivo dos homens era plantar e colher para sustentar a família e fizemos durante muito tempo uma grande família Tajamali. Éramos homens livres e as crianças cresciam saudáveis, não tínhamos pretensões de conquista por outras terras e os mortos eram celebrados com homenagens, conforme o costume dos antigos. A descoberta do mineral, por um dos antepassados de Kioni, fez com que mudanças de poder e a ganância corrompesse a mente dos homens. A partir desse momento, sobreviver se tornou lucro. A Tribo sofreu uma devastação imunda de medo, sofrimento e o caos humano dominou durante alguns anos as nossas vidas, foram dias tenebrosos, até que...

Nossa conversa foi interrompida pelo chamado de Nangwaya:

– Akbar... Badawi... Venham escutar a voz da Rainha.

Praticamente toda a Tribo estava no centro da aldeia, rodeada por todos os homens da Guarda Real. Os guerreiros estavam em posição contrária as pessoas voltadas para ouvir o discurso da Rainha, armados com flechas, punhais e machados, receberam a ordem do General Nangwaya de que não saíssem da posição e ficassem atentos a todos os movimentos de invasão. Quatro homens da Guarda Real se posicionaram estrategicamente em cima das árvores que circundavam o centro da aldeia. Vi de longe, como uma ave de rapina, Adeleke ouvindo e sentindo os movimentos do ar e da terra. Ela estava numa posição onde o vento soprava com um pouco mais de intensidade, talvez, querendo tirar vantagem da sua super audição. Suhaila Somoe estava ao lado da Rainha.

Kioni caminhava lentamente, apoiada em duas madeiras, trabalhadas por um artesão da Tribo, ainda sentindo os efeitos do retorno da morte. O discurso foi breve, porém transformador:

– INIMIGO! Quero que todos guardem bem essa palavra. INIMIGO! Não se trata do inimigo que vem nos matando ao longo desses anos todos para tentar roubar o que nos mantém vivos, o Pongwa. Quero que guardem a palavra se referindo ao inimigo interior, que nos mantém presos dentro da nossa própria ignorância. Não quero transformar os homens em guerreiros da guerra maldita, mas homens transformados pela guerra interior contra o nosso maior mal: o medo. Chega de sentirmos medo. Chega de sermos ignorantes ao ponto de não sabermos o que é um eclipse. Chega de sentir medo da possibilidade de não termos mais esperança. Chega! Chega de sermos separados pela guerra, pelo poder, pela ganância de homens torpes. Chega de depender de Pongwa. Éramos mais felizes sem ele. Assim como minha família trouxe infelicidade para a Tribo, eu proponho a felicidade plena, livre, concreta. Vamos aprender a lutar contra o sentimento cravado em nosso interior e vamos aprender sim, a lutar com o mundo exterior. Seremos apenas uma arma, uma família, uma Tribo. E vamos fazer isso agora, juntos. A partir de agora anuncio o início da Festa de Mukantagara.

Houve uma tremenda comoção na Tribo após o pequeno discurso da, ainda fraca, Rainha Tajamali.

Nangwaya sempre à frente da festa, foi até o centro da Tribo onde estava uma coluna de madeira de árvore e preso nela uma curiosa armadilha para pássaros. Dentro estavam dois pássaros brancos de bico curto, com um detalhe vermelho como um risco de largura decrescente que realçava o centro da cabeça e fazia um pequeno manto em seu pescoço, as pontas das asas e a cauda alongada eram de um preto brilhante.

– Que o espírito de Mukantagara proteja a Tribo e que os melhores no torneio se tornem verdadeiros homens da Guarda Real. Homens fiéis à Tribo. Homens de honra, homens de paz.

Num movimento lento e sincronizado, Nangwaya solta um pedaço de raiz, que amarrava um pequeno graveto, e os dois pássaros brancos voaram velozmente em direção ao céu. A tribo numa emocionante exaltação fazia soar comovente clamor. Akbar me explicou que era um casal de pássaros simbolizando a fertilidade da Tribo e o bom parto para as mulheres. Akbar me falou, mas não me lembro do nome desses pássaros da fertilidade.

Nos aproximamos lentamente da Rainha, pois precisava dizer a ela o meu voto de confiança e expressar meus sentimentos.

– Rainha Kioni, depois de tanta destruição na Tribo, uma festa para celebrar a vida será muito bom para o renascimento da esperança; alimenta o espírito da coragem e faz com que acreditemos no futuro.

Com muita dificuldade e dor, ela abriu um belo sorriso e lentamente foi até o seu simples palácio de barro. Estava ainda muito fraca. Voltaria para encerrar a Festa daquele ano e anunciar oficialmente seus novos Guerreiros da Guarda Real.

– Vamos iniciar os combates então – falou entusiasmado Nangwaya, que apesar de um magnífico General de estratégia, sabia da importância de vermos a vida com doçura e tranquilidade. Para Nangwaya servir a Tribo e ser fiel à Guarda Real era sua vida.

O torneio em si durava duas semanas. A competição de habilidade e força estava sendo iniciada com a presença de 60 homens entre os 17 e 40 anos, calculei. Nangwaya estava longe, acompanhando cada competição.

– Badawi, não vai competir? Tenho certeza que seria um excelente guerreiro Tajamali.

– Você não desiste mesmo, Akbar... Vou te mostrar então porquê não posso competir.

Peguei imediatamente um machado bem afiado do jovem que iria iniciar o lançamento.

– Está vendo aquela árvore ao longe?

– Sim, mas o machado não chega lá não, Badawi – resmungava Akbar, um tanto incrédulo.

– Pois bem, está vendo aquela marca escura do seu tronco?

– Ahn... Marca? Não. Que marca?

– Quando acertá-la, irá ver.

Num lançamento preciso, cravei o machado com energia e exatidão bem ao centro da marca escura da árvore. O machado, pela intensa força utilizada, cravou quase toda a porção de sua lâmina metálica dentro do tronco daquele alvo indefeso. Akbar ficou paralisado. Dei meia volta e caminhei em direção a uma outra cabana qualquer. Akbar deve ter ido ver a marca escura na árvore.

A semana passara rapidamente, as competições avançavam agora com metade dos homens. A próxima prova que classificaria os 10 melhores guerreiros era uma competição de três modalidades diferentes, 2 de resistência e 1 de sacrifício. A travessia de margem a margem do Rio Tajamali, que pelos meus cálculos deveria ter uns 160 m, com correnteza; logo em seguida uma corrida de volta à Tribo, mais uns 18 km numa área de terra totalmente desnivelada, estradas que não existiam, mato, floresta e animais como obstáculos naturais. Ao chegar à Tribo, os guerreiros precisariam fazer um teste de sacrifício para a Rainha. Jamais consideraria aquelas ações como teste. Os sacrifícios eram classificados pelo tamanho da dificuldade, tipo uma escala de pontuação sem números, que para aquele povo, quem decidia o tamanho e o vencedor do desafio eram todos da Tribo. Só restariam 5 grandes guerreiros, que deveriam ingressar imediatamente à Guarda Real. Nessa época, na Tribo, os desafios de sacrifício mostravam a coragem, destreza e fidelidade a um costume. A Guarda Real já existia há umas 5 gerações, segundo informação de Suhaila Somoe, portanto imagino que os jogos deveriam existir há uns 250 anos. Naquele ano foram definidos 8 grandes desafios de sacrifício, anunciados pelo General.

– Tribo de Tajamali, apresento a vocês, os 10 melhores Guerreiros da competição. A partir de agora, anuncio a todos os grandes desafios desse ano – e assim, pausadamente, Nangwaya definia o destino de cada finalista.

A relação dos propósitos foram esses:

1. Trazer dentro de um Kikapu (um tipo de cesto de formato côncavo e fundo quase plano) o que eles chamavam de Nyuki (como se fosse Abelha, Vespa).

Imaginei uma colméia inteira dentro do cesto. Pensei na hora, que nessa prova eu perderia fácil. A lembrança triste de minha mãe me paralisaria diante do desafio. Para o povo Tajamali, o inseto produz o seu próprio alimento e isso seria um símbolo de independência. Na minha terra em Bradford talvez falaríamos "Walk with our own feet" (Caminhar com nossos próprios pés).

2. Após a travessia no Rio Tajamali, na margem oposta a Tribo, o guerreiro deverá trazer um ovo de Íbis-Sagrado, o que era quase uma tarefa impossível, pois essas aves aparecem mais ao Norte da África. Porém, o povo do Quênia acreditava numa lenda, talvez trazida de histórias de mercadores vindos do Egito.

A lenda era sobre um Faraó, que diante de uma doença terminal, foi salvo por ter ingerido o ovo desse pássaro. A lenda conta que um cidadão africano entregou o ovo para o Faraó e se tornou seu "irmão-postiço". Em agradecimento, o Faraó alimentou a tribo daquele cidadão africano até a sua morte natural.

Lenda ou não, lembro de Doc me mostrando alguns desenhos feitos por um amigo arqueólogo, em um deles, havia o desenho de um homem com cabeça de pássaro, que deveria ser o Íbis-Sagrado, representando um deus chamado Thoth. Acho pouco provável uma dessas aves migrarem até o Quênia, apesar dessa região ser bem alagada e a espécie procurar por áreas pantanosas ou com grandes lagos, onde encontram com facilidade vermes, peixes, rãs ou até mesmo pequenos répteis. O guerreiro que encontrasse esse ovo, acreditavam ser imbatível, pois iria ingerir o ovo diante da Rainha e teria uma saúde eterna para o combate.

3. Uma outra prova não menos complicada, poderia ser feita por dois guerreiros: capturar vivo um Alligator Mamba (jacaré, crocodilo) e levá-lo até a Tribo, totalmente amarrado. A tradição dizia que se soltar um Mamba no centro da Tribo, ela seria protegida pelo espírito de Jitujeusi, o monstro terrível que até hoje não acredito, apesar de tê-lo visto. O animal precisaria estar vivo, pois criaria pegadas ao redor da Tribo, afastando os Guerreiros de Fogo.

4. Lagarto Agama Mwanzae – esse era o grande desafio da quarta alternativa. Esse lagarto de hábitos noturnos possui uma coloração bem interessante, normalmente bicolor, da cabeça até a metade

do corpo era avermelhada e da metade até a cauda, azulada. O problema é encontrá-lo à noite, com uma simples tocha que pouco ilumina um animal pequeno, porém, mesmo que o Guerreiro Tajamali o encontrasse, sua agilidade de fuga era absurda. O guerreiro que conseguisse dois animais seria considerado o mais veloz e ágil da Guarda Real. Seria o mensageiro da Tribo, parecido com Hermes, da mitologia grega.

5. Para quem não tem medo de altura, a quinta tarefa de sacrifício está relacionada a uma árvore estranha, o Baobá. Conforme informações de Akbar, existe uma árvore às margens do Rio Tajamali, cuja altura se perde de vista e o seu tronco precisaria de dez homens para poder abraçá-lo. A tarefa é subir numa árvore dessas para pegar o máximo de frutos possível, chamados Mukua. Segundo ele, é um fruto que pode ter até 25 centímetros de comprimento, tem no seu interior um miolo seco e comestível, desfaz-se facilmente na boca e o seu sabor é agridoce. As folhas desse fruto também podem ser ingeridas e suas sementes produzem um óleo comestível, que devem ser consumidos pelas crianças da Tribo, para crescerem com saúde e vigor. Na minha prévia avaliação, o fruto deve ser rico em vitaminas e nutrientes minerais.

6. Bats (morcegos), na minha língua, deveriam ser capturados nas profundas cavernas das montanhas próximas a Zamoyoni. Acreditavam que os morcegos eram um símbolo de felicidade e que cinco morcegos deveriam estar presentes no casebre da Rainha, representando bem aventuranças para a Tribo. Suhaila me explicou uma vez que representavam o desejo de longevidade à Rainha e a Tribo; a riqueza de espírito entre os homens, principalmente entre os guerreiros; a saúde para as mulheres parirem seus rebentos em gerações cada vez mais fortes; o amor entre todos da Tribo, vivenciando uma grande família; e por fim, a morte natural. Para a Tribo Tajamali, morrer de forma natural era uma benção recebida diretamente do deus Olorun, deus e criador do Universo, também conhecido como Senhor do Céu.

7. A sétima missão estava relacionada ao mineral Pongwa. Não me informaram com precisão os fatos. O mineral ainda era um mis-

tério para mim e um assunto proibido entre os homens e mulheres da Tribo.

8. Por fim, o oitavo sacrifício estava ligado ao sangue vermelho dos homens. Esse era o mais difícil dos sacrifícios e muitos homens da Tribo já morreram tentando ultrapassar seus limites, explicou-me Nangwaya. Um corte incisivo longitudinal não muito profundo era feito no interior do antebraço entre os ossos rádio e cúbito. O corte era o problema, pois calculei que um corte de mais de 20 mm de profundidade iria separar uma grande quantidade de veias e a perda de sangue seria muito rápida, podendo levar ao óbito. Em contrapartida, o sobrevivente receberia a glória e venceria o combate, pois diante do recolhimento de aproximadamente 1 litro, estimei ao ver o recipiente que ficava num altar improvisado para tal cerimônia, uma cumbuca grande, que serviria mais tarde para banhar os recém-nascidos e as crianças de até um ano. Acreditavam que o sangue de um guerreiro continha sua alma corajosa, que seria transferida de alguma forma para quem o recebesse em forma de banho. Akbar explicou-me que o banho nada mais era do que aspergir, com as mãos, o sangue sobre o peito e abdômen da criança, garantindo que os órgãos internos fossem merecedores da alma do guerreiro, principalmente o coração.

Chegara enfim, o momento final da competição. Muitos não conseguiram completar as 2 provas de resistência, restando os 10 melhores da competição. Naquela manhã bem cedo, com uma curta cerimônia de agradecimento, diante de Kioni, os 10 melhores da competição deveriam receber um dos oito desafios de sacrifício. A Tribo toda estava nessa celebração e pude notar novamente o posicionamento especial da Guarda Real, para a defesa da Tribo. Kioni começou a falar os nomes de cada Guerreiro Tajamali e seu respectivo sacrifício (nunca me explicaram o critério adotado por Kioni para designar o sacrifício ao respectivo competidor):

– O primeiro competidor finalista é Lumumba[36] e deverá procurar o Alligator Mamba – Kioni falava com entusiasmo e já estava quase que totalmente recuperada da morte.

---

[36] Lumumba: "Talentoso".

A Tribo, num espírito de felicidade, aplaudia incessantemente cada participante.

— Habilidade e cuidado deverá ter esse segundo competidor, pois deverá nos trazer uma porção de Nyuki. O nome desse corajoso competidor é Yusuf[37].

Para cada nome selecionado pela Rainha Kioni, um brado e batidas no chão eram ouvidas.

— O terceiro nome poderá ser o vencedor, caso tenha a coragem de enfrentar o Baobá. E o felizardo é o nosso competidor Abdalla[38].

— O quarto concorrente é Ujasiri[39] e receberá a missão de nos trazer o Íbis-Sagrado. O quinto-elemento será Kwanza[40], que ajudará Lumumba a capturar e trazer o Mamba.

Uma pausa foi necessária, pois um aviso de alerta foi dado por Adeleke Adedagbo, mesmo sem visão.

— Nang, precisa colocar um Guerreiro da Guarda Real naquela posição esquerda superior.

Um Guerreiro da Guarda Real fez uma incrível movimentação na direção a uma árvore à esquerda da Tribo e com uma destreza absurda subiu até o galho mais alto, armado com um tubo de bambu, lançador de dardos primitivo. Após o sinal de afirmação de Adeleke, Kioni continuou a distribuição dos desafios. A Tribo voltava na comunhão de vozes.

— Vamos agora para os cinco últimos nomes. O sexto concorrente entrará nas cavernas mais sombrias que existem próximos à Zamoyoni e nos trará cinco "Popo"— perguntei para Akbar o que era "Popo" – morcego na língua deles – O nome desse corajoso guerreiro é Ridhwani[41].

A cada novo nome, novos brados e a cada novo brado um grito:

— SHUJAA! – algo como "Herói" na língua da Tribo.

---

[37] Yusuf: "Ele deve adicionar a seus poderes".
[38] Abdalla: "Servidor de Deus".
[39] Ujasiri: "Coragem".
[40] Kwanza: "Início".
[41] Ridhwani: "Permissão, Acordo".

– Faltam 4 nomes! O sétimo será responsável por trazer uma quantidade para os cinco novos integrantes da Guarda Real do mineral proibido, será você... Vuai Maliki[42].

Percebi um pequeno e breve silêncio na Tribo e um entreolhar das pessoas da Festa. Logo os brados voltaram e aquele movimento de Festa era radiante. Num tom de suspense, Kioni anuncia mais um competidor e seu destino.

– Quem nunca viu o Lagarto Agama Mwanzae? – Perguntou Kioni à multidão.

Uma grande quantidade de pessoas nunca tinha visto o lagarto, muito menos eu. Não tinha nem ideia de sua real aparência, sabia somente o que me informaram, sua característica marcante é a pele bicolor, azul e vermelha.

– O oitavo candidato à Guarda Real será... Elewa[43].

Sobraram dois nomes: Kimameta[44] e Kitwana[45]. Kioni, impiedosa pela tradição anunciou:

– Esses últimos Guerreiros farão o sacrifício do Sangue. Preparem os recipientes – ordenou Kioni, olhando para Nangwaya.

– A partir de agora, declaro aberto o sacrifício – disse Nangwaya como se fosse um carrasco medieval, porém, honrado, justo e imparcial.

Atabaques próprios fabricados pelo artesão da Tribo soaram e os 8 jovens guerreiros partiram em direção às respectivas missões. Os do sacrifício de sangue ficariam na Tribo para serem imolados. As missões encerrariam ao terceiro dia após a última palavra da Rainha, sob o pôr do sol.

Nessa altura da Festa, não conseguia mensurar se era muito ou pouco tempo para o cumprimento das missões. Só tinha a certeza do que eu precisaria fazer naquele momento, era talvez minha única chance de conhecer o mineral Pongwa.

Após a última fala de Nangwaya, dirigi-me até a Rainha Kioni e, num momento de coragem, pedi para acompanhar Vuai Maliki. Precisava descobrir alguma coisa sobre o mineral misterioso.

---

[42] Vuai Maliki: "Pescador-Rei".

[43] Elewa: "Muito Inteligente".

[44] Kimameta: "Diamante meu".

[45] Kitwana: "Garantido viver".

– Kioni, sei que sou um estrangeiro e que não sou digno de ter toda a sua confiança, porém, quero ajudar um dos seus candidatos, Vuai Maliki.

Kioni voltou lentamente os olhos para mim, junto com dois Guerreiros da Guarda Real, que acompanhavam minha oratória.

– Por que quer acompanhar em especial Vuai Maliki?

– Preciso saber mais sobre o mineral tão misterioso que, ao mesmo tempo é uma benção e uma maldição para a Tribo. Quero ser transparente com você e conquistar a confiança da Tribo. Sou um médico de respeito na minha terra natal, um cientista e sei que posso ajudá-los a entender o poder do mineral, até agora somente observado por mim. Não sei muito sobre ele, porém, sei do poder descomunal que ele dá a uma pessoa.

– Badawi, poderá acompanhá-lo com uma condição. – pude ver um semblante diferente no olhar de Kioni – Você deverá descobrir o que ainda não sabemos sobre o mineral e nos ajudar a melhorar seu uso, contudo, deve levar Akbar com você.

– Hein... Ahn... Eu? – quase ri da reação hilária de Akbar – Mas eu preciso ficar e...

– Está pronto para mais uma aventura, amigo? – olhei sorrindo para Akbar, que estava paralisado, ao lado do menino Vuai Maliki.

– Mais uma o que..?

– Vamos, velho amigo, sei que entendeu. Assim como eu, tem ouvido de lince para um cientista.

Partimos carregando algumas necessidades básicas como água, remédios e comida para 2 ou 3 dias. Nangwaya e Adeleke conversavam ao longe, talvez sobre o resultado da Festa de Mukantagara e sobre a nova Guarda Real e suas estratégias, principalmente para novos eclipses solares. Suhaila Somoe e Kioni foram visitar os casebres para qualquer assistência, acompanhadas pela Guarda Real. Já não se via mais os outros 7 guerreiros novatos. A imolação dos outros 2 candidatos seria somente no dia seguinte, logo pela manhã.

Lembrei que tínhamos caminhado para o norte da aldeia, para buscar o remédio de Mamba-negra para a Rainha, então, agora, deveríamos caminhar para o leste a procura do mineral impossível.

Vuai Maliki era um menino de uns 17 anos, de corpo exíguo e intelecto marcante, com uma incrível vontade de fazer parte da Guarda Real. Akbar havia me contado, pouco antes de partirmos, que o pai de Vuai Maliki foi da Guarda Real e salvou a Rainha Kioni inúmeras vezes. Agora cuidava do treinamento dos pequeninos, após romper o tendão do pé esquerdo numa das batalhas contra os Guerreiros de Fogo. Nunca havia conversado com o pai de Vuai Maliki, porém sabia quem era, devido à dificuldade no andar. Era especialista em armas, principalmente no lançamento do machado.

— Akbar, você conhece bem o mineral Pongwa? — perguntou curioso Vuai Maliki.

— Sim, já o vi inúmeras vezes. Por quê?

— Meu pai me alertou sobre Pongwa e me mostrou apenas uma vez. Não estou bem certo se o reconheceria no local proibido. Ele me disse que o mineral era mais maldição do que benção, tenho dúvidas se estou apto para encontrá-lo. Não sei porquê a Rainha me escolheu. Esperei minha vida toda por esse momento e, dentro de mim, uma tempestade de dúvidas sobre o mineral impossível. Pongwa será o meu destino. Vamos por aqui!

— Você não está sozinho, tem a sorte de estar com dois cientistas famosos da África — disse Akbar olhando para mim com um sorriso amarelo no rosto.

— O que de tão misterioso tem nesse mineral? — perguntei diretamente olhando para Vuai Maliki, visto que já perguntara para Akbar e ele sempre se desvencilhava de uma resposta concreta.

— Pelo que sei, ele transforma um homem fraco em monstro forte — disse sem pensar o candidato a Guerreiro Real, Maliki.

— Como assim?

— Badawi, esse é um segredo que só a nossa Tribo conhece aqui na África e fizemos um juramento diante de uma cerimônia de não revelar a ninguém o que é e onde se encontra Pongwa. Poucas pessoas na Tribo sabem onde encontrá-lo. As novas gerações, como as de Maliki, mal conhecem a história, mal conhecem a história de Jitujeusi.

— Não quero insistir, porém, como cientista e médico seria um aprendizado único. Acho que posso ajudar a Tribo de alguma forma, a entender o poder do mineral. O que preciso fazer para ser acolhido pelo Juramento da Tribo?

— Simples, muito simples: diante da Guarda Real, da Rainha e de toda a Tribo, jurar que nunca revelará o segredo e permanecerá na Tribo até sua morte natural. Caso vá embora, a Guarda Real tem ordens para matá-lo. – Akbar falava decidido, sério.

– Ah! Por que não me disse que era tão fácil assim? – falei ironicamente para Akbar e o menino, imaginando que minha partida da Tribo estava quase chegando, precisava encontrar Doc na imensidão africana.

Caminhávamos rápido na mata densa e irregular. Nas copas das árvores podiam-se ver uma diversidade de primatas, que até então, não havia observado. O destaque era um macaco de cor azul com seu longo rabo, muito ágil no balançar das árvores. Pudemos ver também um filhote de leão, pendurado preguiçosamente nos galhos de uma árvore local.

– Akbar, aquele é o Rio Tajamali? – indiquei ao avistar bem ao longe uma grande porção de água.

– Que rio? Não enxergo nada.

Caminhamos mais alguns quilômetros e enfim, a grande porção de água corrente estava visível para Akbar e Maliki.

– Esse é o Rio Farashuu[46].

Akbar nos guiou por um atalho onde não encontraríamos tantos animais selvagens perigosos. O atalho iria ajudar muito na conquista de Vuai Maliki pois, pelos cálculos místicos de Akbar, economizaria 4 horas de caminhada se fossemos pelo leito do Rio Farashuu, adjacente do Rio Tajamali. Segundo Akbar, a beleza do Rio Farashuu estava na composição harmoniosa do seu leito, ao longo de praticamente todo o seu comprimento, abrigava inúmeras espécies de borboletas multicores e de tamanhos variados, que distraem qualquer viajante com tanta beleza.

Seguimos em frente do atalho e Akbar pode nos mostrar um local que eu nem imaginava que existia: uma gruta de entrada alta e iluminada pelo sol, com vegetação exuberante e centenas de milhares de borboletas coloridas, que transformavam a atmosfera ao nosso redor numa aquarela especial, colorida, com perfumes florais, algo que nunca mais esqueci.

– Badawi, essas são as borboletas originárias do Rio Farashuu. A natureza é perfeita e essa gruta é o local sagrado de reprodução dessas borboletas, que irão se espalhar por todo o leito do rio. Esse aroma no ar é o perfume da vida.

---

[46] Farashuu:"Borboleta".

Incrivelmente, o local nos trazia paz, beleza e uma equilibrada mistura de cores, vento, vegetação e vida. Novamente Akbar me surpreendeu.

Já havíamos caminhado umas boas horas e o calor era intenso. A água já estava pela metade e precisaríamos reabastecer os odres, senão, não conseguiríamos retornar. Percebi o desgaste natural em Akbar, um pouco ofegante. Vuai Maliki possuía ainda todas as forças da juventude e caminhava, pulava, corria e se perdia diante da beleza do lugar, segundo ele, era o melhor dia de sua vida.

Estávamos chegando ao local onde se encontrava o tal mineral. Podia escutar ao longe um barulho de água, talvez uma cachoeira, mas não via nada ao redor. Passo a passo, os três aventureiros chegaram numa formação rochosa escondida atrás de quatro imensas árvores, cujas copas escondiam tudo como camuflagem. Somente Akbar sabia aquele caminho.

A natureza esbanjava inteligência naquele lugar, as cores das árvores e das rochas se misturavam. Um viajante dificilmente encontraria essa formação rochosa, era composta por cinco grandes rochas, tendo uma fenda camuflada no solo que as separavam em duas formações distintas. As rochas foram precisamente esculpidas pela água ou pelo vento, eram geometricamente idênticas e o conjunto lembrava a figura de um coração.

Qualquer escultor renascentista ficaria maravilhado com tamanha obra natural, aquelas rochas foram esculpidas pelas mãos do Criador, imaginava.

– Chegamos à entrada da Gruta Pongwa – anunciou Akbar.

– Não pode ser! Tem certeza? Onde? Não vejo entrada alguma – disse perplexo.

O Rio Farashuu passava por baixo da formação rochosa e não dava mais para ver o seu curso. Estávamos no final do atalho mostrado por Akbar e era nítida a ansiedade do menino Maliki.

– Maliki, pode mostrar a entrada para esse incrédulo Badawi? – Akbar sabia fazer um certo mistério.

Repentinamente, o menino deliberadamente caiu sobre a fenda camuflada no piso rochoso. Era uma fenda assimétrica que tinha uma medida aproximada de 70 x 50 cm. A fenda engoliu-o instantaneamente.

– Cuidado. Mali..! – gritei em desespero e num movimento de tentar salvá-lo, cai no chão próximo à fenda, com o braço esticado, gritei insistentemente:

– Maliki! Maliki! Maliki!

Akbar se debruçou sobre a fenda ao meu lado e tentou me acalmar:

– Badawi, Badawi, olhe pra mim, olhe pra mim... Essa é a entrada.

– No fundo dessa queda livre encontra-se um lago natural, que amortecerá sua queda. Esse lago nos levará à uma imensa caverna subterrânea e à entrada da Gruta Pongwa. Você é o próximo.

– Como assim? Vou ter que pular nessa fenda?

– Maliki! Maliki! – gritava sobre a fenda, insistindo no menino.

– Você não vai conseguir escutá-lo. A acústica não é inversa. Ele te escuta, mas mesmo que ele grite na caverna, o som não retornará a você. Vai precisar ter fé para acreditar que ele está vivo, e ele está vivo. Garanto.

Tentava me tranquilizar, pois o próximo desafio era mergulhar naquele buraco escuro e misterioso.

– Badawi, sua vez. Como fez o menino Maliki, pule nesse buraco com a perna reta, até atingir a água. A queda é rápida. Você sabe nadar, não é?

– Akbar, essa situação é inédita pra mim. Nunca mergulhei no escuro vazio de uma fenda. É muito tenebroso. Olho para o buraco, mesmo com a luz do sol, não enxergo o fundo.

– Confie em mim! Vai dar tudo certo! Coragem não lhe falta. Feche o olho e pule.

Olhava para aquele espaço escuro, vazio, profundo. Um vento leve soprava da fenda, um desafio requintado para a minha fé, para a minha determinação, para as minhas convicções. Se Akbar estiver errado, era morte na certa, porém queria acreditar que estaria diante de uma descoberta bastante significativa para a ciência que acredito, o mineral Pongwa. Os minutos passaram, pareciam horas para a tomada de decisão. Tentava encontrar a coragem que me faltava naquele momento, mesmo sabendo dos poderes dos sentidos. Tentava usar a supervisão para enxergar o fundo da fenda e só via escuridão. O cheiro era de umidade e podia ouvir um curso de água suave.

– Estou pronto! – Respirava fundo e tentava pensar na história da minha vida. "Doc sem duvidar, teria pulado" pensei.

Posicionei-me no centro do comprimento da fenda e olhava fixamente para Akbar, que estava quase do lado oposto a mim.

– Tenha fé! Relaxe seus músculos e caia de pé na água – foi a última coisa que ouvi daquele cientista das selvas.

Pulei!

Mantive meu corpo reto e praticamente imóvel. A queda foi rápida e logo estava inundado de água. Emergi rapidamente e podia respirar novamente, na superfície, um ar fresco, limpo, ligeiramente gelado. Calculei posteriormente uma queda de aproximadamente 20 m, da fenda no alto da caverna e a linha d'água. Olhei ao redor e avistei, ainda na água, Maliki, numa base rochosa, parecida com um palco natural.

– Aqui Badawi! Venha até aqui! – acenando continuamente.

O interior da caverna subterrânea era vislumbrante, os raios solares atingiam a caverna por pequenas entradas estratégicas e a luz reluzia a cor transparente da água, límpida, azul-esverdeada, cuja temperatura era fria, sem risco de hipotermia. Logo em seguida, numa sonante expressão de liberdade, Akbar caía na água:

– RUBANZAAAA![47]

Naquele palco, iluminado naturalmente, caminhamos para dentro da caverna até chegarmos diante de uma pedra colossal, toda esculpida pela ação do tempo. As paredes da caverna tinham uma característica única, denunciavam uma coloração metálica esverdeada, talvez Berílio.

– Chegamos. O mineral está atrás dessa pedra – Akbar disse com uma tranquilidade irritante.

– Bacana... A pedra deve pesar toneladas e pelo que sei não trouxemos nenhuma alavanca, o que eu acho que não adiantaria nada – disse para meus amigos da aventura.

– Esse é o milagre, Badawi. Vamos lá, me ajude a movimentar a pedra menino Maliki.

---

[47] Rubanza na Língua Swahili do Quênia é algo como "Eu sou corajoso".

Akbar posicionou suas mãos em duas aberturas na pedra e, milagrosamente, destravou uma conexão natural de pedra lascada e arrastou a pedra colossal para a lateral, abrindo um portal para uma antessala na caverna. Maliki ajudava a guiar a pedra no movimento lateral.

Pude observar a entrada dessa outra caverna e, nesse momento, talvez tenha descoberto o segredo da super força repentina de Akbar: a enorme rocha aparentava seu peso maciço, mas, virando a cabeça para a esquerda, no sentido do deslocamento da rocha, percebi que era oca por dentro e deveria ser relativamente leve, a ponto de um homem comum poder movimentá-la sem nenhum superpoder. O que me impressionou foi o capricho da natureza no desenho do encaixe preciso entre a rocha e a parede da montanha – perfeição.

Entramos na Caverna Pongwa. Outros raios de sol apareciam diantes, em pequenas fendas abertas naturalmente entre as formações rochosas da caverna, fazendo com que não ficasse totalmente escura. Akbar estava à uns 20 metros adiante, acelerado.

– Badawi, caminhe com muito cuidado, precisaremos subir nessa parte da caverna.

Era uma subida de rochas íngremes e com muitos obstáculos laboriosos. A semi-escuridão, o cheiro úmido e abafado e a subida íngreme eram obstáculos naturais precisos, que confundiam qualquer pessoa que não conhecesse o caminho. Maliki caminhava lentamente, pois, pude observar que, durante a subida, buracos profundos apareciam na frente, tendo que desviar de inúmeros deles. Acredito que seriam fossas abissais e que uma queda diante delas, talvez não se conseguisse chegar ao fundo. Cheguei a essa conclusão, porque, propositadamente, joguei uma pedra num dos buracos e esperei o som batendo no fundo, não o ouvi.

– Badawi, vamos descer agora. Cuidado com as pedras soltas no chão!

Minha atenção, audição concentrada e expectativa de escutar o som da pedra ao bater no fundo do abismo não permitiu-me prestar atenção nas palavras de Akbar.

– O que você diss... – minha pergunta foi interrompida por uma dolorosa queda e o declive me fez projetar o corpo num giro incessante. Só parei após a colisão com uma outra pedra gigantesca. Nessa posição, uma faixa de luz do sol atravessava e cegava meus olhos.

– Aaaaiiii! Que pancada! Puxa como dói. Akbar, espere um momento – gritei.

Procurei sentar num local mais plano possível, mas por ser um terreno tão irregular, só consegui apoiar o ombro direito numa rocha mal formada. A acústica do lugar era diferente e o som não se propagou até Akbar e o menino Maliki fugiu do meu olhar. Havia perdido os dois de vista. Estava sozinho naquele momento e, de repente, pude ouvir o mesmo barulho de quando saí do rio subterrâneo após a queda da fenda; som de corpo saindo da água e muita água respingando pelo chão. Achei estranho, imaginei que alguém havia saído do rio. Concentrei-me no caminho até Akbar. Após minutos aguardando aquela dor passar, pude observar um pequeno corte na coxa e o sangue começava a manchar a minha roupa.

Segui em frente. Caminhava caverna adentro, seguindo as pegadas de Akbar e Maliki, que eram desenhadas com a supervisão. A caverna se revelava vislumbrante, com um teto todo irregular e com uma mistura de cores precisamente combinadas: uma coloração acinzentada com várias manchas ocres e pintadas com estalactites[48] de diversos tamanhos. O quadro artístico interno da caverna era iluminado pela entrada de luz solar, por fendas desenhadas pela erosão mecânica e pelo vento. A medida que descia a caverna, uma corrente fria de ar atravessava meu corpo e me fazia imaginar que talvez existisse outra entrada ou uma fenda mais à frente. Ouvia agora os gritos de Akbar:

– Chegamos, Badawi! Chegamos, Badawi! – podia-se sentir a euforia de Akbar. Aquele momento para a Tribo significava talvez, imagino, sobrevivência, futuro, perenidade, força.

Apesar daquela descida totalmente irregular, cheguei até um platô onde se encontrava Akbar e o menino Maliki.

– Como subiu até aí, meu caro cientista da selva?

– A natureza é cheia de mistérios. Está vendo aquela outra fenda na parede do lado esquerdo, camuflada por aquela rocha na base e pela sombra escura daquela outra pedra? Pois bem, corra e pegue um impulso para subir na pedra, desça do outro lado e entre na escuridão da fenda. Caminhe por uns 10 metros, tateando na escuridão, e verá uma área aberta e clara, que direcionará você para esse platô.

---

[48] "Estalactites" são formações decorrentes do gotejamento de água das fendas das paredes das cavernas de rocha calcária, transportando parte do calcário desta. As estalactites pendem do teto na forma de cones pontudos.

Era uma dificuldade singular, pois a penumbra da sombra da estalactite se misturava com a escuridão da fenda, que mal se podia ver.

Após saltar sobre a pedra na entrada da fenda e pela camuflagem natural do lugar, uma escuridão eterna parecia não ter fim. Era uma escuridão tão intensa que precisei adaptar a minha visão para não cair, tropeçando em algum outro obstáculo. O caminho era levemente íngreme. De repente, um lugar amplo aparece diante dos meus olhos e a entrada para o platô se tornou simples, bastando apoiar uma perna dando impulso com a outra. Naquele momento fiquei maravilhado com o que vi cravado do platô. O platô ocupava uma área de aproximadamente 400 m² e estava cheio de estalagmites[49] de diferentes alturas cujas extremidades se encontrava uma pequena pérola da mesma cor e transparência do mel. Era Pongwa.

— Badawi...apresento à você, o primeiro homem branco de terras longínquas: esta é a pérola da Tribo. Aqui está Pongwa! – Akbar não se continha de alegria e estendia o braço indicando as pérolas, o menino Maliki estava aparentemente paralisado pela beleza única do platô.

Olhava para o teto acima do platô e milagrosamente, veios úmidos caminhavam dentre as pedras e um brilho cintilante de algum líquido que não reconhecia, fazia parte de algo responsável pela formação da pérola.

— Vamos recolher todas essas pérolas Pongwa, dizia o vitorioso Maliki.

Uma a uma, o menino Maliki, cuja missão era levar a pérola mineral Pongwa para a Tribo, era orientado por Akbar a pegar a pedra e quebrar um pouco a altura da estalagmite, que a cada cinco anos formavam novas pérolas, conforme a experiência de vida de Akbar, que já fazia esse trajeto há vinte e cinco anos, pelas minhas contas, a quinta vez, partindo como base a mesma idade do menino Maliki.

— Pronto! A Tribo estará salva pelos próximos anos, pois essa pérola milagrosa trará forças à Guarda Real – disse Akbar, sempre preocupado em desenhar um futuro extraordinário.

— Vida longa à Rainha - disse Akbar, pensando no futuro da Tribo.

Via diante de mim um homem que vivia para o bem de seu povo. A dedicação de Akbar era de uma grandeza inspiradora. Aos meus olhos, essas palavras eram para sensibilizar o menino Maliki, que junto de Akbar, curvou seu corpo e ajoelhou-se, dando graças àquela gruta estrategicamente escondida pela natureza. Precisava tentar descobrir, como a Tribo conseguiu se desbravar e descobrir esse caminho tão escondido até Pongwa.

---

[49] "Estalagmites" são formações do mesmo material das Estalactites, porém, crescem no sentido contrário, ou seja do chão para cima.

– Vamos embora desse santuário agora! – disse Akbar esperançoso – Vamos Maliki, feche a sacola e proteja com sua vida essas pérolas essenciais para a Tribo.

Akbar se assegurou que as pérolas estavam bem amarradas num pano grosso de coloração amarelada e fixou a sacola junto do corpo magro de Maliki. Akbar não me permitiu segurar nenhuma pérola Pongwa, era tradicional demais. Eu tinha um respeito permanente pela tradição, pelos costumes, por Akbar e estava constantemente preocupado em nunca perder essa rara confiança, principalmente agora, por me mostrarem a entrada da gruta e por terem escondido um segredo por tantas gerações.

À medida que descíamos do platô, um estranho ruído animal rompeu o silêncio sepulcral da caverna misteriosa. Gritos assustadores de um animal gigantesco não cessavam e eram precisamente espaçadas, parecendo dois animais diferentes.

– Badawi! Badawi! É o mesmo grito de Jitujeusi!! – gritou um tanto surpreso Akbar – Jitujeusi sempre permitiu a coleta de Pongwa. Não entendo o porquê dele estar aqui.

– O que vamos fazer?

Naquele momento, pude ver o medo em Akbar e o terror no olhar de Maliki. Já havíamos tentado enfrentar o monstro no episódio da Mamba-negra, sem sucesso. De repente, vi os dois abaixados na penumbra da fenda, imóveis, praticamente paralisados. Precisava pensar em alguma alternativa.

– Fiquem aqui, vou até a base da fenda e subir na pedra da entrada.

Ajustei a visão para poder caminhar mais rápido até a entrada. A pedra ainda estava lá e protegia a entrada do platô, mas vi dois homens transformados em miraculosas serpentes. Pensei: "Se um Jitujeusi era o medo em forma de mostro, imagina dois animais furiosos. Além disso, Akbar nunca havia me falado que existiam dois animais monstruosos como aqueles. Será que ele não sabia ou havia ocultado de mim a verdade? Por que esses animais estavam exatamente naquele lugar? Por que os dois?". E ainda não tinha nenhuma resposta de como sair daquela armadilha imprevisível.

Subi na pedra para ver melhor a posição dos monstros, não havia saída para nós, estavam exatamente nas possíveis trilhas de saída da caverna. Os gritos eram diferentes daqueles graves que havíamos escutado no encontro fatal anterior. Gritos agudos e intermitentes ecoavam rudes e por mera impressão, pareciam ficar mais ferozes à medida que sentiam de alguma forma, ou o meu medo ou a minha tensão.

Estavam inspirando o ar rapidamente e movimentavam a cabeça de maneira irregular, talvez para tentar identificar as ameaças que deveriam matar. Não sabia se a parcial escuridão da caverna não permitia aqueles deformados animais a identificarem as presas. Pensei: "Como sabiam que estaríamos aqui? Akbar sabia dos monstros, sabia que protegiam Pongwa?". Precisava voltar até eles e pensar em alternativas, pois o tempo de retorno do desafio estava acabando e se não fosse possível sair do platô, morreríamos de fome e sede.

— Akbar! Akbar! São duas enormes criaturas de 3 metros de altura e estão com muita raiva. Estão cercando qualquer saída da caverna. O que nos protege agora é a pedra da fenda na entrada, senão talvez já tivessem nos devorado.

— Você sabia que Jitujeusi nos seguiria? Sabia que eram duas criaturas?

— Sabia, Badawi. E não são duas criaturas... São três.

— Três? — falei perplexo.

— Só tem duas aqui perto. Onde está a terceira?

— Provavelmente na margem do Rio subterrâneo, onde caímos.

— Nas buscas anteriores de Pongwa, essas criaturas sempre vigiaram a Tribo Tajamali?

— Sim, somente elas autorizaram a saída do mineral — respondeu Akbar com uma certa tremulidade na voz.

— Ótimo. E por que estão tão furiosos agora?

— Sempre foram assim. Porém, dessa vez você está junto. Não faz parte da Tribo, da nossa raça. Seu cheiro de medo é diferente do nosso, é isso que os incomoda.

— E só agora você me avisa?

— Na verdade, Badawi, não sabia da reação de Jitujeusi, nas vezes anteriores, somente um deles aparecia.

— E como vocês fizeram das vezes anteriores com o monstro, Akbar? Monstros agora - indiquei.

— A família de Madhubuti sempre ajudou a Tribo nas questões do monstro. Não sabemos a relação que o monstro tem com as gerações dessa família. Talvez esteja sim, relacionada ao sangue.

— E como faremos dessa vez? Não temos ninguém aqui de sangue curador de situações extremas, Akbar?

Inquietantes minutos se passaram e Akbar e o menino Maliki dariam início a uma iluminada e salvadora inspiração.

Akbar olhava profundamente nos olhos de Maliki. Um silêncio curto e repentino se fez naquele momento e como se existisse uma força invisível ao redor deles, aquele silêncio inesperado foi quebrado pelas palavras de Akbar.

— Somente uma pessoa poderá garantir a nossa sobrevivência: Maliki.

— Ah, que bom! Um menino que ainda nem é homem adulto – respondi com certo sarcasmo.

— E como você fará isso, menino Maliki? Com esse medo todo no olhar, não sairá nem do lugar que está agora.

— Estou com muito medo sim, mas Akbar me deu a força da sabedoria e agora, diante do desconhecido eu sei o que fazer. Esse é o meu destino, esse será o meu legado. Essa é a minha convicção, essa é a minha sentença.

Caso não desse certo o plano de Akbar e Maliki, teria que recorrer ao meu aprendizado com Dr. Hekler – aquele cientista extraordinário.

130

CAPÍTULO 9

"O que sabemos é uma gota; o que ignoramos é um oceano."
Sir Isaac Newton (1643 – 1727), astrônomo, alquimista, filósofo natural, teólogo e cientista inglês.

HEKLER – UM CIENTISTA EXTRAORDINÁRIO

Numa das noites frias da Inglaterra, tive um sonho com Hekler, pouco antes de fazer minha terceira viagem ao Desconhecido, o sonho tinha como base de informações, uma aventura química, poética; uma aventura pelos porões da Alquimia. Dr.Hekler e eu vivíamos um evento histórico: o dia da publicação. Era o ano de 1869 e estávamos em São Petersburgo, casa do amigo de longa data de Hekler, o famoso químico siberiano Dmitri Ivanovich Mendeleiev[50].

Estávamos sentados numa sala bem espaçosa e iluminada, com 4 candelabros abastecidos com 4 bulbos precisamente redondos, que não eram incandescentes, e iluminavam o lugar de maneira não vista até então; uma escrivaninha com várias anotações e um tinteiro prateado faziam parte da decoração. Estávamos confortavelmente sentados em 3 poltronas inclináveis, dispostas em formato de delta, com botões laterais, que fomos imediatamente alertados por Dmitri a não tocá-los. Aquele diálogo sinuoso, dentro de um sonho confuso, só foi entendido anos mais tarde, com a descoberta de mais substâncias que preencheriam a Tabela Periódica, criada por Dmitri.

---

[50] Dmitri Ivanovich Mendeleiev (1834–1907) – químico e físico russo, criador da primeira versão da Tabela Periódica dos Elementos Químicos.

– Hekler... está chegando o momento da humanidade descobrir produtos que não são obtidos de forma natural. O homem terá num futuro próximo a capacidade de criar substâncias nunca antes descobertas e fará uma revolução tecnológica, que melhorará a vida das pessoas.

Imagino uma substância baseada no termo grego "Technetos", que significa "artificial". Hekler se mantinha quieto e observava cada gesticular daquele amigo cientista e eu também quieto, estava admirado pela conversa de alto nível e valor científico sem precedentes.

– Dmitri... acredito que essas descobertas acontecerão, porém, nem todos os interesses culminarão em melhoria para o homem. Haverá produtos que imitarão a pólvora de maneira assustadoramente destrutiva. Mas tenho a convicção de que também terão a dignidade de criar milagres e realizar sonhos, haverá nobreza também.

– A organização que pretendo difundir com a Tabela Periódica dos Elementos até hoje descobertos, ajudará os futuros químicos e alquimistas a descobrirem aplicações em diversas áreas do conhecimento. E conhecimento, nós sabemos, é poder.

Hekler balançou a cabeça de maneira conflitiva e me confundi sem saber se estava concordando com Dmitri ou não. De repente, ele vira o olhar concentrado em minha direção e nos conta uma história:

– Bat Batlle!– Hekler nunca havia me chamado pelo meu apelido, dado por Sam.

– Sim, senhor.

– Já lhe contei sobre a Vitória do mais fraco?

– Temos algumas histórias sobre isso: Davi e Golias; minha luta contra Isengreen Tookon; Sansão e Dalila; serpentes e guaxinins e....

– Mas essa história pode te ajudar no futuro – falou Hekler calmamente, olhando de maneira incisiva para mim e para Dmitri.

Dmitri, de maneira elegante, segurava um copo de uma bebida marrom-claro e serenamente olhava confiante para Hekler. Hekler, preciso, inicia:

LAGÓPODE-ESCOCÊS

Nas longínquas terras da Península Escandinava, uma porção de ilhas localizadas entre a Islândia e a Noruega, no Atlântico Norte, chamadas de Ilhas Faroe, abrigavam a história de um interessante animal: o Lagópode-Escocês.

Era na verdade um arquipélago formado por 18 ilhas, que pertenciam à Dinamarca, cujo clima oceânico mantinha a temperatura média anual em torno de apenas 7° C.

Diz a lenda que, durante a época da expansão Viking, uma das ilhas não era habitada, Lítla Dímun estava localizada entre as ilhas Suðuroy e Stóra Dímun e abrigava uma grande quantidade de Lagópodes.

O Lagópode era uma ave semelhante à perdiz, cujos ovos de tom amarelado, eram depositados em torno de 6 a 11 ovos num ninho feito de folhas secas numa depressão do solo da ilha.

Aquela era a Ilha dos Lagópodes.

Em um dos dias do rigoroso inverno na Idade Média, uma das embarcações vindas da Noruega naufragou e os marinheiros refugiaram-se naquela região de difícil acesso.

Lítla Dímun era um pedaço de montanha cravada nas entranhas daquele mar gelado, cujas nuvens sedosas no alto, cobriam seu topo de maneira vislumbrante.

Aquele paraíso sofreria um impacto ambiental de grandes proporções. Cerca de 30 sobreviventes, de um total de 55, conforme as histórias passadas da lenda, começaram a subir as altas falésias situadas no sul da ilha e encontraram irônicos motivos de sobrevivência: comida abundante em forma de Lagópode.

Famintos, começaram a matança desregrada daquelas maravilhosas aves e em poucos meses, dizimaram quase dois terços de todos os Lagópodes. Em um ano, já não existiam mais nenhum animal naquela ilha. Sem recursos e sem nenhuma maneira de sair daquela ilha fria e isolada, os homens começaram a morrer. Sem comida, em pouco tempo, todos os homens morreram.

A ilha estava sozinha novamente, vazia, vez ou outra um albatroz pousava em alguma pedra, descansando após horas de voo solitário. O *vento frio repousava nos paredões da falésia e gritavam uníssono um barulho de vitória.*

Não se sabe se um dos últimos homens havia poupado alguns ovos ou se os Lagópodes seriam um tipo de animal resistente ou se a natureza recuperava as destruições humanas. A lenda conta que passado certo tempo, a população de Lagópodes estava novamente reestabelecida na ilha.

As desbravadas navegações Vikings fizeram um novo desembarque em Lítla Dímun. Naquele momento, a cultura Viking, na busca de novas terras, estabelece uma inconsciente intrusão e estabelece uma pequena civilização, na Terra dos Lagópodes.

Uma boa parte daqueles desbravadores Vikings eram de agricultores a procura de terra nova, tendo como missão sobreviver e expandir a cultura nórdica.

Os vestígios do massacre dos Lagópodes e noruegueses no passado, estavam quase desaparecidos pelo tempo e essa pequena civilização Viking ficava de certo modo, separada pela geografia da ilha dessa nova população de Lagópodes. Vez ou outra matavam Lagópodes filhotes, pois achavam a carne mais saborosa. Ao longo do tempo, principalmente durante o congelante inverno da ilha, cada vez mais ovos eram apanhados, pois perceberam ser muito energéticos e os alimentava durante esse período crítico de frio, tirando qualquer chance de reprodução dos Lagópodes.

Apesar de criarem cabras e ovelhas, uma outra pequena embarcação trouxe consigo um outro animal: tourões. Passado certo tempo, a população de Lagópodes estava no fim novamente, sendo devorados progressivamente por tourões, que comiam as aves mais velhas. Ao longo do tempo, os Vikings, coincidentemente, matando os dois extremos da geração de Lagópodes, as fêmeas pararam de botar seus ovos e novamente aquela geração de Lagópodes desaparecera da ilha.

Seguindo precisamente o ciclo de vida da ilha, um rigoroso inverno matou todo o pequeno rebanho de cabras e ovelhas e os homens e seus tourões, sem alimento, pereceram.

Não se sabe ao certo, mas imagina-se que um casal de Albatrozes tenha levado um par de ovos de Lagópode, acidentalmente, para a ilha em seus bicos, como alimento na hora de escassez. Ao colocarem os ovos no chão, o piso irregular da ilha favoreceu-os, pois corriam velozes, fugindo dos bicos afiados daqueles devoradores impiedosos.

A lenda conta que as novas gerações de Lagópodes eram diferentes umas das outras, pois algo maravilhoso da natureza começava a favorecer o pequeno animal.

O vento frio expulsou as aves e os ovos, como sendo cuidados pela ilha viva, se acomodaram num lugar protegido e suficientemente quente para a eclosão de mais dois animais. Uma nova geração ocupou a ilha. A natureza preparara aquela nova geração contra qualquer tipo de matança novamente e quando os Vikings ocuparam temporariamente a ilha, fugindo das guerras nórdicas, não perceberam mais o animal: estavam camuflados, ora brancos como a neve, ora com vários tons de cinza e marrom como as rochas e aprenderam a controlar o barulho do canto ou do bater de asas, quando da presença de outro animal em seu território.

A ilha novamente se tornara a Terra do Lagópode-Escocês. Quem navega próximo da ilha, afirma que a neve é viva e que as rochas se movem sem cair.

Um silêncio tomou conta da sala. Pensativo, Dmitri esboçou com uma voz tímida um surpreendente comentário:

– A camuflagem é uma arma poderosa para os que não conseguem se defender. Imagine, Hekler, se descobríssemos uma substância química que tornasse nossa pele invisível.

– Invisível? Pele invisível? Mas isso seria perigoso se caísse em mãos erradas – comentei contrariando o entusiasmo de Dmitri.

Hekler permaneceu imóvel, pensativo, e virando o corpo para Dmitri, falou calmamente:

– Dmitri, caro amigo... a melhor invisibilidade é ninguém perceber que fizemos o bem para alguém, sem a necessidade de ouro ou prata. É estarmos invisíveis aos olhos dos homens, mas encantando algo superior do que o próprio pensamento. É imaginar que a força da bondade e do amor possa ser a maior arma contra tudo que fere o espírito humano. – Hekler virou o olhar diretamente para mim e elaborou perguntas de reflexão:

– Já fez o bem hoje, garoto? Já teve pensamentos de edificação? Já aprendeu sobre alguma coisa hoje, agora? Quem você surpreendeu?

– Bat, você tem o mesmo destino dos Lagópodes, sobreviver para vencer. Se cair, deve levantar. Se for massacrado, precisa resistir. Se continuar apanhando das suas atitudes, mude de direção; siga seu instinto, busque a esperança e caminhe pela estrada reta, aquela que mantém o caráter inabalável. Que a sua honra seja virtuosamente invulnerável. Se um monstro numa caverna solitária quiser te destruir, pense nessa história, use sua inteligência, use a camuflagem.

No final do sonho, caminhava próximo ao que seria mais tarde o Centenary Square na Sunbridge Road e andando pela Rua Godwin, passei por uma casa de notícias e li um antigo artigo cujo título dizia:

"A destruição de Zorgreen". Rapidamente todas as lembranças daquela época culminaram num sentimento de desbravamento.

O sonho foi dissolvido e acabei acordando pela chamada de Raspalas.

No dia seguinte, após aquele instrutivo sonho revelador, me preparava para a viagem em busca de conhecimento na Terra do Sol e de quebra, queria encontrar o cientista extraordinário. Aquele sonho deveria ter seu próprio desígnio.

CAPÍTULO 10

"Volta teu rosto sempre na direção do sol, e então,
as sombras ficarão para trás."
Sabedoria oriental

A DESTRUIÇÃO DE ZORGREEN

(Post Capitulum 5)

(Parte 2)

O caminho até minha casa foi perturbador. A imagem do meu amigo morto com três tiros no peito e seu sangue espalhado pelo chão daquela fria sala de laboratório criava dentro de mim uma mistura de sentimentos confusos: dor, tristeza, culpa, remorso, medo, raiva, vingança dominavam minha mente. Sentia que aquilo poderia consumir a minha alma. Aqueles pensamentos aplicavam uma compressão invisível no meu peito. O cheiro de sangue no ar úmido e frio daquele funesto laboratório me fez parar a caminhada e de repente, vomitei.

Com muita dificuldade e com lágrimas no rosto, cheguei em casa e, como uma outra manobra do destino, encontrei meu pai sentado, acordado na sala.

— Onde um menino da sua idade estava numa intensa noite fria, nessa pequena cidade da Inglaterra? O que aconteceu? Esteve chorando?

— Não posso contar nada ainda pai. No momento certo, será a primeira pessoa que poderá me ajudar.

— Não está envolvido com nada ilícito, não é?

– Ilícito? – não estava entendendo a pergunta, pois estava pensando no enigma.

– Não, pai. Jamais te decepcionaria. Preciso ir para o meu quarto.

– Está bem. Estarei sempre ao seu dispor. Nunca se sinta sozinho, estou bem aqui.

Precisava limpar as minhas mãos com o sangue do Dr. Ville, que havia escondido até então. Segui logo à frente pelo corredor principal da casa e cuidadosamente fechei o trinco desenhado do banheiro. A água gelada do lavabo levava aquele sangue diluído em direção aos caminhos da terra e desaparecia diante dos meus olhos, com a lembrança de vida do Dr. Ville. Minha alma se sentia impregnada pela imundície que havia presenciado. Acho que aquele foi o banho mais longo e pensativo que tive na minha vida. O papel ensanguentado ficara no apoio do lavabo e o enigma dali pra frente seria minha obsessão.

Naquele dia não conseguiria voltar à fábrica de Zorgreen. Talvez nunca mais. Antes de ir para meu quarto, exausto pelas dores da excessiva adrenalina na minha corrente sanguínea, destruí o papel com as últimas palavras do Dr. Ville. Mas o que seria:

- A6177

- Erythroxylum

Naquela manhã fria em Bradford só consegui descansar durante umas poucas horas, num sono conturbado, com sonhos e pesadelos se alternando. Em um desses relâmpagos de quimera, *pude ver o Dr. Ville entregando para Dr. Hekler o significado do enigma que tanto precisava e como trabalhávamos na Instituição Pneumática Thomas Beddoes, éramos como os Três Mosqueteiros. Porém, como todo pesadelo, um D'Artagnan do mal nos aprisionou no laboratório onde o Dr. Ville levara os três tiros e precisava destruir todos os vestígios que direcionassem para o rei da Inglaterra, Rei Zorgreen I. Quando o vilão D'Artagnan iniciou um incêndio do laboratório, acordei perturbado e um grito de horror e o suor frio denunciava meu rosto assustado.*

Naquele dia, fiquei pensando numa relação do sonho entre os Docs. Precisava investigar alguma pista na casa do Dr. Ville.

– Vai sair de novo?

– Preciso verificar uma coisa, pai. Preciso ir até a casa do Dr. Ville.

– Dr. Ville não é seu coordenador-chefe na fábrica de Zorgreen?

– É sim, por quê?

– Anunciaram a morte dele na cidade.

– Morte? Como assim? O que aconteceu?

– Estive no mercado enquanto dormia e esse foi o nome que comentavam nas rodas de amigos. Segundo a informação, morreu de um ataque cardíaco num dos laboratórios.

– Mentira! Meu Deus, estão acobertando a história. Maldito Zorgreen!

– Ei! O que está acontecendo, Bat? O que está sabendo? Me conte. Posso te ajudar. Não se sinta sozinho tentando segurar o mundo.

– Preciso verificar uma coisa pai. Quando retornar, conversamos.

Saí apressadamente. Caminhava pelas ruas de Bradford preocupado com os capangas de Zorgreen, não sabia o que acontecera com o capanga que desacordei na porta do laboratório ou se alguém notaria minha falta no trabalho, com a morte do Dr. Ville. O capanga desacordado, de alguma forma, seria prova de que ele não estava sozinho.

Estava próximo do local e vi de longe, com a super visão, um movimento suspeito de duas pessoas dentro da sua casa e uma aguardando disfarçadamente do lado de fora, possivelmente capangas contratados.

O que estariam procurando lá? Observava todos os movimentos dos capangas, que vasculharam toda a casa durante quase uma hora. Estava escondido atrás de uma parede do outro lado de uma praça ecológica. Pacientemente aguardei até irem embora e me aproximei cuidadosamente da casa.

A porta entreaberta convidava a uma investigação minuciosa, entrei na casa de maneira silenciosa. O local onde ficava a casa do Dr. Ville era bem discreto e ele próprio tinha uma vida meio exclusa, dificilmente a vizinhança notaria algo diferente. Subi as escadas e fui diretamente ao quarto, comecei a vasculhar alguma pista referente ao Erythroxylum.

O Dr. Ville possuía uma organização exemplar e as suas roupas eram rigorosamente limpas, passadas e organizadas por cores. Não encontrara nada no quarto. Fui para o próximo quarto, que talvez fosse um escritório ou uma pequena biblioteca. Nesse momento escutei a abertura da porta de entrada e sabia que alguém estava subindo as escadas. Saí rapidamente da pequena biblioteca e dei de cara com um capanga de Zorgreen. Estava armado e assim que o avistei, pulei em direção ao seu corpo. O impulso das minhas pernas, talvez pela adrenalina foi tão forte, que percorremos todo o comprimento do corredor, caindo na entrada do quarto principal. A arma foi parar debaixo de um dos móveis do quarto e agora aquele assassino, aparentemente mais forte do que eu, começava a desferir golpes de alguma arte marcial. De pé, iniciamos uma luta de vida ou morte. Não conhecia aquele capanga, mas pelas cicatrizes no rosto, se tratava de algum matador de aluguel ou algum soldado mercenário. As cicatrizes pareciam de estilhaços de alguma explosão, talvez de alguma guerra.

– Vai morrer, garoto! Então era você que estava com aquele pobre cientista morto e quase deu fim no meu irmão com aquela ferramenta. A cabeça dele quase se dividiu em duas partes, está em coma. Mas agora vou vingá-lo. Como quer morrer?

Começamos uma dança, girando os corpos em defesa e o algoz veio com um salto contra meu corpo, acertando-me no ombro esquerdo. O impacto fez com que eu caísse no chão, batendo a cabeça contra a parede, rapidamente veio para cima com vários socos, que acertaram meu rosto. Após alguns socos, a adrenalina começou a subir novamente e consegui segurá-los com a mão. Empurrei o corpo contra a parede oposta e comecei a utilizar meus poderes. Era mais ágil do que ele e a cada golpe da arte marcial, que talvez fosse Kung Fu, um contragolpe ele sentia. O capanga de Zorgreen estava começando a ficar cansado e, num descuido, recebeu um forte soco no meio do nariz, que começou a sangrar. Fui novamente contra sua barriga e levantei a cabeça rapidamente, atingindo seu rosto violentamente com a minha nuca. Ele estava meio tonto e, assim, aproveitei para desferir o último golpe: os dois pés contra seu peito, que o fez cambalear e atingir outra parede. Estava desacordado. Nesse momento, amarrei-o numa coluna da casa.

Voltei a procurar na pequena biblioteca, que ficou um tanto desarrumada pela briga, mas precisava procurar nos livros alguma pista. Pela experiência que tive no passado com Dr. Hekler sobre a Bella Donna iniciei a busca nos livros de botânica. Vai que essa tal de Erythroxylum fosse alguma planta ou animal ou inseto ou sei lá o que.

140

– Vamos Hekler, me ajude – pensava alto naquela inteligência que estava longe de mim.

Após uma hora de consulta aos livros, o capanga de Zorgreen começou a balbuciar algumas palavras que não entendia.

– O carregamento foi adiado. Você perdeu!

– O que você disse imbecil?!

– A morte do doutor fez tomarmos mais cautela. Agora, o poderoso Zorgreen dominará o mundo. Seu esforço rapaz, foi em vão. Vamos transportar a droga de qualquer jeito.

– Droga?

– Ok! Ok!

Voltei a procurar alguns livros que falavam sobre poções perigosas. Num pequeno livro, intitulado Compostos de Madagascar, procurava a palavra maldita, até que na página 47 o capítulo era chamado de Erythroxylum Coca[51].

Na hora não associei o nome àquela experiência com o rato gordo que Dr. Hekler fez com as folhas de Coca, não estava acostumado com o termo.

– O que é A6177? – perguntei ao bandido.

– Você não sabe? Pergunte ao Dr. Ville. – a risada daquele homem me fez ter tanta raiva que comecei a bater fortemente em seu rosto e a gritar.

– Fale! Fale, bandido! Fale, seu escroto! – e socava mais ainda seu rosto. O sangue já começava a se espalhar pelo chão, até que...

– Rio...Ri...o! – ele desabou no chão, mesmo amarrado. Estava definitivamente desacordado.

– Rio? O código A6177 era o nome de um Rio? Não pode ser. Não faz sentido.

Levei o livreto comigo e saí daquele lugar de lembranças científicas preocupado em encontrar mais capangas da morte. Na' rua, olhava para todos os lados tentando vigiar meu caminho contra alguma ameaça e me dirigi para a Biblioteca da Cidade de Bradford.

Nessa época, conforme a necessidade, precisava testar alguns limites dos meus poderes e a Biblioteca da Cidade de Bradford ficava bem longe

---

[51] Erythroxylum Coca – planta da Família das Erythroxylaceae, é originária da Bolívia e Peru e considerada sagrada pelos povos andinos. É através de suas folhas que é obtido o alcalóide conhecido como "Cocaína", que promove diversos efeitos tóxicos.

da casa do Dr. Ville. Comecei então a correr e sabia que minha velocidade era maior que a média dos jovens da minha idade, porém, não cansava. A Biblioteca ficava próximo ao futuro Centenary Square, que já possuía uma bela vista desenhada pela natureza. Desacelerando a corrida, continuei caminhando pela Rua Aldermanbury, peguei o pequeno livro no bolso da minha jaqueta e pude observar possuir uma anotação exatamente da palavra Erythroxylum Coca na parte superior da página seguinte que dizia: *"Mentis effectus potest includere damnum contactus cum de rem"*.

A Biblioteca abria sempre às 09:00 h e chegando diante da entrada, dei mais uma olhada para fora, imaginando que pudesse ter sido seguido.

A seção de Mapas Geográficos da Região de West Yorkshire era enorme e precisava de ajuda com a informação, tinha que descobrir um rio que possuía um número. A Bibliotecária era uma mulher muito bonita, simpática e encantava com o belo sorriso; com cabelos longos, lisos e loiros, estava com uma cor da maçã do rosto e dos lábios levemente diferente, um vermelho incomum.

– Tudo bem, Sra. Palmer? – li numa pequena placa de madeira na sua mesa "Katlna Palmer".

– Pois não, meu jovem? Em que posso te ajudar?

– Preciso de mapas dos rios da região de West Yorkshire.

– Ah sim! Venha comigo até a seção 7–B, vamos pegar um livro com todos os rios mapeados.

Passamos por 6 fileiras enormes de comprimento e, chegando na seção 7–B, fomos até próximo do final do corredor. Com uma habilidade incrível, Sra. Palmer tirou, da prateleira com a letra R, o livro de mapas River and Maps de um famoso geólogo da região chamado Neequan Rukzer.

– Esse é o livro mais completo dessa biblioteca. Você procura especificamente por qual rio?

– Ainda não sei, na verdade, só sei o seu código: A6177.

– A6177? Não me parece código de rio, mas sim coordenadas de alguma rodovia ou rua da região de West Yorkshire. Vai ser outro sistema de localização nos mapas. Em alguns mapas desse livro, já consta essa indicação. É só procurar.

A Sra. Palmer havia me entregado um tesouro de informação, talvez fosse a indicação de uma rua que desembocasse num rio, ou a indicação de uma placa esclarecedora, ou ainda o endereço de um armazém. Precisava procurar.

O Livro de Rukzer era extremamente detalhado, possuía desenhos do mapa completo da região de West Yorkshire, as páginas seguintes eram o detalhe de cada cidade. Fui diretamente na página da cidade de Bradford, de onde a droga sairia.

No mapa, Bradford[52] aparecia ainda como um pequeno bairro em crescimento, surgido em 1847, estava distante 8,6 milhas a oeste de Leeds e se transformara num grande aglomerado de ruas, casas e fábricas, porém, não conseguia identificar nenhum número relacionado a A6177.

Sra. Palmer precisaria me ajudar novamente. Fui até sua mesa com os dois livros na mão e, de maneira cautelosa, perguntei se ela poderia me dar uma orientação.

— Sra. Palmer? Poderia me ajudar com os mapas do livro de Rutzer? Abri as seções da cidade de Bradford, mas não vejo nenhuma referência sobre o código A6177.

— Deixe-me ver. — Alguns minutos se passaram e aqueles olhos verdes não tiraram a visão do mapa, como mágica a Sra. Palmer pegou um papel bem fino.

— Como é o seu nome, meu jovem?

— Pode me chamar de Bat.

— Ok, Bat. Vamos desenhar o centro de Bradford e os arredores externos e vamos compará-los com o livro de rotas rodoviárias.

Fomos a seção 7–B novamente e, com a destreza de bibliotecária, ela localizou, já no começo do corredor, um livro intitulado Rotas das Terras de West Yorkshire, do autor Hatnee Kwerzig, um jovem desenhista alemão, cujo trabalho no desenho de rotas da Europa era precursor.

O desenho feito por ela foi colocado sobre a página das rotas do centro, onde indicava a cidade de Bradford, e então pudemos ver uma circunferência um pouco deformada sobre a cidade, com o código A6177.

— Meu jovem, aqui está. Possivelmente será o número de uma rota que circunda o centro de Bradford.

---

[52] Bradford produziria um outro grande cientista, Edward Appleton (1892-1965), descobridor das camadas de partículas carregadas existentes na parte superior da atmosfera, hoje conhecida como Ionosfera.

– E isso significa o que?

– Olhe por cima do desenho sobreposto, essa é uma rota na qual uma das saídas.... deixe-me ver.... termina no Rio Aire.

– Então é isso! – estava eufórico – Sra. Palmer, qual seria a rota aquática até o Rio Aire?

– Vamos ver nos mapas, a origem é essa ponta da Rota A6177... teríamos que seguir algumas milhas pelo Canal Road, até... a entrada subterrânea do Rio Bradford Beck, paralelo a Valley Road nesse ponto, está vendo? – com toda a atenção ela indicava os pontos, usando um tipo de marcador – Os próximos marcos estão aqui: cruzamento com a Gaisby Lane, Poplar Road em seguida, B6149 Briggate, bem aqui, Estrada A657 Saltaire para Bramley, até chegar ao Canal Leeds Liverpool, já em Shipley. Bem, não sei porquê você tem tanto interesse em saber sobre Bradford Beck, afinal é um Rio muito poluído e quase inavegável para barcos, por ter alguns trechos subterrâneos.

Tentei desviar a resposta com outra pergunta:

– E qual é a sequência dos rios e suas fozes? – não tive muita oportunidade de estudar essa ciência maravilhosa chamada Geografia. No entanto, parecia ser a especialidade da Sra. Palmer.

– A foz do Rio Aire é em... Airmyn, com o Rio Ouse, bem aqui, está vendo? Esse por sua vez faz um encontro com o Rio Trent, nas proximidades da aldeia de Faxfleet, no East Riding of Yorkhire, formando o Rio Humber, que é finalmente o estuário na costa leste do norte da Inglaterra. Daí em diante é o Mar do Norte.

Pensava comigo que essa era a estratégia do transporte da droga: pelos rios até o mar. Pensava em como interceptar e prender em flagrante essa gangue maldita.

– Sra. Palmer, não tem ideia de como me ajudou. Muito obrigado por essa aula de geografia. Essa vai ser uma ciência que ainda pretendo dominar em minha vida.

– Ok. Foi bom te ajudar, mas fique longe daquele rio contaminado – e saiu em direção à sua mesa.

Um enigma já havia descoberto, agora precisava entender o que era *"Mentis effectus potest includere damnum contactus cum de rem"* e o produto Erythroxylum Coca. O livro do Dr. Ville tinha um capítulo das inúmeras plantas do mundo intituladas Plantas Notáveis e incluía a *Cannabis Sativa*, a *Acácia Glomera* (conhecida como Espinheiro Preto), a *Catharanthus Roseus* (ou Vinca-de-Madagascar), a *Turbina Corymbosa* (ou Christmasvine, ou Ololiuhqui na língua Nahuatl dos Astecas), a *Psychotria Viridis* (ou Chacrona), a *Argyreia Nervosa* (conhecida como Rosa-de-Madeira), a *Banisteriopsis Caapi* (ou Ayahuasca) e por último estava a *Erythroxylum Coca* (ou simplesmente Coca). O livro destacava a toxicidade de cada planta, assim como seu poder alucinógeno e efeitos venenosos contra o organismo humano; algumas tinham referências inclusive de substâncias curativas. Segundo aquele pequeno livro, a Coca é uma planta nativa dos países andinos da América do Sul, com propriedades diversas, indo desde um efeito anestésico local até um poderoso estimulante, que ajuda a aliviar os sintomas decorrentes das grandes altitudes daqueles países.

O destaque da página que era circundada e destacada pela frase em latim, fazia um alerta sobre o consumo dessa substância: a Erythroxylum Coca, quando consumida em excesso em experiências da alquimia, fez com que o coração das cobaias entrasse em aceleração, com aumento de pressão arterial e pupila dilatada. A respiração das cobaias apresentava alteração no consumo de oxigênio, mas a capacidade de captá-lo, parecia diminuir. A planta possui uma substância que causa pré-disposição a ataque cardíaco e seu uso frequente, conforme conclusões do acompanhamento de cobaias em laboratórios da Suécia e Dinamarca, provocam dores musculares, náuseas, calafrios e perda de apetite.

Se Zorgreen espalhasse essa droga pelo mundo, muitas mortes ocorreriam, concluí. Faltava traduzir a frase em latim, que talvez fosse um alerta do Dr. Ville para a humanidade. Fui novamente ao encontro da Sra. Palmer, que me indicou um livro de palavras em latim. Após algumas horas dentro da Biblioteca, o alerta do cientista fora traduzido:

"Efeitos mentais podem incluir a perda de contato com a realidade."

Ele sabia do efeito destruidor da Coca. Só não teve tempo de combatê-la.

Saí da biblioteca perturbado com a informação de que a droga chamada Coca seria transportada pelas águas dos rios da Inglaterra até o Mar do Norte e depois sabe-se lá para qual lugar seria entregue; talvez Londres, ou Amsterdã, ou Bruges, ou França, por Calais. Era um insulto a tradição, a cultura, a sociedade de bem, ao futuro do país. Precisava voltar para casa e traçar um plano de contra-ataque.

A corrida até em casa foi absolutamente cuidadosa, fazendo outro caminho pelas ruas de Bradford. Jamais me perdoaria se acontecesse algo com meu pai ou meu irmão. Antes de entrar, certifiquei-me de que não havia sido seguido.

— Alguém em casa?

— Estamos aqui, Bat, na cozinha — me sentia seguro perto do meu pai e do meu irmão. Um alívio confortante foi o que senti naquela hora, a tensão diminuira.

— E então meu jovem rapaz, já pode me contar o que lhe aflige? — solicitou quase como uma ordem o inquieto militar.

— Pai, tenho medo do que possa acontecer com você e com Sam. É muito perigoso o que tenho para contar.

— Se não me contar, não poderei te ajudar.

— Tem a ver com Zorgreen, pai! — interpelou decidido Sam, o implacável.

— Me conte tudo que sabe, Bat. Se me contar seu segredo, revelo a você a solução que precisa.

Detalhadamente iniciei contando para eles o que aconteceu com o laboratório do Dr. Hekler alguns anos atrás, falei da minha infiltração nas Indústrias de Zorgreen, seguido de toda a história da possível distribuição da droga, Dr. Ville e seu assassinato, os códigos e a pesquisa na biblioteca.

— Precisamos fazer alguma coisa Coronel, senão estaremos sendo coniventes com a morte de milhares de pessoas. Precisamos elaborar um plano de contra-ataque.

— Precisamos reclamar nossa Terra Sagrada.

CAPÍTULO 11

"Não se aproxime. Tire as sandálias dos pés,
pois o lugar em que você está é Terra Santa."
Êxodo 3:5

OS DEUSES RECLAMAM A TERRA SAGRADA

(Post Capitulum 8)

Estava diante de uma situação incontrolável, o clima de umidade, semi-escuridão e violentos gritos de criaturas grotescas, que mal conseguia compreender, nos impedia de pensar em uma saída.

— Akbar, não tem a menor chance desse menino franzino Maliki derrotar as duas criaturas, nem se consumisse uma tonelada do mineral, que também mal entendo o funcionamento no corpo humano. Como sairemos dessa situação, a cada minuto que passa, os gritos violentos aumentam e, observe, começaram a bater contra as rochas. Imagina uma pancada com essa intensidade contra sua cabeça?

— Badawi, esse é o momento em que o menino vira homem, todo homem tem o poder da transformação, para o bem ou para o mal. A decisão é única. É do homem, é do bem comum, é do que ele acredita e Maliki foi escolhido com um propósito nobre, que irá salvar a Tribo Tajamali pelos próximos anos, contra qualquer inimigo. Sempre foi assim, de geração em geração, o pai passa para o filho o que sabe e o filho reconhece a autoridade do conhecimento e se alegra por sua importância interior, na família e na Tribo e percebe o grande valor do ser humano. Esse menino franzino, Maliki, aceitou a missão de bom grado e sabe exatamente o que fazer.

— Maliki, chegou a hora da renúncia, de cumprir o seu propósito. Chegou a hora da coragem recusar o medo. Chegou o momento de amplificar sua alma.

— Renúncia? Como assim, Akbar? Aqui ninguém vai se sacrificar não. Vamos sair disso juntos.

— Você não entende, Badawi. Esse é o legado de Maliki. Ele já sabia da missão antes de vir. O que vai acontecer com ele será algo extraordinário.

— Não, Akbar! — já estava me desesperando ao olhar o menino medroso de inspiradora coragem.

— Badawi, não se preocupe comigo. Conheço minha importância, conheço o desejo da minha alma. O medo está indo embora. Irei encontrar os meus ancestrais, trarei paz para a Tribo, serei sua proteção.

— Como assim? Proteção? O que você vai fazer menino? — não estava entendendo o tal sacrifício ou renúncia.

Nesse momento, diante dos gritos monstruosos de Jitujeusi, Maliki saiu correndo na direção de saída do platô, deixando a sacola de Pongwa no chão.

— Maliki, não! — tentei correr, mas não poderia deixar Pongwa e Akbar para trás.

— Vamos, Akbar! Vamos atrás de Maliki, rápido! Vamos mais rápido, Akbar!

Peguei a sacola de Pongwa que Maliki havia deixado e fomos para a saída do platô. Os gritos monstruosos haviam parado de repente.

As sacolas estavam pesadas, estranhamente a densidade do mineral parecia alterar naquela caverna.

Chegamos após alguns minutos na pedra de entrada e Maliki não estava por perto. Akbar foi o primeiro a subir, as sacolas foram posicionadas lentamente com a minha ajuda e, logo em seguida, subi naquela pedra de segurança.

Diante de meus olhos, um menino poderoso dominando as criaturas, Maliki fazia um som insólito, único, soprando ar contra as próprias mãos, fazendo com que aquelas feras da natureza ficassem inertes. Naquele silêncio da caverna, somente a respiração forte e aflitiva daqueles monstros se podia ouvir. Maliki mostrou-nos a direção de saída da caverna, movendo a cabeça e indicando o caminho correto, que antes estava bloqueado pelos corpos escamosos de Jitujeusi.

– Badawi, mantenha o silêncio. Não faça nenhum movimento brusco – disse em voz baixa Akbar.

Descemos com cuidado da pedra de entrada e fomos cuidadosamente pelo caminho indicado por Maliki. Não parava de pensar sobre o destino final daquele menino salvador. Maliki, um menino desmedrado, salvou a vida de dois homens.

No caminho, ajustei a entrada de luz nos meus olhos para que não pisasse em nenhum buraco de armadilha e seguisse pelo caminho correto até o rio subterrâneo. Sem isso, teria sido quase impossível sair daquela caverna. Lembrei imediatamente que havia mais um Jitujeusi que estava nos esperando mais adiante. Akbar segurava a manga da minha camisa, pois a escuridão parecia estar diferente de quando entramos. A caverna era fisicamente anormal, nunca havia presenciado tão impossível ótica. Avançamos vários metros no caminho e, em determinado momento, a escuridão alterou novamente sua intensidade, dificultando a velocidade de nossa caminhada. Paramos por um instante, para que pudesse ajustar novamente a entrada de luz em meus olhos. Nessa hora, pude ouvir a respiração raivosa de uma criatura, alguns metros à frente, que fazia um determinado som característico com a boca, parecendo se comunicar.

– Badawi, estou muito cansado. Podemos parar? Meus pés estão doendo.

– Ok, Akbar. Se apoie aqui nessa rocha.

– Minha sacola está muito pesada. Não consigo mais carregá-la.

A caverna deveria possuir alguma anormalidade gravitacional, pois a quantidade de Pongwa nas sacolas não era de muitos minerais, porém, à medida que nos afastávamos do platô, a densidade parecia aumentar.

As sacolas estavam pesadas.

Nessa euforia provocada, o corte na perna era insignificante.

– Akbar, como passaremos pelo último Jitujeusi?

– Badawi, nas vezes em que vim com os Guerreiros da Guarda Real, nunca enfrentamos esse monstro diretamente. Quando aparecia, mostrava todo seu poder, com gritos estridentes, bater de punhos contra as rochas, mas nos observava de longe, permitia que levássemos Pongwa para a Tribo. Agora são três criaturas, não sei como fazer... Não tenho nenhuma ideia. Estou apavorado, na verdade.

— O que aconteceu com Maliki?

— Tenho ideia do que aconteceu... Segundo a lenda, Maliki foi o escolhido, o que aconteceu com ele foi uma...

Nesse momento, Jitujeusi estava mais perto e os gritos da horrenda criatura fizeram Akbar se levantar com um pulo, reagindo ao aumento de sua adrenalina. A criatura chegaria onde estávamos parados e não tínhamos como voltar. Como enfrentar uma criatura tão poderosa e tão inteligente? A natureza parecia proteger seus tesouros e que Pongwa não deveria sair daquela caverna. Talvez fosse a dizimação futura da Tribo Tajamali. Akbar estava exausto, paralisado. As sacolas estavam no chão. Jitujeusi não seria piedoso.

Precisava tomar uma decisão drástica diante de tantos pensamentos. Olhando ao redor de onde estávamos na caverna, pude perceber que as paredes estavam cobertas com uma grande quantidade de líquen fruticoso, formado, talvez, pela umidade natural da caverna e da entrada intermitente de luz solar e que podíamos nos camuflar, assim como os Lagópodes de Hekler.

— Akbar, tive uma ideia. Vamos até aquela parede, onde está aquele pequeno facho de luz solar. Se nos cobrirmos com esse líquen e ficarmos grudados na parede, talvez, passemos despercebidos por Jitujeusi. Pode dar certo essa camuflagem, inclusive por ter esse cheiro característico de mofo, pode disfarçar o nosso medo.

Inundamos rapidamente nossos corpos com aquele material orgânico fedorento e ficamos grudados como moscas naquela teia de líquen.

— Akbar, o monstro está se aproximando! Não faça nenhum barulho e nenhum movimento suspeito. Quando estiver passando por você, respire lentamente e feche os seus olhos.

Nunca havia visto tanto medo no olhar de um homem e quase pensei que Akbar fosse desmaiar. Ouvíamos os barulhos de um caminhar pesado e lento, um som característico de um rastejar fúnebre, um ruído ofegante de respiração forçada e de repente, uma criatura descomunal novamente à nossa frente.

Os gritos de Jitujeusi recomeçaram e um movimento com as poderosas mandíbulas imitava um alarido cifrado, como uma sequência de sons agudos e contínuos graves, numa sequência inteligente. Jitujeusi estava se comunicando com as outras duas criaturas dentro da caverna. Após segundos eternos, nenhum som emanava do fundo da caverna. Jitujeusi moveu mais um pouco seu corpo pesado, saindo da frente de Akbar e entrando caverna adentro. Seu rastejar era realmente bem estranho, não eram nem pernas, nem tentáculos, nem ao mesmo o rastejar natural de serpente, fazia um som diferente. Excêntrico.

Naquele momento, segurei firmemente o braço de Akbar e peguei as duas sacolas, que estavam mais leves após a passagem do monstro e saímos correndo para fora da caverna. Precisávamos chegar até o rio subterrâneo e nos lavar em água limpa, para retirar os líquens que nos salvaram da morte destruidora do monstro.

— Vamos, Akbar! Consegue andar? — falava quase sussurrando.

Caminhamos vários metros, porém numa voz quase desfalecida, Akbar tomou uma decisão no desespero:

— Badawi, estou extremamente cansado. Me deixe aqui, leve os minerais para a Tribo.

De repente, Akbar caiu no chão, desacordado.

— Akbar! Akbar! — estava tenso em uma situação inédita, preso numa caverna subterrânea, cheia de monstros, quase morto, precisando levar vida e esperança para uma Tribo africana, com meu melhor amigo desmaiado no chão, não sabia o que fazer.

Ouvi o rastejar dos Jitujeusi cada vez mais próximo de nós, olhei para trás e pude enxergar as sombras daqueles que iriam devorar Akbar e eu. Akbar não reagia, apesar de estar respirando, num movimento brusco, segurei meu amigo e coloquei-o no ombro esquerdo. As sacolas estavam a tiracolo e precisava nos tirar daquele inferno ruidoso.

Caminhava com dificuldade e ajustava as forças no braço e no ombro esquerdo e os olhos à entrada de pouca luz para não nos perder do caminho. Ouvia muito próximo o rastejar, agora rápido, das criaturas; naquela velocidade, certamente iriam nos alcançar logo. Numa distração com os gritos das criaturas e o peso dos minerais, que à medida que as criaturas se aproximavam de nós, mais pesadas ficavam as sacolas, meu pé direito virou em um desnível do solo e fomos para o chão, num movimento quase que mortal. Akbar caiu e feriu o rosto contra o chão, alguns minerais Pongwa se dispersaram das sacolas. Jitujeusi, impiedoso estava quase na mesma área de caverna que nós e não haveria mais líquen para nos disfarçar. Peguei o máximo que pude de Pongwa que caíram no chão escuro da caverna, posicionei novamente Akbar em meu ombro, dessa vez no direito, e, naquele momento, assustadoramente Jitujeusi estava no mesmo plano que nós. Notei que um deles possuía uma coloração mais viva, nova e não fazia aqueles gritos estridentes.

Estava muito cansado pela caminhada, pela queda no rio subterrâneo, pela caverna escura, pelo peso dos minerais e Akbar desacordado, porém tinha a missão de não decepcionar uma Tribo inteira, que precisava de mim mais do que nunca naquele momento.

Comecei num movimento lento, que fez o gigante monstro chegar mais perto de nós e comecei a caminhar naquela semipenumbra, precisando ganhar maior velocidade. O ritmo de meu caminhar aumentara, mas estava quase sendo alcançado pelo Jitujeusi mais raivoso, que não parava de gritar aquele som gutural e que, de repente, começou a lançar pedaços de estalactites que pegava do teto da caverna contra nós. As lascas de pedra que explodiam contra as paredes da caverna, acertavam com violência meu corpo e me fazia desequilibrar e quase cair novamente. Estava quase chegando às fronteiras do rio subterrâneo, porém, como aquele dardo certeiro que atingiu a Rainha Kioni tempos atrás, um pedaço de estalactite atingiu fortemente minha nuca. Caímos desequilibrados sobre as águas que nos levaram longe do monstro por uma correnteza que não estava tão forte quando havíamos chegado e que milagrosamente nos salvaria. A pedra me desacordou por uns instantes e me afundou nas águas. Lentamente submergi e já não sabia se a sacola estava comigo e comecei a procurar desesperadamente Akbar.

– Akbar!... Akbar!

Um silêncio mórbido e um barulho de água corrente ocupava aquela parte escura da caverna e não conseguia ajustar a entrada de luz, pois não havia luz.

– Akbar!... Akbar!

Nada. Somente movimento. Nessa hora pude sentir a sacola no meu pescoço, mas não conseguia identificar se haviam minerais Pongwa.

– Akbar!

Um ponto de luz apontava logo à frente. "Seria a saída da caverna?" pensei com esperança, eu acho. A saída daquela penumbra era quase uma cachoeira, um desnível de uns 10 metros fez meu corpo cair num lago enorme, coberto por uma flora inimaginável, com uma diversidade de árvores que nunca havia se quer imaginado. Consegui nadar até uma das margens. Akbar não estava lá.

– Akbar! – gritava aquele nome na esperança de que ele tivesse saído daquela crítica situação.

Minutos se passaram e não via mais ninguém naquelas terras, somente aves coloridas, macacos velozes e um bicho-preguiça que parecia não parar de me olhar. Precisava voltar e entregar para a tribo os minerais. Já estava de costas para o rio, indo em direção à floresta, quando, milagrosamente, ouvi com a super audição a queda de alguma coisa no lago. Akbar despencara e começou a se afogar. Num movimento rápido, mergulhei naquele lago límpido e resgatei seu corpo desfalecido. Akbar tinha se afogado e seu coração não dava nem um sinal de batimento, sua respiração o tinha deixado.

– Akbar! Hoje você não vai morrer, meu amigo! Hoje você não vai morrer!

Iniciei todos os procedimentos que aprendera da medicina e comecei a reanimação cardiopulmonar em Akbar. Minutos incansáveis se passaram e Akbar não reagia.

– Vamos Akbar! Acorde! Vamos amigo, retorne! Não desista! Akbar! Akbar! Vamos! Não vou desistir de você! Respire! Vamos! – Comecei a dar violentas pancadas, com as mãos unidas, contra o peito daquele homem inanimado desesperadamente.

– VAMOS AKBAR, ACORDE! – gritei copiosamente.

Lentamente percebia a vontade de retornar daquele cientista das selvas. As massagens cardíacas e o insuflamento de ar nos pulmões estavam dando certo, Akbar, num reflexo natural, tentava expulsar a água contida em seu corpo, nos seus pulmões.

– COF! COF! COF! – uma tosse incontida e um vômito claro expulsavam a água tão necessária, que no lugar e na quantidade errada, mataria Akbar.

— Respire lentamente, meu amigo. Isso! Lentamente... Lentamente... Descanse, vamos ficar aqui pelas próximas horas. Só iremos embora no momento em que se sentir melhor.

A noite logo chegaria e precisava encontrar um lugar para proteger Akbar, ele estava muito fraco para andar. Passamos aquela noite debaixo de três árvores que estavam muito próximas umas das outras, formando um triângulo quase equilátero, Akbar e eu permanecemos em seu incentro[53]. Durante algumas horas, Akbar ficou deitado sobre umas folhagens que preparei como um descansador natural improvisado, permanecia num sono restaurador e frequentemente checava os seus batimentos cardíacos. Precisava descansar, pois logo pela manhã retornaríamos para a Tribo. Adormeci.

— Badawi! Vamos, já é dia! Precisamos retornar para a Tribo e levar as novidades. Vamos embora!

— Ahn... o quê? Akbar? — levantei rapidamente e não acreditava no que estava vendo.

Akbar me disse que durante a noite, enquanto estava dormindo, o menino Maliki, transformado, o alimentara com uma porção controlada de Pongwa. A cor daquele pó de Pongwa era rosáceo e diferente do que havíamos levado da caverna, que era mais perolizado.

— O que está acontecendo aqui?

Maliki estava muito mais alto do que aquele menino que enfrentara bravamente aquelas criaturas. Sua pele estava alterando a cor, a espessura e a textura, era algo realmente extraordinário. Maliki seria um novo Jitujeusi. Não falava mais com Akbar, apenas gesticulava com os braços musculosos que cresciam vertiginosamente. Estava se transformando no protetor da floresta e do Pongwa. Esse era o seu legado, sua missão.

— Badawi, não faça nenhum movimento brusco. Jitujeusi entra em posição de contra-ataque por qualquer interpretação de ataque. Ele sempre contra-atacará. Não pergunte sobre Maliki, ele já não existe mais. Precisamos seguir em frente e deixar a natureza cuidar de suas necessidades.

— Quantas pérolas do mineral milagroso sobraram na única sacola que estava com você? A outra sumiu.

---

[53] O Incentro é o ponto em que as três bissetrizes de um triângulo se cruzam, e fica à mesma distância de todos os seus lados.

– Akbar, temos 12 pérolas.

– Só restou isso? Não será suficiente para os próximos 5 anos. A Guarda Real precisará de mais Pongwa, senão a nossa Tribo sucumbirá à maldade dos Guerreiros de Fogo.

Jitujeusi se afastou rapidamente, foi até o lago e deu um mergulho profundo. Após incontáveis minutos, a criatura surge das profundezas, levantando muita água, mostrando todo seu poder. Veio em direção a Akbar, ergueu a sacola perdida lentamente e a entregou-lhe. Pensava se Jitujeusi tinha consciência e se sabia da real necessidade da Tribo. Akbar já não demonstrava nenhum medo, pois sabia que Maliki nunca iria machucá-lo naquele momento de transformação. Eu estava a uns 12 metros longe daquele encontro, conforme orientação de Akbar, e olhava admirado uma criatura de 3 metros de altura, entregando uma sacola cheia de remédios para um pequeno homem, na altura, mas de grande importância na vida de uma Tribo inteira. Parecia que a criatura se curvava diante do poder daquele homem. Imaginei que o grande poder de Akbar, naquele momento, fosse sua dignidade. Em obediência à natureza, ele ergueu os dois braços para cima, em direção ao sol e lentamente fechava-os, unindo as mãos e em sinal de reverência a Maliki já transformado; agradeceu, se curvando, diante daquele poder natural.

Nessa paisagem inacreditável, via surgindo da água mais dois Jitujeusi, imaginei que um deles havia morrido e cumprido sua missão, sendo substituído por Maliki. Quem sabe se o que Maliki havia falado para duas criaturas dentro da caverna era uma oração, ou um rito de passagem, ou, quem sabe, uma linguagem que fazia parte dessa transformação de substituição.

– *Ila kanuni yake ya ulinzi iwe kwa asili isiyo na uharibifu wa mwanadamu.*[54]

– Akbar, precisamos ir agora!

– Certo Badawi, vamos agora!

Akbar falara em sua língua natal, o Swahili raiz, para um Jitujeusi jovem, que tinha como missão, a proteção da natureza. Aquela fotografia nunca mais saiu da minha mente: três colossais criaturas protetoras da natureza, mergulhando lentamente no lago, sumindo de nossas vidas e Akbar olhando

---

[54] "Que o seu princípio de proteção seja para uma natureza livre da destruição humana."

para trás, numa mistura de agradecimento e saudade. Tentando disfarçar, pude ver uma gota de lágrima nos olhos do cientista da Tribo.

Continuamos a viagem de volta à Tribo, sem Maliki, com 39 pérolas Pongwa, cansados, feridos, mas com uma esperança maior do que todos os Jitujeusi juntos. Precisávamos voltar para a Tribo, para o final da festa de Mukantagara. Durante a caminhada, pensava que éramos alvos fáceis, com o tesouro de pérolas em nossas mãos, e podíamos ser surpreendidos pelos Guerreiros de Fogo.

— Akbar, como saberemos se durante a nossa caminhada não seremos atacados novamente?

— Temos a proteção de Jitujeusi. Ele garantirá que cheguemos até a Tribo, salvos da guerra.

— E como sabe disso?

— Porque antes de irmos embora eu disse para Maliki... Além disso, Badawi, eu tenho você.

Chegamos na Tribo após horas de caminhada. Estávamos fracos e desidratados. Um Guerreiro da Guarda Real anunciava nossa chegada, tocando uma clava feita de tronco oco de árvore, completamente desenhada, que fazia um som grave e contínuo. Naquele momento, o pai de Maliki saiu rapidamente do local de ensino de batalha e com a dificuldade no andar foi nos encontrar:

— Akbar, onde está meu filho, Maliki? Ele conseguiu cumprir a missão? Onde ele está?

Me afastei daquela comovente conversa e fiquei logo à frente, embaixo da sombra de um casebre. Jauhar veio imediatamente me abraçar. O menino agora tinha uma nova mãe.

Observava Akbar contar ao pai de Maliki que ele havia sim cumprido a missão com a própria vida e que não voltaria mais à Tribo, contou que se transformara em Jitujeusi.

O pai de Maliki caiu de joelhos no chão e Akbar abraçou forte aquele pai emocionado, que mesmo desolado, sentia orgulho do filho, que salvara dois homens da morte certa, diante da própria natureza.

Fomos entregar o Pongwa para a Rainha da Tribo Tajamali. Akbar estava segurando uma sacola e eu a outra, cheias do mineral.

– Badawi, nós estamos representando Maliki, que agora não é apenas protetor da Tribo, é protetor da natureza africana. Vamos até Kioni contar como foi essa aventura.

O terceiro dia enfim terminara e a Festa de Mukantagara estaria, daqui pra frente, anunciando os cinco maiores guerreiros que entrariam para a cobiçada Guarda Real.

A festa de encerramento da colheita daquele ano foi marcada pela fortaleza de um povo que almejava somente a Paz; da coragem de um menino que se transformara num herói da natureza; de um cientista em busca de conhecimento; de um visitante acolhido por uma Tribo Africana e de uma Rainha que amava sua Tribo mais do que sua própria vida.

A festa seria daqui à algumas horas, durante a nossa chegada, pude observar a preparação da fogueira, do palanque improvisado onde a Rainha iria falar, permanecer sentada em um trono carecente, na posição dos atabaques e onde seria anunciada a nova Guarda Real.

Após a reunião com Kioni, Suhaila, Adeleke, Nangwaya e Akbar, fomos até o casebre de Akbar fazer os devidos curativos em seu corpo. Ele estava muito ferido e ainda muito exausto, dificilmente conseguiria participar do encerramento da festa. Talvez o efeito do mineral em seu corpo já tivesse passado. Precisava se hidratar e se alimentar, recomendei descanso absoluto, até se recuperar. Fui para meu casebre temporário. Foi um dia de muitas vitórias, assim como aquele dia inesquecível das Indústrias Zorgreen. Lutas, perdas e vitórias.

158

CAPÍTULO 12

"Que maravilha é ninguém precisar esperar um único momento para melhorar o mundo."
Anne Frank *(Annelies Marie Frank foi uma adolescente alemã de origem judaica, vítima do Holocausto)*

A DESTRUIÇÃO DE ZORGREEN

(Post Capitulum 10)

(Parte Final)

Não conhecia pessoa mais patriota que o Coronel Nob Underhill Brandybuck, meu pai.

Após escutar toda a história de Zorgreen, permaneceu por alguns momentos em silêncio e, entre olhares, Sam e eu pudemos nos sentir orgulhosos, um homem cujos princípios nos inspiravam sobre honra e patriotismo.

— Sim, Bat, já temos um plano de ataque.

— Como assim, Coronel?

— Estamos vigiando os passos desse facínora há muito tempo. Só não tínhamos uma maneira de pegá-lo em fragrante. Você nos deu o caminho.

— Estamos vigiando? Do que você está falando?

— É, pai, conte-nos tudo o que sabe — falou Sam, curioso pela revelação.

— Bem, rapazes... o exército me deu inúmeras habilidades e agora trabalho para uma Agência de Segurança do Reino Unido da Grã-Bretanha e Irlanda. Minha especialidade é manter a ordem na região de West Yorkshire contra qualquer ameaça e, para isso, tenho uma equipe de especialistas no combate ao terrorismo; para a nação, tráfico de drogas é considerado terrorismo. A destruição de vidas por meio dos efeitos alucinógenos da Coca deve ser combatida. Vamos declarar guerra!

– GUERRA? – curiosamente falamos juntos, Sam e eu.

– E como faremos isso?

– Diante das suas informações, vamos iniciar uma investigação sobre o sumiço do Dr. Ville.

– Não, Coronel, se iniciar pela investigação do Dr. Ville, poderão alterar a rota da droga, ou adiar o embarque, ou até mesmo cancelar esse carregamento e, assim, voltamos para a estaca zero: sem drogas, sem rota, sem Zorgreen.

– E o que sugere?

– Tenho um plano, na verdade iniciado pelo Dr. Ville. Vamos fazer o seguinte...

Passamos aquela noite, arquitetando um plano de contra-ataque contra a Coca, até ouvirmos várias janelas da casa sendo quebradas ao mesmo tempo, com um sincronismo mórbido, por algum objeto destruidor e de repente, a casa começou a pegar fogo. Esse era o contra-ataque de Zorgreen contra mim? Estava arriscando a vida do meu pai e do meu irmão nessa corrida contra o terror? Já sabiam da minha ligação com o Dr. Ville?

– O que foi isso? – gritou Sam amedrontado.

– A sala esta pegando fogo... Fogo para todos os lados... A fumaça está sufocante.

Algumas garrafas com algum líquido inflamável foram jogadas contra a casa e um dos estilhaços de vidro e fogo atingiu a perna direita de Sam.

– Aaaii! Está queimando a minha pele. Está pegando fogo na minha roupa.

Joguei Sam imediatamente contra o chão e retirei a minha blusa, tentando apagar o fogo. Sam havia desmaiado pela dor intensa.

– Venha, Bat! Vamos sair daqui pela porta dos fundos.

– Não temos porta dos fundos na casa, pai! – falava em tom de desespero.

A fumaça ocupava rapidamente o recinto. Meu pai já estava ofegante e tossia muito, temia pela vida dos dois.

– Vamos, Bat! Use seus poderes. Agora é a hora de usar a super visão para identificar a saída diante dessa fumaça enegrecida. Vai precisar levar Sam. Vamos, Bat!

– Sim, Senhor!

"Como meu pai sabia de meus poderes?" pensei.

– Tem um alçapão à frente do corredor, embaixo do armário de madeira da sua mãe.

Era uma corrida contra a morte. Carregava meu irmão em um dos ombros e arrastava meu pai, meio cambaleante pelas mãos.

– Siga em frente, Bat. O armário deve estar logo à sua frente.

A fumaça tóxica não me afetava, era filtrada de alguma maneira pelo meu sistema respiratório e uma estranha membrana no olho evitava qualquer tipo de prejuízo para a visão.

Arrastei o armário para o lado com muita dificuldade, estrategicamente, Coronel Brandybuck havia colocado algum peso extra para a difícil locomoção por alguém. Sabia que eu conseguiria num momento de emergência.

– Achei o alçapão.

– Ok... – a voz de meu pai estava falhando... – Abra e desceremos pela escada.

Jamais imaginaria uma estrutura camuflada na minha própria casa. Meu pai desceu primeiro pela escada, em seguida, levei Sam pelos ombros. A escada nos levou a uns 5 metros abaixo da casa e diante dos meus olhos, um túnel de escape iluminado e ventilado, que seria a salvação das nossas vidas.

Apoiei Sam contra a parede.

– Bat, se seguir no túnel, verá uma prateleira. Traga água para Sam.

Lentamente, Sam começou a despertar, reclamando de muita dor no local da queimadura.

– Beba, Sam! Água!

Sam começou novamente a tossir muito e parecia ter falta de ar. Havia um ferimento de queimadura em toda a extensão da coxa direita e um corte profundo.

– Precisamos levar Sam para o hospital.

· – Não! Se os capangas de Zorgreen souberem que saímos vivos dessa, poderão incendiar o hospital. Tenho uma solução: Wiseman Goodchild.

Caminhamos até o final de um túnel comprido, que desembocaria nas galerias de Bradford Beck.

– Espera aí! Olhe ao seu redor, Coronel Nob.

– O quê? Essa é a parte em que o Rio Bradford Beck corre subterrâneo pelo centro da cidade.

E refletindo logicamente sobre o plano de Zorgreen, exclamei:

– É isso, pai! É isso... - e mostrava em volta para o coronel.

– Isso o quê? No que está pensando?

– Não chegamos nessa parte ainda... A droga deve sair de algum ponto e percorrer pelas galerias subterrâneas do Rio Bradford Beck, sem que ninguém veja. A pesquisa que fiz na Biblioteca aponta para essa região camuflada do rio. Ninguém passa por aqui, o cheiro é forte de poluição, o rio está podre.

– Filho, essa sua visão aguçada é de dar medo. Como pode ser tão perspicaz assim?

– Ok. Vamos levar Sam para a casa de Goodchild.

A casa de Goodchild ficava numa área escondida de Bradford, onde eu mesmo passara poucas vezes. Sam, já não aguentava mais a dor da queimadura e estava bastante ofegante. A noite estava fria e uma neblina cobria inteiramente a cidade. Caminhamos até uma pequena floresta em absoluto silêncio e chegamos diante de uma casa grande de dois andares, bem escondida entre as árvores, cercada de altos muros, cujos portões de ferro eram parecidos com os portões do beco de quando eu e o Dr. Ville entramos naquela madrugada desprezível na fábrica assassina. O Coronel Nob pegou um apito que, ao ser assoprado levemente, emitiu um som de alerta quase imperceptível. A porta da casa abriu imediatamente e dois homens vieram ao nosso encontro. Abriram os portões pesados e, carregando Sam com dificuldade, entramos na casa de Goodchild.

O casa tinha uma decoração militar, muito limpa e muito organizada, com inúmeros cômodos, todos fechados com uma porta de aço, pintadas de diferentes cores.

– Rapazes, estamos em Wiseman Goodchild – nos falou o Coronel Nob.

Goodchild não era uma pessoa viva, tratava-se de uma Sociedade Secreta do governo inglês, que monitorava praticamente todo o Reino Unido.

– Soldados, levem o meu filho Sam para a enfermaria.

– O que aconteceu Coronel?

– Fomos atacados pelas Indústrias Zorgreen. Incendiaram minha casa. Meu filho mais velho trabalhava para o Dr. Ville, que fora assassinado. Tentaram uma queima de arquivo. Sorte que preparamos a casa, pois o ataque foi muito violento, com bombas incendiárias. Sem o túnel, estaríamos mortos uma hora dessas.

– Onde está Tharalilas Raspalas?

– Estou aqui, Coronel Nob!!

Tharalilas era uma mulher exótica, impecavelmente uniformizada, pelas insígnias de três estrelas, conclui ser uma Oficial Intermediária,   Capitã.

– Capitã, precisaremos antecipar o contra-ataque. Esse é meu filho Bat, que tem inúmeras informações sobre as Indústrias Zorgreen. Conte tudo que sabe para a Capitã Raspalas, Bat.

– Mas Coronel, não conheço essa Tharalilas. Como posso confiar nela?

– Pode confiar, Bat. Ela salvou minha vida inúmeras vezes nas missões fora do país. Além disso, ela tem um acerto pessoal com Zorgreen, seu irmão mais novo foi vítima de overdose da Coca.

– Ok então, pai.

– Vou contar toda a minha história e como poderemos pegar esse assassino de almas.

Goodchild era um Quartel General inglês disfarçado de ambulatório médico, localizado na periferia de Bradford que atendia a população pobre.

Estávamos naquele ambiente militar já há alguns meses, Sam já estava conseguindo andar, sem nenhuma sequela, porém, a cicatriz da queimadura ficaria para sempre na sua perna. Foi um período em que mais sentimos nosso pai cuidar de nós. Não tínhamos mais a liberdade da nossa casa e a disciplina militar também já era uma rotina para nós. Muitas reuniões aconteciam todos os dias e via meu pai muito empenhado em acabar com o poderio de Zorgreen. A Capitã Raspalas estava sempre atuando nas ordens do coronel. As comunicações entre Goodchild e o governo inglês aconteciam através de um código secreto, que não entendia o formato nem a lógica dos símbolos, sons e letras.

Fazíamos os estudos no próprio Quartel General, com militares que nos informavam sobre física, química, geografia, história e matemática. Foi nessa época, vivendo em meio a doentes da periferia que descobriria sobre o meu respeitado destino: a Medicina.

Durante sete longos meses ficamos aguardando a conclusão da estratégia de guerra contra Zorgreen. Precisava ser uma ação precisa, única, pois durante esse tempo, a popularidade de Zorgreen na sociedade crescera exponencialmente depois que ele abriu um grande hospital na cidade.

Numa tarde qualquer de maio, a Capitã nos chamou para uma conversa direta, sem rodeios, sem piedade:

— Bat, chegou o grande dia! Hoje pegaremos o flagrante da droga – nos avisou, tensa, a Capitã. – Vamos seguir suas informações sobre o transporte via rios da Região de West Yorkshire. A ideia é deixarmos passar a droga pelas galerias de Bradford Beck e efetuarmos a captura no Canal de Leeds e Liverpool. Caso não dê certo, posicionaremos tropas nos pontos de Gill Beck, Harrogate Road e sobre a Ponte de Calverle. Não deixaremos sequer chegar até o Rio Ouse e por isso instalamos um posto avançado permanente em Airmyn.

— E o Coronel Nob? Onde está? Capitã Raspalas faz quase um mês que não conversamos com nosso pai – perguntou Sam, aflito.

— Sam, o Coronel está numa missão em outros países da Europa, alertando sobre esse mal disfarçado de bem: as drogas. Sua missão é criar um comitê internacional que faça o controle de fronteiras nos países europeus, com bases militares avançadas de combate ao tráfico.

— Mas qual é a previsão de retorno ? – perguntei inquieto.

— Bat, não temos essa resposta, perdemos contato com a equipe há três dias, quando estavam na fronteira entre a Bélgica e Holanda. Quando tivermos alguma notícia, te informo pessoalmente. Nesse tempo, aconselho continuarem os estudos pela manhã, e à tarde ajudar no Ambulatório.

— Capitã, você parece bastante tensa. – Sam tinha uma sensibilidade em perceber o exterior das pessoas e em pouco tempo, conseguia descobrir o sentimento interior. Não se conseguia mentir para ele.

– Zorgreen possui um exército de extermínio. Durante esses meses, doze homens morreram tentando descobrir sobre o carregamento das drogas e o próximo carregamento será hoje e não sabemos a repercussão da prisão de Zorgreen na sociedade inglesa.

Fiquei olhando para aquelas duas almas: uma experiente militar, treinada para matar e um menino de dezessete anos, criado sem mãe, de coração puro e que em poucas palavras, conseguiu conquistar novamente a esperança de Raspalas:

– Capitã, somos dois irmãos criados sem mãe, com todas as limitações da vida e de um pai que, apesar de carinhoso e honrado, sempre foi ausente. A vida deve ser suave e feliz e qualquer obstáculo que venha impedir nossos sonhos deve ser derrubado. Temos um problema, um obstáculo, um verme que pode acabar com nossas vidas e é aí que entra o nosso coração: quem não faz parte da solução, é porque faz parte do problema. Quando a nossa vontade nos der a garantia de um futuro extraordinário, ocorrerá a transformação. Nossas melhores atitudes devem ocorrer agora. Portanto, vá para a Guerra e vença. Faça com que na história de Bradford uma guerra contra as drogas seja marcada pela glória.

– Falou e disse Sam – lembro que aplaudi aquelas palavras e pude ver o entusiasmo de Raspalas.

Verdadeiramente concluí: as palavras tem poder.

– Está certo então, rapazes. Vamos fazer nosso trabalho. Vamos libertar a Inglaterra desse mal.

Os tabloides ingleses esporadicamente lançavam alguma notícia sobre as Indústrias Zorgreen, mas nunca falaram nada sobre drogas. O poder da notícia talvez fosse dominada por Zorgreen. Talvez.

Infelizmente, o próximo encontro com Raspalas foi depois de um mês e as notícias iriam mudar a minha vida e a de Sam, novamente:

– Raspalas! – gritou alegremente Sam.

– Está mancando? Está machucada? – Raspalas andava com dificuldade, apoiada por uma muleta.

– Não tenho boas notícias. – A Capitã não floreava as palavras e ia diretamente ao assunto, mesmo que causasse dor.

– O que aconteceu com o Coronel? – gritava eu, imaginando o pior.

– Não sabemos o paradeiro do seu pai. O Coronel Nob desapareceu na fronteira da Bélgica e Holanda e não foi mais visto. Ainda continua desaparecido. Sinto muito.

Nesse momento, Sam recuou alguns passos e sentou no chão, encostado numa parede de acabamento duvidoso, chorou copiosamente.

– Sam...

– E sobre a droga, invadimos todas as Indústrias de Zorgreen e em uma delas, estava lá, a maldita praga. Não encontramos Zorgreen e todos os suspeitos foram presos. Infelizmente, na proteção de suas fábricas pelo seu exército contratado, muitos homens morreram na batalha. Demorei para voltar, pois sofri um acidente em campo, que me custou um pé quebrado e um balaço no ombro.

– Mas não saiu nada nos tabloides de notícias.

– Essa é nossa estratégia, para não gerar tumulto na sociedade.

Pouco a pouco, confortava Sam, que estava ficando mais calmo. O choro copioso o fazia respirar profundamente, porém, o sorriso em seu rosto demoraria um longo tempo a aparecer.

– E quanto ao futuro das Indústrias Zorgreen?

– O Exército inglês invadiu e assumiu o controle, uma nova administração será composta. Não podemos simplesmente destruir o que as Indústrias Zorgreen estão produzindo de bom para a população. Deverá se tornar melhor, expandindo a produção de remédios e não de venenos.

Meu olhar se desviou para o nada naquela hora e lembrei que o melhor administrador para aquela indústria teria sido o Dr. Ville.

– E o facínora, assassino, bandido?

– É uma pena, Bat, mas...

– Então Zorgreen escapou?

– Sim, Bat.

– Merda, merda, merda! – nesse momento a raiva me fez dar um violento soco na parede, que trincou. – Para onde foi aquele canalha? – gritei alto, perdido e consumido pelo meu sentimento de vingança.

– Não sabemos. Não sabemos se a informação das invasões chegou até Zorgreen ou se ele conseguiu escapar por algum caminho secreto durante a invasão. Treze homens morreram na ofensiva, três soldados. O restante do exército contratado por Zorgreen se rendeu e foi preso.

– Raspalas, não posso deixar Zorgreen escapar desse jeito. Ele pode plantar a erva daninha em outro lugar. Seu legado é maldito.

– Estamos a sua caça, mas até agora foi difícil encontrá-lo, não sairá tão cedo da toca. Além disso, ele é muito rico, pode estar em qualquer lugar, muito longe de Bradford.

– Maldição!

– Sam, vamos até o refeitório!

Precisávamos conversar, Sam e eu estávamos sozinhos, precisávamos unir forças. Ajudar meu irmão naquele momento tão difícil era crucial. Sam recebera, assim como eu, mais um atribulado e incompreensível golpe do destino. Era necessário aprendermos com tudo isso, mas estávamos muito fracos diante da sinuosa movimentação da nossa história. Apesar dos meus poderes, não consegui salvar nem a minha mãe nem o meu pai e isso me deixava frustrado.

Naquela época de nossas vidas, ficamos mais um ano em Goodchild. Raspalas foi uma pessoa muito importante, nos ensinava, cuidava da roupa, das doenças e remédios e com sua disciplina militar, nos ensinou valores para nos tornarmos homens dignos de confiança. Após aquele ano, fomos morar bem longe dali, no fundo do Golfo de Bótnia, na cidade sueca de Kalix, próximo ao Rio Kalixälven.

Sam treinava meus poderes, que logo foram revelados para Raspalas. A cada seis meses, Raspalas viajava até Goodchild para saber notícias do Coronel Nob. Todo retorno era uma novidade e uma tristeza, pois meu pai seguia desaparecido.

Agora eram duas pessoas para encontrar, meu pai e o Dr. Hekler. Já não tinha mais certeza de nada.

Minha convicção e propósito naquele momento era Sam. Sam era minha recompensa. Ele seria a minha Pérola Sagrada.

168

CAPÍTULO 13

"...é quando a vida cabe no instante presente, sem aperto, e a gente desfruta o conforto de não sentir falta de nada.."

Ana Jácomo (Jornalista e Escritora brasileira)

A RECOMPENSA PELA PÉROLA SAGRADA

(Post Capitulum 11)

Toda a Tribo estava na Festa de Mukantagara. Era uma celebração, a alegria tomava conta daquele pequeno facho de luz do continente africano. A Guarda Real estava estrategicamente disposta e armada em pontos quase invisíveis, com uma camuflagem diferente, que se misturava com a luz do dia e a coloração da vegetação daquela época do ano e, assim, criaram novos postos de observação no alto das árvores.

Ao anoitecer, a Guarda Real acendeu a fogueira no centro da Tribo e as chamas começaram a arder, produzindo enormes labaredas de fogo, que faziam brilhar a copa das árvores; mesmo assim era difícil localizar algum guerreiro. A população da Tribo estava organizada ao redor do palanque e de repente um som alto, produzido pelos marfins devidamente trabalhados, fazia a preparação para a entrada de Kioni. A batida forte dos atabaques fez transbordar a emoção e ritmadas batidas anunciavam a entrada triunfal daquela que iria conduzir as pessoas ao longo dos próximos anos. Kioni estava adornada de maneira diferente, cobria seu corpo com panos multicores, no rosto, um tipo de véu perolizado, como se fosse encontrar o aflito noivo no altar, representado por todas aquelas pessoas. A Tribo inteira entrou em euforia, os sons dos atabaques, marfins e gritos de alegria representavam bem aquela Festa, que simbolizava a sobrevivência, a esperança e um futuro promissor. O General Nangwaya estava ao seu lado esquerdo, protegendo o coração de Kioni, e ao seu lado direito Suhaila, que também estava adornada de maneira diferente. Vestia um turbante nas cores vermelho escuro e branco, com o rosto pintado com os mesmos desenhos dos guerreiros da Guarda Real. Dois guerreiros à frente e dois atrás, empunhando enormes lanças guiavam o cortejo principal até o palanque. Até aquele momento, não se sabia o resultado final da nova Guarda Real.

Pude perceber sutilmente que havia um pequeno desnível entre o piso e o palanque, quando Kioni subiu o pequeno degrau, se desequilibrou e Nangwaya a apoiou pelo braço.

Os homens dos atabaques tocavam com mais força e olhavam fixamente, aguardando alguma ordem da Rainha. Aproximei a visão do rosto de Kioni e percebi que alguma coisa ainda estava errada com ela. Kioni se posicionou no centro do palanque, onde se encontrava o trono rústico improvisado, ao seu lado, as pessoas que sempre a protegeriam e os homens da Guarda Real em posições estratégicas. Num suave movimento das mãos de Kioni, os atabaques e marfins se silenciaram.

– Declaro aberto o encerramento da Festa de Mukantagara – gritou alto Nangwaya. Esse ano nós temos inúmeros motivos importantes para celebrar: aprendemos sobre o eclipse; obtivemos a graça de Deus da recuperação da nossa Rainha; tivemos uma boa colheita e apesar da guerra, sobrevivemos. O Rio Tajamali tem sido nosso berço de vida e a Montanha Zamoyoni o refúgio que nos dá Pongwa. Por tudo isso, peço a todos o grito de liberdade.

– UHURU WA WOTE! UHURU WA WOTE! UHURU WA WOTE![55]

O som uníssono da Tribo era algo inesquecível. Curiosamente, naquele mesmo momento, uma forte labareda saltou pelos ares da fogueira, como se fosse magicamente energizada por aquele grito.

– Tribo Tajamali, agora, algumas palavras da nossa Rainh, Kioni. – Nangwaya era um excelente mestre de cerimônias e com sua voz poderosa de comandante, indicava a presença daquela figura africana que era quase uma deusa.

Com a voz levemente fraca, Kioni ergueu os braços para o céu e iniciou uma pequena oração:

---

[55] Akbar me traduziu a frase como sendo "Liberdade para todos"

170

– MUNGU ANATUONGOZA NJIA YOTE. YEYE KAMWE HATUA-CHA. IKIWA TUKO HAPA KAMA KABILA, NI KWA SABABU LAZIMA TUWE WAAMINIFU. TUTADUMISHA UTU WETU, UMOJA WETU NA UPENDO WETU. KIWA TUNAAMINIANA, TUTAKUWA NA SIKU BORA BASI IWE HIVYO.[56]

Ao terminar a curta oração africana, a Tribo ovacionou a Rainha, gritando:

– KIONI NDIO ULINZI WETU! KIONI NDIO ULINZI WETU! KIONI NDIO ULINZI WETU![57]

– Que comece a cerimônia!

Os atabaques voltaram com força e os competidores entraram em duas filas precisamente desenhadas, num ritmo militarizado. Coreografados lado a lado, eles se posicionaram em frente a Rainha Kioni e, como soldados, permaneceram fixos, com olhar de vitória, poderosos, o semblante de orgulho em estar servindo, mesmo na derrota, aquela Tribo da esperança.

Nangwaya começou então a anunciar os novos guerreiros da Guarda Real, que teriam o privilégio de passar pelo Fogo de Pongwa (outra Festa da Tribo após a conclusão do treinamento, no final do inverno quente do continente africano) e prontos para servir a Tribo e serem fiéis na proteção de Kioni.

– Aqui estão os melhores! Aqui estão os mais fiéis! Aqui estão os que passaram pelas provas da morte! Anuncio agora os novos guerreiros da Guarda Real - a população da Tribo, em mais um grito, os saudava.

– Kitwana! Por sua resistência ao sangramento contínuo sem perder suas forças, será aquele que dará vida à Tribo.

Não havia percebido até então, mas estavam presentes diante de Kioni não 10 guerreiros, mas 8, imaginei que um era Maliki e que Kimameta não havia sobrevivido ao desafio da imolação.

– Kwanza e Lumumba, que não trouxeram somente um Alligator Mamba, mas três. Características de coragem, precisão e determinação.

---

[56] Akbar me disse que essa oração era milenar na tribo, passada de geração em geração e aprendera desde menino com o pai e o avô. Uma tradução não precisa da Língua Swahili tem essa referência: "Deus nos guia por todos os caminhos. Ele nunca nos abandona. Se nós estamos aqui como uma Tribo, é porque temos que ser honestos. Manteremos nossa dignidade, nossa unidade e nosso amor. Se confiarmos uns nos outros, teremos sempre dias melhores. Assim seja."

[57] "Kioni é a nossa proteção."

– O quarto grande vencedor é... Ridhwani!! Nunca um competidor trouxe tantos Popos, sua habilidade em enxergar com pouca luz, o coloca sobre a vantagem da noite.

– Ujasiri, você é o quinto escolhido. Trazer o Íbis-Sagrado e mais três ovos é um feito digno de um verdadeiro guerreiro da Guarda Real. Será imbatível, corajoso, você nos protegerá contra os Guerreiros de Fogo.

Já tínhamos os cinco nomes dos futuros guerreiros da Guarda Real, mas Kioni levantou do seu rústico trono e anunciou mais um vencedor:

– Abro aqui uma exceção! Vamos precisar da proteção de mais um guerreiro na Guarda Real, que ficará praticamente ao meu lado durante todo o tempo. Isso irá garantir maior proteção contra os dardos envenenados dos Guerreiros de Fogo, pois ele tem uma habilidade especial. Esse guerreiro será você Yusuf.

Naquela cerimônia, que participei como o primeiro "intruso", pude entender a importância da Guarda Real e dessa extraordinária seleção que manteria a vida da Tribo Tajamali. Percebi certo desequilíbrio em Kioni, que após a nomeação de Yusuf, caiu desfalecida em seu palanque improvisado diante de todos. Corri rapidamente em sua direção, mas parecia estar muito distante e as pessoas, em alvoroço de preocupação, formaram uma barreira humana em frente a sua Rainha. Talvez tenham pensado que sofrera outro ataque do inimigo.

A Guarda Real imediatamente se posicionara para o combate para proteger aquele pequeno território.

– Badawi! Badawi! – gritava em desespero Suhaila Somoe.

A barreira humana me impedia de chegar até Kioni até que algo inacreditável para aquele momento aconteceu: Maliki. A criatura surgiu silenciosa e de repente, estava diante da Tribo, dando aquele grito de poder.

Os Guerreiros da Guarda-Real se posicionaram de frente a criatura e não sabiam como atacá-la. Um dos guerreiros lançou um machado afiado contra a cabeça da criatura e com toda aquela força, facilmente segurou o machado no ar e o largou no chão. A pele do novo Jitujeusi já estava bem espessa e uma lança arremessada por outro guerreiro simplesmente bateu na criatura e caiu novamente no chão. Apesar de estarem amedrontados pela criatura de 3 metros, as pessoas não saíram de perto de sua Rainha, começaram a se movimentar ao redor do palanque, num balé sincronizado de gritos e medos.

– Não façam nada! É Maliki! Esse é o novo Jitujeusi protetor de vocês – falei para a população – Não ataquem!

– Maliki? – o pai de Maliki saiu da multidão e não acreditou no que estava diante de seus olhos, com dificuldade no andar, rompeu a barreira da Guarda Real e diante do monstro, ajoelhou-se. Seus olhos estavam em prantos.

– Obrigado, ó Grande Mungu[58], por ter trazido com honra meu querido Maliki. Agora posso deixar em paz o meu coração. Maliki cumpriu a sua tarefa com Pongwa e honrou a sua memória. MALIKI UMESHINDA KIFO. SASA NI MALI YA MSITU. UMEKUWA ROHO YA KABILA.[59]

O pai de Maliki emocionado, proferira palavras que fizeram a Tribo se acalmar e a diminuir o movimento em torno de Kioni. Todos prestavam atenção no encontro entre um pai amoroso e um filho fiel e corajoso. A aparência insólita de Jitujeusi já não era mais importante.

A população surpresa observava atentamente o amor de um pai, diante de uma criatura em que muitos nem acreditavam. A criatura estava naquele lugar por alguma razão, estávamos tensos, sem muita ação, sem compreender nada, em uma situação crítica, com a rainha novamente desfalecida. São nesses momentos que acontecem os milagres, quando não esperamos nada ou quando se esgotaram as esperanças.

O destino despertava claramente seu poder de equilíbrio, de sabedoria, de generosidade e o mais incrível, de amor. Num sincronismo mágico, Akbar, com todos os seus ferimentos e dificuldade absurda em andar e falar, se posicionou diante da população da Tribo e num gesto de confiança, fala diante de Jitujeusi:

– Ó grande Jitujeusi! Ó grande Maliki! Traga a vida novamente à Tribo Tajamali. Salve a nossa Rainha.

Akbar seguiu em direção a Kioni e foi abrindo passagem para Jitujeusi. A Guarda Real se afastou, deixando uma abertura grande para o monstro passar, a barreira humana no palanque representava a natureza em movimento e fez numa leve mudança sincronizada, abriu um singelo portal imaginário, deixando Akbar entrar e se aproximar da Rainha. A respiração forte de um Jitujeusi novo era uma característica marcante naquele monstro, seu rastejar também.

---

[58] "Deus" de uma maneira generalista na cultura Tajamali do Quênia.

[59] "Maliki, você venceu a morte. Pertence agora a Floresta. Você se tornou a alma da Tribo."

– Badawi, venha até aqui! Rápido! – falou Akbar com muita dificuldade.

Imediatamente caminhei para o palanque e fiquei entre Akbar e o monstro. Chegamos juntos até Kioni e a vi novamente fraca, quase sem vida. O veneno de Mamba ainda prejudicara alguma função no seu corpo.

– Não entendo, Akbar! Fizemos o antídoto certo, utilizando o substrato da Mamba.

– Logo após a sua partida na busca de Pongwa, a Rainha gradativamente se sentia fraca e quase não saia de seus aposentos. Precisava descansar, imaginando que a sua própria natureza pudesse curar após o antídoto, porém, o veneno não era só de Mamba. Era também de Naja Ashei[60]. Essa mistura nunca havia sido utilizada nas guerras. Se a intenção era matar a alma da Tribo, os Guerreiros de Fogo conseguiram – falou Suhaila Somoe.

– Maliki precisava cumprir a sua missão de trazer o Pongwa para a Tribo e, assim como me salvou da morte do afogamento, poderá salvar a Rainha – falou Akbar.

A medicina que aprendera até então era inútil e impossível de salvar a Rainha Kioni, mas vi novamente o prodígio acontecer. Jitujeusi se aproximou lentamente do palanque, olhou diretamente para Akbar e entregou o mesmo Pongwa Rosáceo que o salvara da queda no lago.

– Badawi, levante a Rainha. Nangwaya ajude Badawi – o General agora era Akbar, assumindo o comando e solicitando o máximo de silêncio para a Tribo. Após alguns minutos, só se ouvia a forte respiração de Jitujeusi.

– Com cuidado, abra a boca da Rainha. Será esse Pongwa que trará vida em abundância para ela.

E assim foi feito, duas grandes pérolas de Pongwa foram necessárias para a recuperação da Rainha.

Como os três reis magos, abençoamos, naquele momento, a vida. Akbar, Nangwaya e eu entraríamos para a história esquecida da Tribo, vimos lentamente os olhos de Kioni abrirem e do semblante pálido, cadavérico e sem vida, irradiou um novo rosto, com um belíssimo sorriso de gratidão.

Akbar novamente uniu suas últimas forças para salvar a Rainha e com um sinal de agradecimento no olhar, desabou no chão, enfraquecido

---

[60] Após algumas pesquisas na Década de 60, descobri que a Naja Ashei é considerada uma Cobra Cuspideira Gigante, descoberta pelo herpetólogo James Ashe, com um veneno demasiadamente potente.

pelos ferimentos. Voltei meu pensamento para o descanso nas três árvores próximos do lago onde Jitujeusi salvara Akbar, talvez Akbar tenha morrido naquela noite enquanto eu dormia.

Kioni acordara novamente de um sono profundo, onde só reinava a escuridão do fechar de olhos e agora, fortalecida pelo poder do mineral miraculoso, levanta com a ajuda de seus três cavaleiros e se posiciona elegante, firme, ordenando toda a bagunça de sua túnica multicor e agradecida pela doce acolhida da Tribo, se pronunciou timidamente, diante do Monstro Jitujeusi:

— Tribo do Rio Tajamali, venci a morte duas vezes e me vejo daqui pra frente apta novamente a ser a melhor Rainha de uma Tribo africana. A Festa desse ano representa para mim uma conquista pessoal, pois diante de tantos obstáculos desconhecidos, pude estar ao redor de pessoas boas, que alimentaram minha alma e me trouxeram à vida. Vamos fazer dessa nação um exemplo de cooperação, de amizade, de luta, de coragem contra o desconhecido; vamos trilhar todos os caminhos possíveis para sermos um povo feliz, acolhedor e que, ao mesmo tempo, lute contra toda e qualquer injustiça, vinda de qualquer inimigo. Maliki foi um exemplo de fidelidade e amor a essa Tribo, assim como Akbar e Badawi, um estrangeiro entre nós, que nos alimentou de conhecimento e dedicação. Peço em nome da Tribo Tajamali sua proteção, poderoso Jitujeusi. Que possa nos proteger, sempre!

O discurso de Kioni foi inspirador, emocionante e a população toda de Tajamali, num gesto de agradecimento, se ajoelhou diante de tamanha alegria. Nesse momento, Jitujeusi foi até Akbar desacordado e jogou uma última pérola de Pongwa Rosáceo. Olhou diretamente em meus olhos e, com um aceno de cabeça, fez-me entender que Akbar merecia seu último mineral proibido.

Jitujeusi ainda estava em transformação e aquilo que pareciam pernas de réptil, se transformaram numa fusão em metamorfose de um sistema de locomoção difícil de explicar. Maliki já estava quase igual aos outros Jitujeusi. Rapidamente a criatura desapareceu na mata escurecida pela noite. Ao longe, bem longe, após vários minutos, escutava-se seus gritos poderosos.

A Festa de Mukantagara continuava e a Guarda Real se reposicionara novamente em lugares estratégicos e Kioni apreciava, de seu trono, uma dança primitiva ao redor da fogueira, alimentada por enormes toras de acácia.

Suhaila não desgrudava da Rainha. Nangwaya e eu levamos Akbar desacordado para seu casebre com dois guerreiros da Guarda Real.

— Nangwaya, pode, por favor, pegar um pouco de água daquela moringa? Vamos dissolver essa pérola de Pongwa na água. Vamos posicioná-lo de maneira que possamos dar essa mistura a ele, ajudará com suas infecções. Me ajude a abrir sua boca. Após isso, essa febre deverá baixar.

Após horas de surpresa e alegria, a Festa de Mukantagara chegava ao fim. As famílias gradativamente se recolheram para os seus casebres e o silêncio calmante da madrugada alimentou o lugar.

No dia seguinte, fui bem cedo ao casebre de Akbar.

— Akbar, você está bem? Akbar! — como não ouvi nenhuma resposta, entrei rapidamente, tentando encontrar meu amigo.

Não encontrei ninguém. Saí rapidamente e fui até Nangwaya, que já estava no centro da Tribo, iniciando o treinamento dos novos guerreiros da Guarda Real.

— Onde está Akbar? Não o encontrei em seu casebre.

Sutilmente, Nangwaya me indica seu paradeiro, Akbar estava no pobre palacete de Kioni. Como tinha um respeito pela cultura da Tribo, fiquei ao lado e aguardei a saída do meu amigo.

— Badawi! Pronto para mais uma aventura? - e com um abraço fraterno pude sentir a boa energia daquele cientista da Tribo.

— Você me convidando para uma aventura? E o medo?

— Badawi, depois de enfrentarmos um eclipse, Guerreiros de Fogo, Mamba, dardo envenenado, mortes, uma Rainha agonizada, três Jitujeusi e um punhado de Pongwa, posso enfrentar qualquer coisa. Tenho certeza que a minha força de vontade é poderosa. Tenho certeza que me tornei um homem melhor. Tenho força suficiente para enfrentar os Dias Tenebrosos.

CAPÍTULO 14

> Você crê que existe um só Deus? Muito bem!
> Até mesmo os demônios creem - e tremem!
> *Tiago 2:19*

DIAS TENEBROSOS – NA TRIBO

(Ref. Cap. 8)

A história de *Masamaha Kipendo* – um deus piedoso

Passaram-se mais duas colheitas e, nesse período, estava preparando Akbar para a minha partida. Já comentara com Suhaila Somoe e ela me aconselhou a escutar o destino que seria mostrado por Abikanile[62].

A vida e o tempo nos escolhem para a contínua ação da nossa individual missão e o nosso legado será aquele momento em que, ao olharmos para trás, sentiremos que o pouco que fizemos representou uma gigantesca energia e transformou o ser. E a minha missão de tentar encontrar Hekler naquele pedaço da África estaria no fim. Assim como a vida busca o movimento, precisava encontrá-lo, antes de sua morte. Nesse tempo todo com eles, ensinei tudo que sabia sobre astronomia, alquimia, medicina básica, primeiros socorros, agricultura e, pela minha experiência com Artes Marciais, pude ensinar sobre boxe, kendô e um pouco de kung fu, além de estratégias de guerra, que aprendera com meu pai.

---

[61] "A minha força é maior que meu medo, e minha força, é, tanto quanto a minha fé."
[62] O nome "Abikanile" significa algo com "Escute" na língua Yao, de Malauí, da África do Sul.

Precisava inicialmente voltar para a Inglaterra e me encontrar com Sam, principalmente após um estranho sonho que tive numa das noites solitárias no meu pequeno casebre localizado próximo ao casebre de Akbar.

O sonho envolvia Sam, dentro de uma redoma de vidro verde transparente, numa das Indústrias de Zorgreen e, como um animal nocivo, era alimentado com cabeças vivas de Mamba Negra, servindo de atração para os clientes de Zorgreen. Após uma intensa neblina em Bradford, que por uma alegoria ilógica, haviam descoberto os planos do Dr. Ville e violentamente prenderam-no na mesma redoma. Dr. Ville era obrigado a comer as cabeças de Mamba e Sam já estava doente pelo veneno daquela lutuosa serpente. Estavam sendo preparados para um sacrifício e serviriam de alimento para um Jitujeusi de 6 metros, furioso. Os gritos do monstro no sonho eram suficientes para romper a barreira de vidro e devorá-los. No sonho eu chegava de uma viagem da África tardiamente, via meu pai ajoelhado, chorando pela morte de Sam e do Dr. Ville e me apontava a redoma destruída. Havia chegado atrasado, tarde de mais. Novamente meus poderes não serviram para nada.

O sonho revelador me fez pensar, talvez uma intuição de que Sam estava precisando de mim. Precisava voltar.

Numa das manhãs na Tribo, Akbar e eu estávamos caminhando numa das inúmeras trilhas do Rio Tajamali conversando sobre o futuro da Tribo, quando nos deparamos com uma pequena pérola brilhante cravada na base de uma pedra disforme, parecida com Pongwa. Iniciou ali a última revelação antes do meu retorno à Inglaterra:

— Akbar, olhe aquela pérola cravada naquela rocha. É um Pongwa?

— Badawi, nunca havia visto uma pérola de Pongwa fora das cavernas de Zamoyoni.

— Talvez isso explique a força daquele Guerreiro de Fogo, quando me jogou pra longe como se fosse papel. Deve ter encontrado em alguma rocha qualquer e experimentado o poder de Pongwa.

— Isso explica muita coisa e ao mesmo tempo representa um perigo para a Tribo. Precisamos informar Kioni e Nangwaya.

— Como começou essa história de Pongwa, Akbar?

— Por que é um assunto proibido na Tribo?

178

– A proibição foi uma promessa daquele que é o homem do perdão e do amor, Masamaha Kipendo. Como sabe, a Rainha é a 5.ª Geração descendente direta de Kipendo. Conhecemos o poder de Pongwa a cerca de 300 anos e a Tribo do Rio Tajamali só sobreviveu aos Dias Tenebrosos em função do sacrifício de três grandes homens. Diz a lenda que, naquele ano no Quênia, uma grande onda de chuvas havia trazido tanto benefício quanto destruição. A Tribo Tajamali estava sendo formada e a fartura de alimentos naquele ano nos trouxe a guerra, a guerra pela sobrevivência, pelo direito de simplesmente existir. Kipendo era o último filho de cinco irmãos e agora, um líder solitário que havia decidido plantar os alimentos num terreno bem acima do Rio. As fortes chuvas chegaram e, devido a quantidade exagerada, transbordara e inundara boa parte da região, devastando várias outras tribos despreparadas e suas respectivas plantações.

– Mas como Kipendo sabia sobre as grandes chuvas, para tomar a decisão de produzir num terreno mais alto? Visto que as Tribos não tem nenhum avanço tecnológico até hoje.

– Badawi, Kipendo era protegido do grande deus africano Olorum, que designou o deus da agricultura, Okô, para salvar as plantações de Tajamali. A tradição nos conta que Olorum se comunicava com Kipendo por meio de sonhos vividos. A lenda diz que Kipendo, em seu profundo sono, conseguia flutuar e vivenciar certas visões do futuro, sendo guiado pelas mãos por Okô. As outras tribos não entenderam essa proteção e, por Kipendo ter garantido a sobrevivência da Tribo Original do Rio Tajamali, deram início aos Dias Tenebrosos. Eram infindáveis dias de guerra onde, nunca na história africana, tanto sangue dos inocentes correu sobre a terra. Como num ritual lento e sangrento, todos os dias um homem da Tribo era encontrado morto ou assustadoramente desaparecia. Gritos de desespero se ouviam todas às vezes. Essa foi à primeira onda, o pior estava por vir. A Tribo Original era de agricultores, que não tinham habilidades de guerra, e pela velocidade do extermínio, em poucos meses deixaria de existir. Os ataques eram muito bem planejados e aconteciam normalmente sob o silêncio da noite. Nenhum rastro era encontrado, somente grito e, de repente, "tarde demais". O medo havia tomado conta em poucas semanas de toda a Tribo original. Dormir se tornara impossível, pois sabiam que algo iria acontecer e não sabiam contra-atacar e nem se defender. Eram escravos do próprio medo, indefesos, fracos, humildes. Alguém iria desaparecer e os homens que ficavam acordados, somente esperavam a ação do Fantasma da Morte. A Tribo temia o que pudesse acontecer com as mulheres e crianças. E aconteceu... Havia acabado de chover naquele início de noite e a maioria das famílias estavam em seus pobres casebres, havia sido um temporal enriquecido de fortes relâmpagos e, nessa condição, em uma violenta investida do Fantasma da Morte uma família inteira havia desaparecido, pai, mãe e duas crianças. Toda a Tribo estava no limite do desespero e os gritos das crianças puderam ser ouvidos ao longe. Era a maneira do Fantasma da Morte mostrar o seu poder, quanto mais medo, mais domínio. O povo queria fugir, mas não sabia para onde, nenhuma outra Tribo iria aceitá-los e o lugar onde viviam possuía a abundância das águas do Rio Tajamali. Se ficassem, seriam exterminados pelo Fantasma da Morte, acreditavam que era uma entidade sobrenatural que não podia ser detida, não poderia ser parada e não deixava pistas, nem mesmo nas noites chuvosas deixava pegadas na lama. Acreditavam que o medo vinha do ar, o Fantasma da Morte flutuava e voava de encontro a próxima vítima. Kipendo não sabia mais o que fazer. Lutar contra o que? Lutar contra quem? Badawi, meu avô me contou que Kipendo, apesar do medo, implorou por uma intervenção de Olorum, com a seguinte oração: "OLORUN, MUNGU WANGU MPENDWA WA KIAFRIKA: UKOMBOE KABILA HILI TAKATIFU KUTOKA KWA UTISHO WA UKIMYA. TUONGOZE KUPITIA MILIMANI NA KUTUFANYA MASHUJAA WENYE NGUVU"[63]. Seis noites de massacre ainda ocorreram e famílias inteiras foram dizimadas.

– Akbar! E nesse momento, quantas pessoas sobraram?

– 13 apenas, incluindo Kipendo. Kipendo era teimoso e voltou a conversar com Olorum "NINANGOJEA HATIMA YAKO, EWE OLORUN HODARI. TUPE CHANZO CHA NGUVU YAKO ILI TUWEZE KUSHINDA MAADUI ZETU"[64]. A lenda, Badawi, nos coloca agora diante de um guerreiro que veio silencioso pela mata e que, bastante ferido, caiu no centro do que sobrara de uma futura Tribo Tajamali. Os homens amedrontados estavam armados com pedras e partiram contra o guerreiro caído no chão "Vamos matá-lo! Imediatamente!" gritaram desordenadamente. Kipendo entrou na frente do

---

[63] "Olorum, meu amado deus africano: livra essa Tribo sagrada do terror do silêncio. Guie-nos pelas montanhas e nos torne poderosos guerreiros."

[64] "Aguardo seu destino, ó poderoso Olorun. Dê-nos a fonte de sua força para que possamos derrotar nossos inimigos."

Guerreiro caído e acabou se ferindo com uma pedrada na cabeça. Sangue novamente. "Basta! Não somos assassinos, nunca seremos, somos trabalhadores. Vamos respeitar esse momento de dor. Já perdemos o bastante, não vamos perder nossa dignidade. Se nos resta o último fôlego, vamos acreditar." Os homens se afastaram, Kipendo, com mais três homens, levaram o guerreiro ferido para o casebre mais próximo de onde caíra. Badawi, meu pai me contou que foi *a queda de um guerreiro e o nascimento de um herói*. Passados algumas semanas, algo afastara o Fantasma da Morte. Nenhum homem sumiu após a chegada do guerreiro caído, que ficara desacordado durante uma semana, porém ainda respirava. Kipendo mantinha a mesma dedicação ao deus Olorum, pedindo para que mantivesse vivo todos eles, 14 homens agora. Badawi, você entende por que é o mesmo número da Guarda Real da Rainha?

– Incrível! 300 anos? 5.ª Geração? 14 homens – indagava surpreso – E qual foi o desfecho da história do guerreiro caído? De onde ele era?

– Sua origem é desconhecida. O que a lenda nos conta é que após o seu retorno da morte, o guerreiro caído iniciou um trabalho revolucionário com o que sobrou da Tribo Original. Ele era um guerreiro nato, possuía uma incrível habilidade com armas; em seu corpo estava desenhado uma história de batalhas sangrentas, tinha inúmeras cicatrizes irregulares e profundas e, ainda, uma marca em seu rosto característica de luta se sobressaía em seu olho esquerdo ferido; era exageradamente alto se comparado a média dos homens da Tribo; era muito forte e tinha muita precisão no lançamento de facas, machados ou luta corporal, era o Mestre. Ele sabia que tinha uma missão: tornar aqueles fracos agricultores em verdadeiros guerreiros defensores da Tribo, da Natureza, sem deixar de lado a dignidade e o amor ao próximo, um legado digno de uma Guarda Real. A partir daquele despertar, a Tribo do Rio Tajamali começava a se reestruturar, agora, não como uma vila de agricultores e pescadores, mas sim, um corpo sólido de sociedade, estruturada, guerreira, defensora, próspera. Foram anos de treinamento daqueles 13 homens e em certos períodos, um êxodo rural surgia diante daquela parte do Quênia e alguns homens, mulheres e crianças pediam humildemente a permanência na nova Tribo. Muitos fugindo de guerras entre Tribos por território, outros com medo do Fantasma da Morte, que ainda fazia vítimas em outras regiões, da escassez de comida e Kipendo era a figura importante nessa seleção e gradativamente formava assim, o que seria hoje, essa atual e magnífica Tribo. Kipendo nunca se esquecia de agradecer ao seu deus Olorum e uma outra oração que minha mãe me ensinou em uma de suas histórias foi: "OLORUN, UAMINIFU WAKO KATIKA UPENDO UNAONGOZA UMILELE WETU MILELE. NYAKATI ZA FURAHA AMBAZO UMETUPA NA TUNAWASHUKURU MAISHA YAKO YOTE KWA NAFASI YA KUWA BORA NA BORA"[65]. O progresso foi contínuo e o conhecimento transmitido pelo Guerreiro caído foi o sucesso do nascimento da Tribo do Rio Tajamali. Os Dias Tenebrosos haviam desaparecido. A Guarda Real estava pronta para atuar diante do novo rei, Masamaha Kipendo. Foram anos de prosperidade e a Tribo crescia em harmonia, aprendendo com as dificuldades naturais da seca e excesso de chuva, perdas e ganhos, até o retorno do Fantasma da Morte. A lenda nos conta sobre a emboscada contra Teremesha[66] e Salaam[67], dois guerreiros da Guarda Real que foram encontrados pendurados de cabeça para baixo, com muitas marcas de luta e um grande corte nos pescoços, quase foram violentamente degolados, quase não tinham mais sangue no corpo. Em sua investigação, o guerreiro caído não entendia como dois dos seus melhores guerreiros podiam ter perdido aquela batalha. A pedido do Rei Kipendo, uma cerimônia especial foi instituída para homenagear os mortos e as lições aprendidas, agradecendo-os pelas grandes conquistas e feitos ao longo do tempo, assim nasceu a Festa de Mukantagara. O guerreiro caído fez uma minuciosa busca, com mais três guerreiros da Guarda Real, em toda a área entorno da Tribo, até encontrar uma pista reveladora: o Fantasma da Morte era alimentado por forças sobrenaturais.

– Mas como assim, Akbar? Forças sobrenaturais?

– O guerreiro caído encontrou um homem morto, amarrado em uma grande árvore pelos braços e pernas, com uma expressão facial abominável, os dentes serrados de dor, as órbitas dos olhos saíram de seu natural alojamento e um grande e profundo corte na fronte, sinal de machado, cercado de mais cinco cadáveres dilacerados ao redor da grande árvore. O guerreiro caído desamarrou o cadáver do homem e ao cair no chão, ouviu um

---

[65] "Olorum, sua fidelidade no amor guia nossa eternidade para sempre. Tempos felizes que você nos deu e agradecemos toda a sua vida pela oportunidade de sermos cada vez melhores."

[66] Teremesha é algo como "Sempre disposto a servir para outros".

[67] Salaam: "Paz".

barulho de objeto oco, como se o homem não tivesse nenhum órgão interno. Sua expressão de riso sinistro pelos dentes serrados, chamou a atenção do guerreiro caído. O cheiro de morte era insuportável, cheiro de carne em decomposição, um cheiro ácido, azedo, fétido. A curiosidade fez com que ele quebrasse a mandíbula do cadáver para entender o que o homem escondera dentro da boca, que brilhava, era uma pérola de Pongwa azul. Acredita-se que o Pongwa azul havia dominado aquele homem, como numa overdose de loucura, e ele matou os que estavam ao seu redor. Acredita-se também que em uma ato de desespero, outros homens mataram-no e o amarraram na árvore, talvez já morto, ou não. Então a Dinastia Pongwa se iniciou, ora para a salvação, ora para a destruição. Inesperadamente, a reação do guerreiro caído ao tocar o Pongwa Azul foi de dor extrema, ao tentar segurar a pérola azul, uma severa queimadura lacerou a pele da sua mão, como um veneno para o guerreiro caído e um prêmio inexorável para a Tribo, a pérola foi apresentada para o Rei Kipendo, que pela sua beleza, colocou-a num adorno especial. Em discussões com o Rei, o guerreiro caído não sabia se a pérola azul era remédio ou era veneno, só sabia que havia destruído a vida de um homem. Muitas dúvidas acompanhavam aquele mineral e, pelo destino da Tribo, a verdade iria ser revelada na dor. Passara mais uma colheita da descoberta do Pongwa azul que matara o homem amarrado na grande árvore, e o Fantasma da Morte retornou, dessa vez mais sombrio, mais violento, mais mortal. Naquela noite escura e levemente fria, a população da Tribo estava reunida ao redor de uma sedutora fogueira e num momento de desalinhamento da Guarda Real, violentos Guerreiros de Fogo começaram uma guerra sangrenta, revelando assim as faces do Fantasma da Morte. Corpo a corpo, a Guarda Real lutava bravamente contra homens fisicamente deformados e fortes, muito fortes, armados com lâminas afiadas, matavam indiscriminadamente quem surgisse a frente, pelo domínio do território, das plantações, do Rio Tajamali e das mulheres que pudessem gerar herdeiros de Fogo, usavam da força para destruir toda uma nação Tajamali. O Rei Kipendo, com o restante da Guarda Real fez uma barreira humana entre os Guerreiros de Fogo e a população Tajamali, que se dispersava para não morrer pela impiedade e pelo medo. Gritos eram ouvidos, a Terra era manchada de sangue e então o corajoso rei se lança contra uma horda de Guerreiros de Fogo. Meu avô quando contava essa história, disse que o Rei ordenou: "Guarda Real, lutem! Vamos proteger com nossas vidas o que nos resta de dignidade! Avancem contra o inimigo! Lutem!" foram as últimas palavras de um rei justo e piedoso. Diante da fúria da guerra, o Rei Kipendo fora atingido por inúmeros machados. Acabava uma lenda e nascia outra. Naquele momento de guerra, com o rei morto, o massacre do restante da Guarda Real era iminente. Aqueles homens deformados avançavam contra aqueles poucos guerreiros e assim, finalmente, a revelação foi apresentada pela natureza. Os fatos que sucederam aos Dias Tenebrosos serviram de inspiração para os homens da Tribo Tajamali, até os dias de hoje.

— Diante desse massacre, como sobreviveram como Tribo até hoje, Akbar? Onde estava o guerreiro caído?

— São em momentos como esse que nascem as lendas, Badawi! Diante do desespero, da coragem, do sangue por um propósito, da luta por um ideal, mesmo que em desvantagem, a natureza por si só mantém o equilíbrio. O guerreiro caído se transformara numa máquina de guerra, com todo seu empenho e dedicação, equilibrara a batalha, destruindo cada um dos Guerreiros de Fogo, atingindo-os com toda sua fúria, seu poder, sua habilidade, a sua animalidade. Surgia atrás dos Guerreiros de Fogo como numa emboscada, destruía cada corpo pintado de morte, arrancando-lhes a cabeça e pisando em seus corpos.

— E quem era afinal esse guerreiro caído? Como era seu nome?

— Jitujeusi.

Concluí que Jitujeusi era a alquimia que a natureza escolheu para manter o equilíbrio, utilizando uma porção de homem e porções precisas de Mamba-negra, terra especial e, em minha opinião não confirmada por Akbar, uma porção generosa de Pongwa azul.

Pongwa fazia parte da história da Tribo do Rio Tajamali.

Conhecendo a história e a vida de seus moradores, pessoas simples, que sempre estavam no limite da guerra, mas que eram protegidos por uma natureza muitas vezes incompreendida, senti que estava na hora de voltar à Inglaterra. Precisava deixar Akbar cuidar do seu povo. Precisava desapegar dos meus sentimentos sobre ela. Precisava ver Sam. Precisava encontrar Hekler. Precisava de novas pistas.

CAPÍTULO 15

"O que faz de um homem ser realmente um homem? Indagou um amigo certa vez. Suas Origens? O modo como veio ao mundo? Eu não penso assim. São as escolhas que ele faz. Não é como as coisas começam, mas como ele decide terminá-las."
Hellboy (Herói dos quadrinhos meio homem meio demônio criado por Mike Mignola em 1991).

DE VOLTA À INGLATERRA – NOVAS PISTAS

Os dias passaram rápido até o dia da despedida da Tribo. Como tradição, o estrangeiro precisava se despedir de todas as famílias e assim, começamos a jornada, Akbar e eu:

— Badawi, vamos começar as bênçãos e despedidas pelos anciãos, depois vamos precisar de alguns conselhos seus para os pequeninos, tudo bem? Vamos?

— Vamos por esse caminho então, Akbar. Quero admirar mais uma vez a paisagem desse caminho, que encanta meus olhos — tratava-se de um maravilhoso verde das florestas de Baobá ao longe e do suave movimento das águas do Rio Tajamali. Ora ou outra, uma revoada de Anwa[68], um belíssimo pássaro que na revoada contra o sol encantava com o seu brilho pitoresco, sua plumagem marrom claro, calda preta e peito branco. Fomos falar com Adeleke Adedagbo, que imediatamente nos falou de dentro do casebre:

— Entre Badawi, traga o seu amigo Akbar — quase não entendi seu dialeto nigeriano. Akbar olhou para mim e balançou a cabeça, impressionado pela percepção sensorial da anciã.

---
[68] Anwar na Língua Swahili do Quênia é algo como "Brilhante". Trata-se do pássaro "Silverbill Africano".

– Adeleke, chegou a hora de partir. Amanhã retorno para a Inglaterra, tenho sonhado muito com meu irmão Sam. Sinto que deve estar precisando de mim.

Adeleke, com suas mãos de guerreira, pediu que eu me aproximasse dela, carinhosamente segurou com as duas mãos minha cabeça e começou a proferir uma oração bem suave, que mais tarde Akbar me explicou o sentido:

– *Badawi, wewe ni ndege anaye kichwa cha simba, akipiga kelele kuelezea mitazamo ya kukuokoa kutoka kwa majeraha yako*[69].

Adeleke fez uma pausa, respirou profundamente, ficou alguns segundos em silêncio, como se estivesse fazendo uma meditação interior e entonou mais uma oração, quase cantada:

– *Lazima upate moyo wa bluu katika milima mirefu ya kaskazini, ambayo itakusafirisha kwa sayansi iliyofichwa kutoka kwa mikono ya Gheilani*[70]... Pronto Badawi, já está pronto para partir. Se voltar, traga consigo um sermão – Adeleke emocionada, sorriu e fez um sinal de benção na minha testa, que foi agraciada com um beijo de mãe.

Pensei que a oração da anciã estava cheia de simbolismos espirituais, cujo significado eu não entendia completamente. Estávamos saindo do seu casebre, com as portas precárias abertas, quando ouvimos uma última palavra de Adeleke:

– BAKARI! – olhava para Akbar com uma expressão de dúvida e curiosidade.

– Qual é a próxima família, Akbar?

– Quero lhe apresentar a minha família e os outros, Badawi.

– Como assim? Você nunca me falou deles nesse tempo todo que estou aqui.

– Não podia. Elas fazem parte da cultura Tajamali, fazem parte do conselho criado pelo Rei Kipendo. Vamos seguir por aquele caminho, pois moram reclusos fora da Tribo.

Incrível como aquela região do Quênia era cheia de florestas e montanhas suntuosas, que utilizavam da própria natureza para se camuflar, para se esconder, para se proteger.

---

[69] Badawi, você é um pássaro com cabeça de leão, gritando para explicar atitudes para salvá-lo de suas feridas.
[70] Você deve encontrar um coração azul nas altas montanhas do norte, que o transportará para a ciência escondida das mãos de Gheilani.

Seguimos numa direção em uma vereda disfarçada com uma vegetação irregular e que de longe parecia tudo, menos um caminho de andarilho. O caminho era longe da Tribo e após algumas horas de uma caminhada difícil e bem acidentada, chegamos, a meu ver, no meio do nada. Akbar me explicou que teríamos que correr contra um paredão verde cheio de galhos e folhas, mas que na verdade daria entrada para a Tribo 2 de Tajamali, das terras sagradas de Zamoyoni.

— Badawi, eu vou primeiro e veja o que vou fazer...

Pelas laterais era difícil ver essa entrada, somente posicionado precisamente no ponto indicado por Akbar, o vi ligeiramente correr de braços abertos e bater o corpo contra aquela muralha verde de vegetação.

— Sumiu? Oras, atravessou direto o paredão.

Ajustei a minha visão para a camuflagem e tentar entender o milagre em perfeição da natureza e do entrelaçamento dos galhos e folhas. Sai correndo sem medo e confiante nas palavras de Akbar, chegava mais próximo da barreira e de repente, fechando os olhos e de braços abertos, atravessei. Estava diante de outro caminho delineado, que nos levaria para a Tribo 2, os braços batiam em algum tipo de alavanca. Akbar me explicou que sem essa posição dos braços, uma armadilha era imposta ao invasor, prendendo-o num emaranhado de galhos pontiagudos.

— Badawi, você é o primeiro estrangeiro a ver esse lugar. Você merece a nossa confiança, a Tribo adotou-o como irmão e para te trazer aqui, o conselho teve que se reunir. Vai conhecer minha família.

Caminhamos por uma vereda tortuosa, repleta de macacos nas árvores e acima de nós, em seu esplendor, o azul do céu inacreditável. Era uma tarde quente e precisava encerrar as minhas considerações com a Tribo, pois no dia seguinte deveria fazer a viagem de três dias até o Porto de Lamu, onde embarcaria num navio até a Inglaterra.

A viagem seria longa pelo Oceano Índico até o Golfo de Aden onde, pelo Estreito de Bab al-Mandab, entraríamos no Mar Vermelho. Pelo Canal de Suez, o navio efetuaria uma parada no Porto Said, no Egito, que permite a entrada no Mar Mediterrâneo, onde o navio seguirá até o Estreito de Gibraltar, situado entre a Espanha e Marrocos. Pela costa litorânea de Portugal, sua próxima parada será na Cidade do Porto, já no Oceano Atlântico Norte. Seguindo viagem, o navio irá pelo Golfo de Biscaia, até o Mar Celta. Passando pelo Canal de São Jorge no País de Gales, até o Mar da Irlanda e chegar ao Porto de Liverpool. Desembarcando, precisaria passar por terra em Burtonwood, Worsley, Rochdale, Ripponden, Halifax, até chegar a Bradford, onde encontraria Sam.

Na densa mata, outra barreira natural, pude gradativamente enxergar uma clareira, onde se encontrava a Tribo 2.

— Enfim chegamos, Badawi! Essa é a extensão sagrada da Tribo. A sabedoria, a cultura e a história da Tribo se encontram aqui. Aqui está a linhagem direta do Rei Masamaha Kipendo. Somente Kioni está fora, pois tem a missão de Rainha. Venha, vou apresentar minha família.

Akbar, com uma alegria que me contagiou, ajoelhou-se na terra sagrada para eles e em sinal de adoração, beijou o solo, fazendo uma oração que não consegui entender. As pessoas da Tribo 2 vieram de encontro aos visitantes e, eufórico, Akbar apresentou sua família:

— Badawi, essa é Layla[71], minha mulher.

— Akbar, nem sabia que era casado. — sorri — Se soubesse não teria te levado para tantas aventuras. Correu muito risco de morte, homem.

— Badawi, Príncipe dos Ingleses, tudo na vida tem um motivo, tem um propósito, tem um valor. Precisava aprender com você. Layla foi a primeira a me incentivar a fazer amizade com o homem branco, alto, com poderes especiais.

— Poderes especiais? Como Layla sabia, sem me conhecer?

— Você apareceu em meus sonhos e seria aquele que traria Akbar da morte — disse Layla carinhosamente.

Cada vez que me aprofundava na cultura Tajamali, mais me intrigava com aquelas coincidências do destino. Layla conhecia tudo sobre minha vida sem ao menos me conhecer. Contou-me sobre a morte da minha mãe, Florence, com tantos detalhes que, de forma repentina e disfarçada, comecei a chorar. Falou do desaparecimento do meu pai e que não conseguiu ver onde estava e me alertou:

— Sam precisa de você.

Enxuguei as lágrimas de emoção e queria que me explicasse sobre Sam, mas suas únicas palavras foram:

---

[71] Layla: "Nascida de Noite".

— *Kurudi zamani ni tumaini la Bakari. Ikiwa Pongwa atavunja uchawi, kiongozi mkuu atatoka kwenye vivuli*[72].

— Vamos, Badawi, vamos conhecer o resto da Tribo.

— Mas Akbar, preciso saber quem é... — algumas crianças atravessaram o nosso meio e Layla se dirigiu a elas, com olhar de agradecimento e numa leve curvatura do corpo, desapareceu em meio aos casebres.

— Badawi, as perguntas deverão ser respondidas ao longo da sua viagem de volta, somente você tem as respostas. Tudo ao seu tempo, Badawi, tudo ao seu tempo.

— Mas é a segunda pessoa que me fala esse nome, Bakari. O que é isso?

— *Um com grande promessa.*

Akbar apresentava todas as famílias responsáveis pela cultura Tajamali, a maioria anciãos, que apesar da idade, estavam esbanjando saúde. O lugar parecia protegido por algum tipo de onda energética. Dava para sentir a energia saindo da terra, como se minúsculas descargas elétricas saíssem em busca de ar. Talvez entendesse porquê a chamavam de Ardhi Takatifu[73].

— Badawi, esses são Kibwana[74] e Kwagalana[75], meus filhos. Eles farão parte da Guarda Real algum dia, estão treinando desde os três anos.

— Quem diria, você meu amigo, com uma família completa. Você é surpreendente, Akbar... surpreendente.

Os filhos de Akbar eram gêmeos idênticos, algo raro naquela Tribo africana. Após a rápida apresentação, Kibwana me fez uma pergunta em um outro dialeto, que também precisou ser traduzido por Akbar.

— Badawi, ele quer saber quando poderá resgatar o outro inglês?

— Outro inglês? Não entendo.

Naquele outro dialeto, Akbar insiste no detalhe da pergunta, Kwagalana imediatamente responde:

— Aquele que salvou da morte Jitujeusi.

— Akbar, outro mistério? Não sei do que estão falando.

---

[72] O retorno ao passado é a esperança do Bakari. Se Pongwa quebrar a magia, o grande líder sairá das sombras.

[73] Ardhi Takatifu: "Terra Sagrada".

[74] Kibwana: "Cavalheiro Jovem".

[75] Kwagalana: "Amor Fraterno".

Akbar achou melhor não perguntar e deixar que as revelações do destino acontecessem de maneira natural. Não quis insistir.

Permanecemos mais algumas horas na Tribo 2, praticamente fui considerado um guerreiro Tajamali. Curiosamente, a mais velha da Tribo 2 era uma senhora extremamente alegre, que gostava de contar as histórias da sua vida e antes que eu partisse, pediu para que Akbar deixasse-a contar uma história para mim que, segundo ela, seria de grande valia no futuro. Ela falava um dialeto totalmente diferente do que o que eu havia aprendido na convivência com a Tribo 1 e assim, Akbar seria o meu interlocutor:

O CONTO DE MAIMUNA[76]

A águia é um símbolo de transformação, sabemos que é um animal forte, vigoroso, que representa a elevação, a superação e a vitória. Já os flamingos só conseguem comer se estiverem de cabeça para baixo; e os pobres esquilos do espaço coletam inúmeras nozes no verão para sobreviverem no inverno e, na maioria das vezes, esquecem onde esconderam. Se esses maravilhosos animais pudessem nos ensinar alguma lição, qual seria? Badawi, quem fará o seu destino será você mesmo e se fizer como as águias, se renovará na velhice, criando condições para a renovação física e mental e com sua experiência de vida, transformará tudo ao seu redor em amor; se fizer como os flamingos, quando estiver de cabeça pra baixo sem condições de pensar, será o melhor momento para se alimentar de paixão, de conhecimento, de vida e de coisas simples, pois estará em silêncio diante de um desafio impossível e o medo deverá ser o seu combustível de coragem. Dessa maneira, os problemas serão encarados como desafios e somente o topo parará você; e enfim, se esquecer de viver os melhores momentos, será pior que os esquecidos esquilos do espaço, que mesmo esquecendo o lugar das nozes, fazem nascerem novas árvores.

---

[76] Maimuna: "Santificada".

Representação artística de Maimuna

"O saber a gente aprende com os mestres e os livros.
A sabedoria se aprende é com a vida e com os humildes."
(Cora Coralina)

  Voltamos calmamente para a Tribo 1 por outro caminho e estava tentando entender toda aquela tempestade de histórias, mistérios, ensinamentos e dialetos. Estávamos deixando Zamoyoni.

  – Akbar, o que Layla quis dizer em relação ao Bakari? Quem é o grande líder? E os seus meninos sobre o inglês e Jitujeusi? - agora, insistia.

  – Não sei, as coisas que Layla e os meninos revelam sempre são importantes e nebulosas no primeiro momento, devem ser consideradas com muito cuidado. Ela nunca me falou do Bakari e acredito que você somente saberá no momento adequado o que isso significa. Fique tranquilo, o destino mostrará o que deve considerar. O destino nunca falha no que precisamos ser.

  Chegamos enfim na Tribo de Kioni e, Suhaila, Adeleke e Nangwaya estavam conversando, quando nos avistaram, vieram ao nosso encontro dizendo que seria meu último encontro com Kioni.

– Badawi, nossa Rainha quer conversar com você, pareceu-nos ser importante.

Diante do casebre de Kioni, três guerreiros da Guarda acenaram para que nós parássemos a certa distância e isso me chamou a atenção, pois apesar de sermos conhecidos, a tradição da segurança passada pelas gerações de Nangwaya, mantinham-na sempre em segurança. Um deles entrou no casebre para conversar com o guerreiro que ficava em uma antessala, antes do acesso a Rainha. Após alguns minutos, o guerreiro apontou para mim e somente eu haveria de entrar, os outros ficaram do lado de fora.

Kioni me recebeu com sua presença marcante, mais leve, mais segura e com a saúde milagrosamente reestabelecida. Usava uma pintura suave, que anunciava toda sua beleza especial, ela era encantadora.

– Grande Badawi, entre e sinta-se à vontade nesse espaço que, de vez em quando, me aprisiona... Mas esse é o meu destino, o meu pequeno jugo e meu responsável legado. Nesses felizes e tristes períodos desde que chegou, pude perceber seu valor, te declaro Guerreiro Tajamali, será o único estrangeiro a receber essa honraria, no momento da sua despedida, onde toda a Tribo deverá reconhecê-lo.

– Me sinto honrado, Rainha Kioni! – ela estava exageradamente linda aos meus olhos.

O cheiro daquele lugar era uma mistura de madeira nova com cheiro doce de mel, como se o lugar fosse coberto inteiramente de alisso.

– O que foi visto por você deve ser seu segredo mortal. Não poderá revelar os lugares onde esteve, sobre a Tribo da cultura Tajamali da montanha Zamoyoni, as cavernas de Pongwa, a proteção de Jitujeusi, a Festa de Mukantagara, o Ritual dos Guerreiros da Guarda e sobre o meu sangue. Fará um juramento diante de toda a Tribo, para que possa voltar para a sua longínqua terra sem nenhuma mácula, como se retornasse de uma fiel e cumprida missão.

– Perfeito por mim! Não lhe decepcionarei, não decepcionarei a Tribo, nem Akbar! Isso será uma promessa pessoal!

Acenei com a cabeça para Kioni e tive dúvida se podia cumprimentá-la e abraçá-la, então fui em direção a saída do casebre, mas numa última colocação verbal, Kioni fez uma pungente afirmação:

– Badawi, traga-nos Bakari em breve!

Sai silenciosamente, acompanhado por um guerreiro da Guarda Real, encontrei-me novamente com Akbar e disse:

– Akbar, a Princesa Kioni falou novamente do Bakari.

– Você quis dizer Rainha, não é?

– O que é o Bakari? Como ela sabia?

– Badawi, não se perturbe sobre isso. Faça o seu retorno em paz.

E então chegou o momento da despedida, toda a Tribo estava reunida naquela manhã e pude perceber que a mulher de Akbar estava junto com ele na cerimônia. Ela seria a representante da cultura Tajamali.

Kioni, totalmente recuperada dos flagelos da morte, saiu de seu casebre acompanhada de quatro guerreiros da Guarda Real, posicionados na frente, atrás e um em cada lado, tendo a Rainha ao centro. O General Nangwaya havia posicionado a Guarda Real em pontos estratégicos, já incorporando os novos guerreiros, todos armados.

– Longa vida à Badawi! – gritou forte o General.

Num grito uníssono, a Tribo gritou o seguinte brado:

– *Malaika anaondoka! Malaika anaondoka! Malaika anaondoka!*[77]

– Badawi, o juramento na nossa cultura significa que você agora faz parte de algo muito maior do que seu próprio ser, faz parte agora de um corpo – nunca havia visto Nangwaya com o semblante tão sério assim diante da Tribo. Talvez porque aquela cerimônia era inédita.

Suhaila Somoe tomou a frente, segurando um jarro com água do Rio Tajamali, com uma das mãos pediu que eu ajoelhasse diante de Kioni; a Tribo observava respeitosa, num silêncio curiosamente agitado, e eu deveria repetir palavras que para eles eram sagradas:

– Badawi, repita comigo essas palavras diante do corpo.

– *Mimi ni mlinzi, mimi ni uhuru, mimi ni shujaa wa upendo. Damu yangu ni kutoka kabila. Nitakuwa mtetezi wa Tajamali hadi Mshinda[78] anipeleke Orun.*[79]

---

[77] "O Anjo vai partir".

[78] Mshinda na Língua Swahili do Quênia é algo como "Aquele que triunfa".

[79] Sou um protetor, sou a liberdade, sou um herói do amor. Meu sangue é da Tribo. Eu serei um defensor do Tajamali até que Mshinda me leve até Orum.

Findadas as minhas palavras, a Tribo novamente gritou:

– Malaika anaondoka! Malaika anaondoka! Malaika anaondoka!

Suhaila entornava lentamente a água do jarro sobre a minha cabeça.

Nota: posteriormente ao meu retorno à Inglaterra, pude pesquisar algumas figuras do meu juramento. Mshinda, que o povo Tajamali se referenciava, tratava-se talvez da deusa Oiá, também conhecida como Iansã, que segundo a mitologia africana foi um título dado pelo seu marido, o deus Xangô. Orum se tratava do mundo espiritual.

Estava na hora de partir, a Tribo lentamente se dispersava e seria, talvez, a última vez que veria Kioni. Precisaria esconder meus sentimentos e deixá-la somente na minha memória. A minha mala com os produtos que restaram havia entregue para Akbar, não levaria nada da Tribo. Talvez tenha sido esse o meu erro.

– Badawi, iremos te acompanhar até Garissa, que fica na metade do caminho até Lamu – disse Nangwaya.

E assim, partimos naquela manhã de 1879, parecendo a escolta de um príncipe egípcio, seguimos viagem eu, Nangwaya, Akbar e o guerreiro Paradzanai[80]. A caminhada foi bem longa pelas savanas africanas, a ideia era caminharmos nos melhores momentos do dia, totalizando 8 horas por dia, fugindo do sol escaldante.

Os atalhos somente o povo local sabia, passamos por Mwingi e Bangali e, após nove dias de caminhada, chegamos até Garissa. De Garissa, precisaria caminhar até Bura, margeando o Rio Tana, até chegar ao meu destino. Akbar e Nangwaya precisavam voltar para a Tribo e somente Paradzanai iria comigo até o fim, essa era a missão daquele guerreiro da Guarda Real, ordenada pelo General.

– Badawi, aqui nos despedimos. Sua jornada até sua terra é ainda muito longa. Que o período vivendo com esse povo lutador o leve com forças e entusiasmo para seu destino. Que o nosso sofrimento tenha feito de você um homem melhor.

– Akbar, não poderia ter tido melhor professor! Você é uma inspiração, minha inspiração. E levo sim, toda essa aventura pelos porões da alquimia comigo. Muito Obrigado.

---

[80] Paradzanai: "Mantenha isso de lado".

– Badawi!

– General!

Nos despedimos e antes de partirmos, o General Nangwaya havia chamado o guerreiro Paradzanai para algumas últimas instruções. Não sei o que conversaram.

Partimos de Garissa numa manhã chuvosa no continente do sol e o guerreiro Paradzanai, de machado em punho, caminhava a minha frente. Foram seis dias até o Porto de Lamu e chegamos num belíssimo por do sol no maravilhoso Oceano Índico.

– Badawi, aqui encerro minha missão, preciso voltar para a Tribo e defender o meu povo.

– Grande guerreiro, não sei como agradecer!

– Nangwaya me pediu para lhe dizer algo muito importante antes de partir: traga aquele que será o Bakari.

Essa foi a última palavra da Tribo Tajamali: Bakari.

O grande guerreiro Paradzanai me entregou um surpreendente amuleto, fabricado em madeira de Baobá com um formato inigmático e com umas cifras que nunca havia visto e seguiu o rumo de volta, sem olhar para trás.

O navio sairia somente no dia seguinte e a figura do Bakari não saía do meu pensamento. Por que era tão importante para a Tribo? Por que não tinham detalhes para mim sobre o Bakari? O que era o Bakari?

Embarquei no navio SS Quanorzbug, de origem alemã. O navio fazia uma rota inédita para a época, saindo da Inglaterra até seu destino: o Porto Elizabeth, na África do Sul.

O MISTERIOSO NAVIO DAS ÁGUAS ÁRABES

A REDENÇÃO DE CLAY

Havíamos atravessado o Estreito de Bab al-Mandab após algumas horas de um tempo inesperado, com chuvas intermitentes e algumas tempestades recheadas de raios e trovões e o mar agitado próximo das Ilhas Hanish, entre o Iêmen e a Eritréia. O SS Quanorzbug, graças a destreza de manobra do timoneiro, um tal de Sr. Smith, conseguiu evitar a colisão com um navio de origem desconhecida.

O navio estava a deriva e, quando as máquinas a vapor foram desligadas, os navios foram pareados. Uma pequena expedição de quatro homens subiu na embarcação abandonada para tentar entender o que fazia naquelas águas uma embarcação aparentemente nova e bem decorada.

Os homens entraram pela porta do timoneiro e sumiram dentro da embarcação. A noite estava caindo e cada vez mais o interior do navio enegrecia sua atmosfera.

O navio possuía uma inscrição apagada em um dos bordos na proa, que por uma pequena imaginação poderia ser o SS[81] Perle Africaine, talvez da famosa companhia francesa de transporte marítimo, Compagnie Générale Transatlantique, ou de algum xeique árabe. Os homens estavam demorando a voltar e, passados alguns minutos, um dos Oficiais de Ponte, um senhor experiente do mar, de cabelos grisalhos e pele avermelhada do sol, chamado Drogo Hayward, gritava os nomes da destemida expedição, precisavam retornar.

A negritude lenta da noite tomou conta do lugar. O mar havia acalmado e chovia moderadamente, vez ou outra um relâmpago ao longe, uma brisa fria percorria o convés. A noite acentuava seu nome.

– Farrel? Bargar? Chunkai? Tocae? – repetia várias vezes o Oficial preocupado com os homens que haviam avançado em direção ao desconhecido.

– Eu vou entrar! – disse para ele.

Algumas pessoas estavam diante daquele cenário misterioso, com olhares curiosos, imaginando uma catástrofe; outras, nem perceberam que o navio havia parado, fixadas em seus próprios aposentos solitários.

– Espere mais um pouco, não conhecemos o monstro que pode estar a nossa frente.

– Monstro? – Hayward parecia temer aquela situação, parecia ter um faro para a confusão, para o inesperado. Começara a suar profusamente.

– Farrel? Bargar? Chunkai? Tocae?... Tocae? – Nada.

– Vou entrar! – falei uma última vez. Com a super audição só escutava algo se movimentando lá dentro, ao longe, um chiado de atrito, precisava ver o que era.

---

[81] "SS" nos termos náuticos significa "SteamShip", ou seja, "Navio à Vapor".

Um fantasma havia despertado. Um dos homens, Chunkai, talvez um mongol, pela caracterização da roupa e o rosto característico da população asiática, saiu cambaleando pela porta do timoneiro, fazendo um grunhido de dor e desespero e segurando com as duas mãos o próprio pescoço, sufocando, caiu na nossa frente, batendo fortemente a cabeça contra o piso de madeira do navio. Morto.

— Afastem-se! — gritei me posicionando entre a população assustada, o oficial e o homem morto, mantendo os meus braços abertos.

— Esperem! Pode estar contaminado!

— Como sabe?

— Sou médico. Olhem a cor dos seus braços, deve ter ocorrido uma grave obstrução das artérias, alguma coisa entrou em seu sangue. Se Pasteur estiver certo sobre a *Teoria Microbiana das Doenças*, esse homem pode ter sido contaminado com o que ele chamou de vírus e pode ser transmitido para outra pessoa, contaminando-a. Por favor, traga-me um pano limpo, preciso virar esse homem, preciso ver seu rosto.

Rapidamente, um jovem marinheiro foi até o convés de tombadilho e me trouxe um pano de tecido grosso, branco, com o bordado de algum brasão alemão que representava a Kulturkampf[82].

— Vou cobrir meu rosto com esse pano, para que não respire nada venenoso e assim, tentarei virá-lo. Podemos usar aquele arpão de pesca para virá-lo. O que acham?

— Irei te ajudar, estou com o pano também.

— Não, Sr. Hayward, precisa ficar aqui para garantir a ordem, não pode deixar mais ninguém seguir esse rumo. Entrada proibida. — ordenei.

Cheguei próximo ao marinheiro Chunkai e virei-o de dorso, a cor de seu rosto estava igual aos braços, como se o sangue fosse uma gelatina; o nariz espalhava sangue coagulado pelo seu rosto mongol.

De repente, gritando de dor, outro marinheiro saia pela porta do timoneiro e desesperado para respirar, tropeçou no corpo de Chunkai e quase me atingiu com todo aquele sangue que saia por todos os orifícios da sua cabeça. Caira morto também.

---

[82] "Kulturkampf" significa "Luta Cultural" em alemão. Trata-se de uma amarga luta entre 1871 e 1887 por parte do chanceler alemão Otto Von Bismarck para sujeitar a Igreja Católica Romana ao controle do estado.

– Farrel? Meu Deus! Não! Não! – gritava, sem acreditar, o Oficial da Ponte.

Olhei para dentro do navio e via aquela população curiosa e assustada se transformando em uma população amedrontada, horrorizada, tensa. Começaram a fugir para dentro do navio. Após alguns minutos, estávamos sozinhos, eu, Hayward e um comerciante inglês chamado Carl Clayhanger.

– O que faremos agora? – falava amedrontado o Oficial da Ponte.

– Não sabemos o que é.

– Amanhã poderei examinar os corpos com maiores detalhes, com a luz do dia. Se entrarmos agora, poderemos morrer também, está muito escuro. Sugiro aguardarmos o amanhecer. Vamos levar tudo que possa virar uma arma, para defesa, nós três, pode ser?

– Mas e os outros dois que não saíram?

– Resgataremos amanhã, no claro. A medida que entrarmos, vamos abrindo as janelas e deixar o máximo de luminosidade e ar entrar.

– Ok, vou avisar o Capitão.

O Capitão era um homem alto e bem forte, cuja insígnia no uniforme indicava Cap. Linsenbröder. O sujeito era bem sensato, as ordens à tripulação foram exatamente as que eu havia combinado com o Sr. Hayward. Ele estava muito preocupado com os passageiros e a tripulação, era um homem muito cauteloso.

– Imediato! Quero que isole a entrada de qualquer pessoa no navio suspeito, ficando somente você, o médico e o comerciante aqui. Coloque dois marinheiros de cada lado do isolamento, nada entra e nada sai. Vamos terminar logo com esse mistério. Após terminarmos aqui, vamos isolar os corpos lá em baixo.

– Sim, Sr. Capitão. – Hayward era um experiente homem do mar, porém notava-se que nada disso ele tinha vivido.

Foram horas, de expectativas e especulações, que demoraram a passar, até que os primeiros raios de luz solar pudessem aparecer no horizonte. Não chovia mais e o dia clareava toda a embarcação misteriosa, que era bem luxuosa, com detalhes em acabamentos dourados, que talvez fossem ouro e o casco externo brilhava com a luz do sol. Estava mesmo parecendo um barco da realeza de algum país árabe.

Rapidamente o cheiro da carne decomposta dos marinheiros mortos espargia por todo o convés até a proa. Cobertos com um pano no rosto, nós três entramos pelo convés daquele misterioso navio, muitas perguntas precisariam ser respondidas.

– Carl, me ajude a posicionar o corpo de Chunkai ao lado do de Farrel.

– Nossa! Olhem pra isso. O olho ressecou e afundou dentro do crânio. Sangue pelo canal auditivo, narinas extremamente dilatadas. A pele do corpo está toda caliginosa como se o sangue venoso tivesse coagulado dentro do corpo.

Os corpos estavam assustadoramente decompostos. Ao analisá-los, recordei-me da busca pela Mamba-negra no Vale da Sombra da Serpente. Não parecia o resultado de vírus e pela decomposição dos corpos, o cheiro de sangue estava misturado com alguma substância que não havia identificado com a super osfresia. Passados alguns minutos, afirmei:

– É veneno de serpente! Olhem o sangue coagulado para fora dos corpos. Isso condiz com o chiado que escutei vindo do casco.

– O quê? Serpente? – perguntou o Sr.Hayward.

– Por algum motivo, o barco deve estar infestado de serpentes, logo abaixo da ponte e os marinheiros devem ter sofrido inúmeras picadas com a pouca luminosidade.Vamos iniciar essa expedição. Todo o cuidado é pouco, entraremos juntos, lentamente, passo-a-passo.

Entramos pela porta do timoneiro e avistamos a primeira vítima da tripulação.

– Não! Bargar! Não! Meu amigo não! – lamentava o comerciante.

Bargar estava caído ao lado de outro cadáver, talvez fosse o timoneiro.

– Vamos, Sr. Clay, depois levaremos todos eles para o navio. Vamos descer por ali.

Logo após a ponte, um corredor largo se estendia até a popa e uma escada central levava para o pavimento inferior. O navio possuía dois andares acima da casa de máquinas.

– Cuidado! Vamos entrar na zona perigosa do navio.

Ao descer a escada central, um grande salão se apresentava e se distribuía para vários aposentos.

– Olhem, senhores! – indiquei para o facho de luz que entrava pelas janelas do teto.

– Não pode ser! Tocae... Tocae... Toc... To... – gritava em prantos o Oficial.

– Pode sim! São mercadores de serpentes, provavelmente originários da Tunísia, de Marrocos ou até mesmo do Egito. Comercializam com a Índia a Naja-Egípcia, essa cobra não tem medo dos seres humanos e é extremamente venenosa. Algumas cobras são cuspideiras e lançam seu veneno contra a vítima. A Naja-Egípcia é silvestre, terrestre e noturna, ou seja, ela enxerga bem no escuro. Viram perfeitamente a expedição dos quatro homens e, por instinto, atacaram. Se focalizarmos a luz pelo salão, possivelmente encontraremos somente os esqueletos das vítimas. Esse barco deve estar a deriva pelo menos um mês e a tripulação deve ter sido pega de surpresa à noite, quando dormiam. Talvez algum sabotador, ou ladrão sem experiência na condução do ofídio ou algum assalto de piratas, que se deram mal, se isso realmente aconteceu. O timoneiro possivelmente foi atacado antes por alguém.

– E como sabe disso tudo, Sr. Clay? – perguntei segurando-o pelo braço.

– Eu fui um desses mercadores.

O salão estava infestado por centenas, talvez milhares de serpentes. O que impedia as serpentes de subir as escadas onde estávamos era um pequeno portão dourado, que dava entrada ao salão, possivelmente fechado por um dos homens mortos da expedição. O comerciante nos explicava que o comércio era muito lucrativo, pois aproveitavam quase tudo do animal: pele, veneno, presas, dorso e servia como atração turística para os encantadores de serpente da Índia.

– E por que decidiu parar com esse comércio?

– O comércio custou a vida do meu filho, ele foi morto numa dessas viagens, só tinha 10 anos. Essa serpente é uma maldição para mim, precisamos matar todas – Sr. Clay chorava nesse momento.

– Precisamos resgatar o corpo de Tocae – ordenava-nos o Oficial.

No salão podia-se ver mais três cadáveres além de Tocae, ou melhor, a carcaça dos corpos. O resto da tripulação deveria estar em outros lugares do navio, todos mortos. O resgate daquele marujo seria complicado, pois ele estava no centro do salão, infestado de najas-egípcias em seu corpo e em sua roupa.

200

– O que deve afastá-las do corpo de Tocae é o fogo. Sr. Hayward, onde conseguimos fogo?

– Não se preocupem, tenho todo o material na minha cabine para fazermos muito fogo – falou o comerciante.

O Sr. Clay voltou após meia hora, carregando tochas e um barril.

– O que tem no barril?

– Pólvora.

– O quê?

– Vamos explodir o navio e destruir todas as cobras.

Acendemos as tochas e chegamos próximos ao portão dourado.

As najas-egípcias, sabendo do perigo, se posicionaram para o ataque, projetando os seus corpos em posição vertical. Era assustador ouvir aqueles chiados de animal raivoso, querendo simplesmente atacar, destruir, matar.

À medida que jogávamos as tochas no chão, as serpentes se afastavam e assim, chegamos até o corpo de Tocae. Uma trilha de fogo foi feita, para podermos voltar até a escada central. Trocamos o corpo de Tocae pelo barril de pólvora e à medida que íamos levando aquele corpo ensanguentado para fora, uma trilha de pólvora era construída, misturada pelo rastro de sangue do marujo. Corríamos muito risco de explodir aquele barril com toda aquela chama lateral, contávamos com a experiência do Sr. Clay.

Durante o caminho, o Sr. Hayward tropeçara no próprio medo, uma naja tentou picá-lo por uma pequena falha na trilha de fogo, numa decisão do destino, sua mão deixou cair o corpo de Tocae no chão, que foi atingido por mais uma picada. De maneira abrupta, Sr. Clay jogou mais uma tocha contra a cobra. Rapidamente conseguimos levar o corpo de Tocae até a escada central.

A trilha de pólvora nos seguia e conseguimos levá-lo até o lado de fora do navio. Os outros corpos haviam sido recolhidos para o convés e o capitão foi avisado por seu imediato de que se tratava de uma perigosa situação, serpentes venenosas.

Clay estava ansioso em explodir tudo, o navio, as najas, seu passado, a morte do filho, para aquele homem parecia a redenção de uma vida. O navio explodiu, o fogo tomava conta de todo o convés e víamos ao longe o belo navio afundar e, com ele, a maldição descrita por Clay. Pensava comigo "as serpentes precisam desaparecer da minha vida".

O navio SS Quanorzbug chegou ao porto de Liverpool numa bela manhã de primavera, estava sentindo o cheiro da minha terra novamente. O tempo estava muito agradável e o clima estava bem mais ameno do que o calor excessivo da savana africana. Estava ansioso para chegar logo em Bradford, precisava encontrar Sam.

Alguns dias se passaram, até chegar na nova casa, que Raspalas havia comprado anos atrás, quando retornamos do nosso exílio da Suécia.

— Sam? Sam? Estou em casa.

Procurei Sam por toda a casa e não encontrei ninguém. Algo havia acontecido. Estava saindo da casa quando encontrei Raspalas.

— Olá, Capitã. Quanto tempo! Como vai você? Onde está Sam?

— Você não foi avisado?

— Enviamos várias cartas a você. Não sabe o que aconteceu com Sam?

— Como assim o que aconteceu com Sam?

— Sam está muito doente.

— Mas o que aconteceu?

— Não sabemos, está num estado de coma profundo. O encontrei caído no chão do quarto há alguns meses atrás, está agora em Goodchild.

— Preciso vê-lo. Agora.

A caminhada da casa até Goodchild era sutilmente disfarçada por um bosque soturno e percebi a preocupação de Raspalas. Chegando em Goodchild pude notar, em sua lateral, uma recente árvore de noz, bem esverdeada pela primavera e com muita sorte, pude ver um esquilo subir em seu tronco com um fruto.

Entrando no quarto onde Sam estava, um estranho desenho de flamingo pintado com efeito de carvão estava posto na parede esquerda da cama.

— Quem pintou o flamingo na parede? — perguntei para Raspalas.

— Foi um menino africano de nove anos que desenhou, anos trás, e que veio com o pai até Goodchild, se recuperar de envenenamento, sobreviveu e se tornou um grande General em seu país, até onde eu sei.

– Sério? O que posso fazer por Sam? Devia ter voltado meses atrás. Me sinto culpado. Esse mal veio até Sam gradativamente?

– Não. Sam estava liderando um grupo que segundo ele salvaria o planeta.

– Salvaria do quê? No que Sam estava envolvido?

– Nunca me falou, não queria preocupar essa velha Capitã. O único comentário que fazia era que havia sonhado inúmeras vezes com um pássaro poderoso, que usava a liberdade de suas asas para transformar o mundo, e quanto mais perto chegava do topo de uma montanha, mais a liberdade se expandia.

– Sam...

Saindo de Goodchild, parei diante do prédio e olhei para o céu, ao longe pude ouvir o silvar de um grande pássaro, era uma águia.

Pensei imediatamente "Precisava voltar, precisava de Pongwa, precisava da Tribo. Precisava ajudar Sam. Sam era o Bakari".

Bradford, 1912.

Esse é o meu terceiro diário. São as anotações da minha viagem ao continente do sol. Tive a sorte de encontrar ao longo de um curioso caminho, a esperança, a força e a alquimia da alma.

Eu sou Columbus Brandybuck, o Superalquimista.

AGRADECIMENTOS

Quero efetuar um agradecimento especial para essas cinco mulheres, que foram responsáveis pela consultoria e crítica sobre a história, as artes, a capa e sobre a diagramação; e merecem todo o meu respeito e admiração.

- Maria Alice Macedo;
- Margareth de Almeida da Silva Castilho;
- Amanda Caroline de Almeida da Silva;
- Íris Moraes Santos e
- Beatriz Lombello

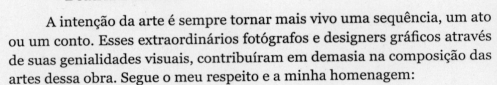

A intenção da arte é sempre tornar mais vivo uma sequência, um ato ou um conto. Esses extraordinários fotógrafos e designers gráficos através de suas genialidades visuais, contribuíram em demasia na composição das artes dessa obra. Segue o meu respeito e a minha homenagem:

- Alexander Andrews por Unsplash
- AnnaliseArt por Pixabay – Ref. 4770122
- Arek Socha por Pixabay – Ref. 1875247
- Arno Vandyck por Unsplash
- Aziz Acharki por Unsplash
- Bermix Studio por Unsplash
- Bernd Viefhues por Unsplash
- Birmingham Museums Trust por Unsplash
- Bogdan Kupriets por Unsplash
- Caio Stefamasca por Pixabay – Ref. 2071822
- Call Me Fred por Unsplash
- Cdd20 por Pixabay - Ref. 4063619
- Claudio_Scott por Pixabay – Ref. 2282001

- Danny Moore por Pixabay – Ref. 1107397
- Devanath por Pixabay – Ref. 2723145
- Eberhard Grossgasteiger por Rawpixel
- ElinaElena por Pixabay – Ref. 743562
- EU IA: 2607305 por Rawpixel
- Free-Photos por Pixabay – Ref. 839831
- Gerd Altmann por Pixabay – Ref. 68829
- James por Unsplash
- Jeremy Bishop por Unsplash
- Jess Bailey Design por Pixabay - Ref. 3060241
- Johannes Plenio por Unsplash
- Jolyne D por Pixabay – Ref. 107949
- Julia Schwab por Pixabay – Ref. 854602
- LMoonlight por Pixabay – Ref. 2549111
- Lothar Dieterich por Pixabay – Ref. 3047235
- Marcus Wallis por Unsplash
- Nathan De Fiesta no Unsplash
- OpenClipart-Vectors por Pixabay – Ref. 1296453
- OpenClipart-Vectors por Pixabay – Ref. 1299051
- OpenClipart-Vectors por Pixabay – Ref. 2029570
- OpenClipart-Vectors por Pixabay – Ref. 1297394
- Peggy und Marco Lachmann-Anke por Pixabay – Ref. 1046658
- Pete Linforth por Pixabay – 1099716
- Racheal Marie por Pixabay – Ref. 3028603"

- Robert Balog por Pixabay – Ref. 1539583
- Selim Yiğit por Unsplash
- Skica911 por Pixabay – Ref. 4213706
- Tri Le por Pixabay – Ref. 5893415
- Tumisu por Pixabay – Ref. 4380252
- Victoria Borodinova por Pixabay – Ref. 2942676
- Werner Weisser por Pixabay – Ref. 436580
- www_slon_pics por Pixabay – Ref. 2261006
- Yuguo peng por Pixabay – Ref. 2386333

SUPERALQUIMISTA
WILL RETURN